二度転生した少年はSランク冒険者として平穏に過ごす

～前世が賢者で英雄だったボクは来世では地味に生きる～

10

illustration イケシタ

キャラクター紹介

リリエラ【冒険者ランク:A】

レクスとパーティを組んでいる少女。彼との冒険でかなり力をつけて来ておりSランクへの昇格が期待されている。

レクス【冒険者ランク:S】

二度転生し念願叶って冒険者となった少年。自身の持つ力は今の世界では規格外過ぎるが本人にその自覚はない。

チームドラゴンスレイヤーズ【冒険者ランク:C】

レクスとの修行を経て、着々とランクアップしているジャイロ、ミナ、メグリ、ノルブの4人組パーティ。

モフモフ

この世を統べる世界の王(自称)。レクスを倒す機会を狙うが本人にはペット扱いされている。名前はあくまで仮称。羽が好物。

あらすじ

賢者、英雄と二度の人生を経て転生し、憧れていた冒険者となり、瞬く間にSランクにまで昇格した少年・レクス。今回はトーガイの町周辺で大量にオークが発生し、レクス一行は空飛ぶオークに襲われていた衛兵たちを救出する。しかし隊長のオーグが瀕死の重傷を負い、レクスの回復魔法で一命をとりとめる。そして帰還したオーグを、領主の娘のセリアが待ち構えていた。

しばらくして、今度はオークの大軍が町を襲撃。オーグは、レクスからもらった素材で作った黒い剣でオークたちを押し返す。一方レクスたちは、変異種のオークが多発する原因を調査すると、そこにかつてキメラを作っていたガンエイが存在することが明らかになった。

第15章

書き下ろしエピソード

第15章

第180話　東国への出航

キメラオーク騒動の原因を解決した僕達は、久しぶりに王都へと帰ってきた。

「転移ゲートを使うと一瞬で帰ってこれるから楽ちんだね」

「ほんとに一瞬で戻ってこれるから、トーガイの町から王都まで結構な距離がある事を忘れそうになるわね」

転移ゲートあるあるだね。

「王都に戻ってきたとはいうものの……まだ朝ですし、これからどうしましょうか」

「そりゃ冒険だろ！　俺達は早く実績を重ねてBランク冒険者にならないといけないんだからよ！」

ノルブさんがこれからの予定を確認すると、ジャイロ君はランクアップの為に何か依頼を受けようと提案する。

「ランクアップはともかく、依頼を探すのはありよね」

「ん、お金は稼げる時に稼いでおいた方が良い」

ミナさん達も同意した事で、皆の意見はまとまったみたいだ。

「よーっし、ギルドに行って依頼を探そうぜぇー！」

「「「「おー！」」」」

◆

冒険者ギルドにやってくると、今日も人でごった返している。

「やっぱり王都の方が人の密度が濃いわね」

「そうですね。トーガイの町も結構な賑わいでしたが、やはり王都は一日中人の出入りが多いですよね」

リリエラさんの言葉に、ノルブさんが同意するのも分かる。

やっぱり王都の方が依頼の数が多いから、ギルドも活気が違うよね。

「それじゃあ依頼を探しましょうか」

僕達も人だかりに混ざって依頼を探し求める。

こうやって人だかりに無理やり体を押し込んで朝一の依頼を探すのも、久しぶりな感じだなぁ。

「あら？　ねぇレクスさん。この依頼なんだけど……」

と、そこでリリエラさんが依頼ボードの一番上の依頼を指さす。

「あれは、Sランクの依頼ですか？」

「でも依頼内容が妙なのよねぇ」

リリエラさんの訝し気な様子が気になった僕は、その依頼用紙を読んでみる。

「海の向こうにある東国で商品の仕入れですか。普通の依頼に見えますけど」

「そう、普通の依頼なのがおかしいのよねぇ」

「それってどういう意味です？」

普通の依頼なら問題ないと思うんだけど？

「依頼を受ける冒険者に最高ランクであるSランクを指定しているのに、その内容が普通の仕入れっていうのはおかしくない？　貴重な素材を採取とかなら分かるけど。これだと内容的にはDかCランクって感じね」

「仮にトラブルがあって仕入れに問題があったのなら、問題解決の方に依頼が来るとおもう」

と、僕達の見ていた依頼が気になったのか、メグリさんも会話に加わってきた。

けれどなるほど、確かにそうかもしれない。

「言われてみればそうですね」

うーん、考えれば考える程分かんなくなってきたぞ。

こういう時は……

「とりあえず、受付で理由を聞いてみましょうか。ギルドが受けた訳ですし、何かちゃんとした理由があってSランクなのかもしれませんし」

うん、こういう時は直接聞いてみるのが一番だ！

「それもそうね」

「すみませーん」

僕達は依頼用紙をはがすと、受付窓口へと持っていく。

「あらレクスさん。お久しぶりです」

僕の姿を見て、受付嬢さんが挨拶をしてくる。

「どうも。この依頼についてお聞きしたいんですけど」

「ああ、この依頼ですか」

受付嬢さんは依頼用紙を見ると、なぜだか困ったような顔をする。

もしかして何か厄介な依頼なのかなぁ？

「仕入れの依頼なのに、なんでSランク指定なんですか？」

「そうなんですよねぇ。私達も気になったんで確認してみたんですが、どうも東国に向かった船が戻ってこないのが原因みたいなんです」

と、受付嬢さんから驚きの情報が飛び出した。

「船が戻ってこない!?　それって結構な大事なんじゃない!?」

さすがにそんな大事だとは思ってもいなかったらしくリリエラさんも目を丸くする。

「そうなんですよ。こちらとしても国に動いてもらって、原因が解決するまで待ってはどうかと依頼主に提案したんですが、取引の問題で急いで仕入れる必要があると言われまして。それでSランク冒険者なら、何か船が戻ってこない原因があっても力ずくで何とか出来るだろうと強引に依頼をされたんですよ」

へぇー、そんなに商品を欲しがるなんて、その依頼者さんよっぽど急いでいたんだなぁ。

「でもそれでSランクに依頼をするかしら？　Sランクの依頼となると結構な金額だし、そこに行くまでの旅費もかかるわ。そこまでしても利益が出るって、どんな品なのかしら？」

「確かに商売が絡んだ依頼と考えるとおかしいかもしれませんが、薬の材料など命がかかったもののような、時間を優先して採算を度外視した依頼は珍しくありませんよ」

「ああ、それもそうね。薬の材料と考えれば、トラブルの原因をSランク冒険者が討伐する障害と考える事も出来るわね」

薬の材料か。確かに僕も前世ではそういった事情で仕事を受けた事が多かったなぁ。

その後で色々と厄介事が引っ付いてきたけど。

「それに既に報酬と手数料を受けとっていますので、イタズラではないみたいです。何か悪意を持って情報を隠匿している可能性もありますが、それもSランクの平均報酬額から考えれば、損にはならないと思いますよ」

そっか、冒険者ギルドに依頼を出すには、先に報酬と手数料を払わなければいけなかったんだね。

「ただ今は偶々《たまたま》Sランクの冒険者さん達全員が、何かしらの依頼を受けて遠方に出かけていまして、この依頼を受けてくれる人が居ないからどうしたものかなと困っていたんですよね」

そう言って受付嬢さんは僕がこの依頼に興味を持ってくれて良かったと笑みを浮かべる。

えーと、それって暗に僕に受けろって言ってますよね？

「うーん、ちょっと変則的だけどSランクの依頼なのは間違いないよね。報酬もギルドに納めてあるから詐欺の心配もないし」

「ただ東国って結構遠いわよね。往復の移動でも結構時間がかかるわね。船旅だから風任せだし、その間他の仕事を受けれないのは問題よね」

あー、確かに、目的地が遠いって事は、その分予算もかかるか。

その辺りどうなってるんだろう？　まさか自腹!?

それとも後で経費を請求する感じなのかな？

「それなんですが、現地までの宿代と食費、馬車代、それに船代は経費として既に預かっています。余った金額も報酬として貰って良いそうですよ」

余ったお金まで貰えるの!?

それって凄くない？

「おー、太っ腹。もしかしたら依頼主は裕福な貴族かも」

余ったお金が貰えると聞いて、メグリさんは依頼主が結構な資産家かもしれないと想像を巡らせる。

「さすがにその辺りはお答えするわけには……それと、商品の仕入れの問題で現地で商品を受け取るまでに時間がかかる可能性があるそうです。宿代にはその遅れた場合の延長料金まで入っているとの事です」

「そこまで至れり尽くせりだと逆に怪しくなってくるわね」

「Sランクに依頼を出す事を考えると、厄介事の予感」

あまりにも待遇が良すぎて、皆が逆に警戒をしだす。

確かに、言われてみれば妙に待遇が良い。

「確かに。でもSランクへの依頼なのよね……」

「「「「Sランク」」」」

え？　何で皆して僕の顔を見るの？

「あのSランクなら隠し事を込みでもイケる気がするわ」

「奇遇ね。私もあのSランクなら、依頼主が何か企んでいたとしても大丈夫な気がするわ」

あのSランク？　チームでの戦いに優れたロディさん達の事かな？　それとも魔法に詳しいラミーズさん？

「「「「アリなんじゃないかな？」」」」

よく分からないけど、皆は依頼を受ける事に乗り気みたいだ。

条件も良いし、僕としても特に受けない理由もないんだよねぇ。

「あっ！」

と、そこでジャイロ君が大きな声をあげる。

「どうしたのジャイロ君？」

「よく考えたらこれ、Sランクの依頼だから俺達は受けれねーじゃねーか！」

「「「「あっ」」」」

そうだった。

冒険者は自分のランクからあまりに離れた上位の依頼は受けれないんだっけ。

高ランクの冒険者が同行するケースでも、以前の鉱山遺跡の時の様に、最低ランクが決められてる時もあるからなぁ。

「ああ、それなら大丈夫ですよ。この依頼の条件は、Sランク冒険者がメンバーにいる事ですから」

「え？」

「あっ、本当だ。Sランク冒険者がメンバーに最低一人いる事が条件、他のメンバーも高ランクだと望ましいって書かれてある」

「望ましいって事は、そうでなくても良いって事か！　なら大丈夫だな！」

条件の詳細を確認した事で、自分達も一緒に行けると分かり、ジャイロ君が目を輝かせる。

「行こうぜ兄貴！　Sランク指定の依頼ならきっとスゲー依頼だって！　俺、間近で兄貴の戦いが見たいぜ！」

「僕の戦いを!?　でもいつも見てると思うんだけど」

「違うって、これはSランク宛ての依頼だぜ。今までのギルドの強制依頼とかとは違うSランク専用依頼じゃんかよ！」

「え？　ああ、そういえば」

　確かに、Sランクになってから受けた仕事や戦いって、ギルドから頼まれたり、旅の途中で偶然巻き込まれたりと言ったものばかりだったからね。

　純粋に依頼主がSランクと指定した依頼は今回が初めてかもしれない。

「確かに。それによく考えたら、受注水準がSランクの依頼って、今回初めて見た気がするよ」

「だろ？　ならこの依頼を受ければ、Sランクが普段どういう仕事をしてるのか分かるじゃんかよ！　兄貴の仕事っぷりを見れば、いつか俺がSランクになった時の参考にもなるしさ！」

　なるほど、確かにそう考えるとこの依頼を受けるのはありかもしれないね。

　僕は普通のSランクの依頼を体験出来、それがジャイロ君にとっても勉強になるというのなら、受ける価値はありそうだ。

　それに経費ありの船旅なのも悪くないしね。

「うん、良いかも」

何せ前世や前々世での遠出と言えば、飛行船か転移ゲートが基本だったから、船旅なんていう時間のかかる移動手段はごく一部のお金持ちの道楽だったんだよね。

一応グッドルーザー号に乗った事はあるけど、あれは完全に軍艦で客船とは程遠かったし、しかも仕事で、魔物の調査が目的だったからなぁ。

でも今回は同じ依頼でも、客船での船旅となれば戦闘は船員さんや専任の警備員がやってくれるから、お客として船に乗る僕達が戦う必要はない。

うん、安心して船旅が楽しめそうだね！　一応急ぎみたいだから行きは仕方がないとして、帰りは転移ゲートで帰ってくれば時間短縮にもなるからアリだと思う。

「船旅、楽しみだなぁ」

「なんだろう、今凄く災難の予感がしたわ」

「俺も」

「私も」

「私も」

「僕もです」

「キュキュウ」

え？　何でさ？

「ともかく、この依頼を受ける事にします！」

僕は受付嬢さんに改めて依頼を受ける事を宣言する。

「はい、依頼の受諾を確認いたしました」

よーし！　海の向こうへ冒険に出かけるぞー！

◆

飛行魔法で港にやって来た僕達は、さっそく東国行きの船を探す事にする。

「すみません、東国に行く船を探しているんですが」

まずは近くで仕事をしていた船員さんに話を聞いてみる。

「あ？　東国だぁ？」

船員さん達は僕達を胡散臭げな眼で見つめてきたけど、すぐにニヤリと笑みを浮かべた。

「お前等冒険者か？」

「はい！」

「それなら向こうの三番目にある船だ。シグに聞いたと言えば伝わる」

「ありがとうございます！」

「せいぜい気を付けろよー」

船員さん達にお礼を言うと、僕達は波止場へ向かう。

「親切な人達で良かったね」

「でも、なんていうか嫌な笑い方をする人達だったわね」

「あー、分かる。なんか私達に嫌な視線を向けてたし」

「……」

けどリリエラさんとミナさんからは何故か評判が良くなかった。

「海の男は仕事で鍛えているせいで強面《こわもて》に見られちゃいますからね。それに海賊や魔物に舐められない様にする必要もありますから」

うん、前世で知り合った船長は、顔が怖すぎて海賊と勘違いされるってよく嘆いていたっけ。

あの人、本当は花の好きな素朴な人だったんだけどな。

アジトには世界中から集めた珍しい花で作った植物園があったくらいの花好きだったし。

まぁそれが原因で危険植物まで集めちゃって、危うく捕まりそうになっていたけど。

今頃あの植物園どうなってるのかなぁ。

シグさんに聞いた通り、三番目の船までやって来た僕は、近くで作業をしている船員さん達に話しかける。

「すみませーん。シグさんという方の紹介を受けたんですけど、この船が東国に向かう船で合ってますか?」

「シグの?」

シグさんの名前を聞いた船員さん達が顔を見合わせると、迫力のある笑顔で頷く。

「おう！　この船が東国行きの船で合ってるぜ！」

「僕達も東国に行きたいんですけど、まだ乗船は可能ですか？」

「ああ、大丈夫だぜ。しかし運が良かったな」

「運ですか？」

船員さんの運が良いという言葉に僕は首を傾げる。

「ああ、実はそろそろ出航する予定だったんだよ。東国は遠い事もあって、向かう船が少ないからな。この船が出たら次はどの船がいつ東国に向かうか分からなかったところだぞ」

なるほど、東国行きの定期便が出ている訳じゃないんだね。

うーん、そう考えると飛んできて正解だったね。

「船に乗りたいなら、銀貨十枚だ」

「分かりました」

僕達は船員さんに銀貨十枚を支払い、甲板へと上がる。

「船長、客ですぜ」

船員さんに呼ばれ、甲板に佇んでいた船長服の男性がこちらを向く。

おおっ、見た目からして船長って感じの人だね。

海の男らしく逞しい体付きをしているよ。

「ほう、珍しいな。客か」

「俺達と一緒に東国に行きたいそうです」

「東国に行きたい？　そりゃ豪気だな！」

「豪気……ですか？」

「ああ、最近船乗りの間じゃ、東国に行った船が戻ってこないと話題になってるからな」

ああ、それは僕達もギルドで聞いた話だね。

「そんな危険な海に行きたがるとは、随分と命知らずじゃねぇか」

「冒険者ギルドからの依頼なんです」

「依頼？」

そう言って船長さんが僕達を見回す。

「成る程、確かに冒険者の格好だな。まぁ腕に覚えがあるなら良いだろう。だが向こうじゃ何が起こるか分からん。船から落ちても助けてやらねぇからな！」

「へっ、そりゃこっちのセリフだぜ！　オッサンこそ魔物に襲われて海に落ちんなよ！　まっ、落ちたら俺達が助けてやるけどな！」

と、ジャイロ君が船長の挑発に乗って言い返す。

「はははっ！　海の男の俺を助けるか！　気に入ったぜ坊主！」

ちょっとヒヤヒヤしたけど、船長はジャイロ君の態度を気に入ったらしく豪快な笑い声をあげた。

「船長、出航準備出来ました！」

「よーし！　出航するぞー！」

船が帆を下ろし、港を出るべく動き始める。

と、その光景に僕は違和感を覚えた。

「あれ？　先頭の帆が下りてない？」

何だろう、港の傍では全ての帆を下ろして出航してはいけないとか、そういうルールがあるのかな？

◆

船はゆっくりと陸を離れ、どんどん沖に向かってゆく。

うーん、このゆったりとした雰囲気。

仕事で周囲を警戒しながらの船旅じゃあ味わえないね！

「さて、もう良いだろう」

と、陸がずいぶん小さくなった所で船長が呟く。

「へっへっへっ」

なぜか周囲の船員さん達が楽しそうに笑い声をあげる。

「どうしたんですか？」

「へっへっへっ、まだ気づいてないみたいだな」

気づいていない？　何を？　「教えてやるよ！　オメェら帆を下ろせ！」

「「「おおーっ!!」」」

船長の指示に先頭の帆が下りると、真っ白な布の中から漆黒の骸骨の絵が現れる。

「が、骸骨の絵!?」

そこに描かれた骸骨の絵を見て皆が驚きの声を上げる。

「がははははっ！　よぉ～こそドレルド海賊団の船に！　間抜けな坊ちゃん達！」

同時に剣を手にした船員さん達が僕達を囲む。

「海賊？　船長さん、これは一体？」

「がっはっはっ、お前達は海賊に攫《さら》われたんだよ」

「攫われた!?」

船長が剣を肩に担ぎ、ニヤニヤと楽しそうな笑みを浮かべる。

「僕達を騙したんですか!?」

「その通り。海賊の仕事が船を襲う事だけだと思ったか？　坊主」

そ、そこに現れたのはさっき僕達に船の場所を教えてくれた船員さん、確か名前はシグさんだ。

「貴方もグルだったんですか？」

「へへっ、海賊の仕事にはな、世間知らずの坊や達を誘拐する仕事もあるんだよ」

「くっくっく、夢と希望を持って冒険者になったばかりで悪いが、坊ちゃん達の冒険はここまでだぜ」

船員達が好き勝手な事を言いながら、武器を構えてジリジリと近づいてくる。

「東国に行くというのは嘘だったんですね」

「おうよ、誰があんなヤバイ噂の流れてる場所になんか行くかよ。近海で海賊と誘拐をしていた方がよっぽど金になるってもんだ！」

参ったな、東国に行くのすら嘘だったのか。

「武器を捨てておとなしく捕まりな。そうすれば痛い目を見ずに済むぜ」

「へへっ、コイツ等結構良い装備してやがるぜ。もしかして貴族のガキか？」

「だったら身代金もガッポリ取れそうだな。ま、金を貰っても返す気はないがな」

「その後は奴隷にして売っぱらってやるぜ！」

「なぁーに、そっちの嬢ちゃん達はおとなしくしてればご主人様に可愛がって貰えるだろうよ。坊主共も若い労働力として重宝してくれるだろうさ」

どうやら僕達を奴隷にして売りつけるつもりみたいだね。

「おっ、そっちの坊主は男だが趣味のいい旦那に買ってもらえそうだぜ？」

「ひぃ！」

海賊の一人に嫌らしい目で見られて、ノルブさんが悲鳴をあげる。

「皆、気を付けて！」

僕は皆に警戒を促す。

こんな陸に近い場所で正体を現すなんて、この海賊達はよほど腕に自信があるに違いない。

普通陸が見える場所で獲物を襲ったりしたら、魔法で陸に合図を送られてすぐに騎士団にバレる。

そして空と海中から騎士団が襲撃をしかけ、船底に穴をあけられて逃げ場を無くしてから捕まるのが関の山だ。

人質を取ったとしても、船が無ければ陸に戻るしかないし、その前に魔法で無力化されるのがお決まりだ。

でもそんなセオリーを無視して襲ってきた以上、よっぽどなバカでもない限りそれらの対策をしていると見るのが妥当だろう。

どんな手を使ってくるのか分からない。

これは警戒して戦わないと危ないぞ！

◆

「……すんませんでした」

「どうか命ばかりは」

「「「「お助けください」」」」

「ガジガジキュー」

「あとこの生き物に俺の足を齧るの止《や》めるように言ってもらえねぇっスか？」

と思ったんだけど、戦いは予想外にあっさりと終わってしまった。

しかも、内一人はモフモフに齧られて泣いてる。

「え？　あれ？」

もしかしてこの人達ホントに降参してるの？

「東国でもどこでもお送りしますのでどうかお助けください」

船長達の様子を見る限り、油断を誘っているようにも見えない。

そもそも油断を誘うつもりなら、わざわざ正体を明かしたりしないよね？

「こうなると思った」

と、メグリさんがボソリと呟いた事に僕は驚く。

「えっ!?　もしかして気づいていたんですか？　メグリさん？」

メグリさんはこの人達が海賊だと気づいていて黙っていたの!?

何で!?

「ん、もう船員達の顔を見た瞬間、一発で分かった。悪党の顔だって。でもこうなるのも見えてた

し、あとは上手くやれば船代もタダになるかなと思ったから黙ってた」

「それで黙ってたんですか!?　いくら何でも危険すぎますよ!?」

「そうよメグリ、いくら私達が空を飛べるからって、味方に伝えないのはさすがに問題よ」

「そうよ！　私達と船に万が一の事があったらどうするつもりだったのよ！」

あ、あれ？　なんだかリリエラさんとミナさんの心配事が微妙に違う気がするんですけど？

「もっと歯ごたえがあったら良かったんだけどなぁ」

「ジャイロ君そういう問題じゃないですから」

船代を節約するためにわざと襲われるのを黙ってたなんて、流石に危なすぎるよ。

皆もメグリさんを非難するけど、当のメグリさんはどこ吹く風。

「そもそもレクスがただの海賊に負ける筈がない。ドラゴンや魔人を一人で倒せるレクスを倒せるなら、その実力でSランク冒険者になった方がよっぽど稼げる」

いやいや、流石にそれは言い過ぎでしょ。

そんな理由で皆が納得するわけないよ！

「「「「あー、言えてる」」」」

と思ったら、何故か皆してメグリさんのとんでもない論法に、納得してしまった。

「ちょっと皆、何でそれで納得するわけぇーっ!?」

第181話　元海賊船、大海原を往く！

商船に偽装した海賊達を返り討ちにした僕達は、そのまま東国へ向かう事にした。

「うぉー、マジで何にも無くなっちまったぞ」

船が外洋に出た事で、周囲に何も見えなくなった事にジャイロ君が驚きの声をあげる。

「海辺の国にメガロホエールを調査しに行った時でも陸地は見えてたけど、今は本当に何にも見えないわ。海って本当に広いのね」

リリエラさん達は海の広さにただただ興奮していた。

「ここで海に落ちたら、陸に戻る事が出来ずにそのまま溺れ死ぬかも」

「こ、怖い事言わないでくださいよ！」

突然そんなことを言い出したメグリさんに、ノルブさんが悲鳴を上げる。

「メグリ、止めなさいって」

「これだけ陸から離れていたら、飛行魔法でも魔力が保《も》たない」

「な、なら船から落ちなけりゃいいだろ？」

「でも嵐に巻き込まれる危険もある。嵐に巻き込まれて船から投げ出された人間はまず助からないらしい」

「マ、マジか……」

メグリさんの語り口に、ジャイロ君がゴクリと唾を飲み込む。

「ふっ、だから私はレクスから貰った水着を服の下に着ている！　これなら水中に落ちても呼吸が出来るから！」

そう言うとメグリさんは上着を脱ぎ、中に着ていた水着を見せびらかした。

「おまっ！　天才かよ！」

「いやいや、さすがに心配しすぎじゃない？　っていうか、はしたないから仕舞いなさい！」

うん、ミナさんの言う通り、周囲の海賊達がギョッとした顔で水着姿のメグリさんを凝視しているからね。

「備えあれば憂いなし。盗賊はもしもの時の事を考えて二手三手先の事も考えておくもの」

「まったく、それを自慢する為に私達を脅したのね」

「冗談キツいですよ」

これまでの脅しが、水着を着こんでいた事の仕込みだと気づいて、皆が呆れ声をあげる。

「まったくだぜ。俺がそんな簡単に海に落ちるわけねぇだろ」

「そうそう、そもそもわざわざ陸に戻ろうとしないで、船の方に戻れば魔力切れの心配もないでしように」

「と言いつつ、皆そそくさと着替えに戻っていくのであった」

あっ、ホントだ。

◆

港を出て数日が経過した。

そうなんだよね。外洋に出て暫くは釣りをしたり襲ってきた魔物を狩って料理をしていたんだけど、基本的に海の上には何も無いからなぁ。

「うーん、暇だ」

どうしても娯楽が無くて暇になる。

なるほど、だからうわさに聞く豪華客船というのは、無駄に大きくて娯楽が充実していたんだね。

まぁ、僕は乗った事ないけど。

「兄貴ー、暇だぜー」

最初の内は海の魔物相手の修行に最適と言っていたジャイロ君だけど、魔物もいつも襲ってくるわけじゃないし、弱い魔物なら海賊達だけで十分防衛出来るから、今じゃすっかり暇を持て余していた。

「東国まであと何日だっけ？」

「確か、一か月かかるそうです」

「「「「一か月～!?」」」」

こんな退屈があと一か月も続くと聞いて、僕達は悲鳴を上げる。

「うう、いっそもう魔法で空を飛んで行く？」

「いやいや、流石に一か月分の距離を飛ぶのは無理でしょ」

あまりの退屈に、普段冷静なリリエラさんまで無茶な事を言い出した。

「う、うう……そんなに長い間お金を稼がない生活なんて耐えられない……」

「ああっ!?　長期間の無給金生活を想像したメグリさんに禁断症状が！」

え？　なにその禁断症状。

「というか、何でメグリさんはそんなにお金にこだわるんですか？　アイドラ様の影武者だったんだから、お金の心配は無かったんじゃないですか？」

前々からメグリさんのお金への執着は疑問だったんだよね。

「私、小さいころからお金は自分で稼げってお母様から言われてたから……」

「え？　それは普通じゃ……？」

「食費とか」

「普通じゃなかった!?」

食費も自分で!?

「ある程度自分で出来る様に育てられたら、突然そんな事を言われて田舎のお祖父様の所に放り出された。お祖父様も私が餓死しない程度のご飯しかくれなかったから、まともに狩りや採取が出来る様になるまで草……は苦かったから村の皆にこっそりご飯を貰ってた」

何だろう、ご近所を巡回してご飯を貰い歩く野良猫を連想しちゃったよ。

「キュッ」

ああほら、同情したモフモフが獲って来たばかりの魚をメグリさんにあげてる。

「ありがと。だから冒険者になって自分でお金を稼ぐ事が出来るようになって本当に助かった……ちなみに影武者としての必要経費だけは国から出てた」

な、なるほど。メグリさんのお金への執着は、お母さんのスパルタ教育が原因だったんだね。

「お金を払うだけで食べ物が出てきて、ちゃんとした家具のある生活最高」

これはこれで駄目になってるような気が……

「あー暇だぁ～」

ジャイロ君のぼやきに、僕達が暇を持て余していた事を思い出す。

「うーん、いっそ船を改造させてもらえれば楽なんだけどねぇ」

さすがにそれは……

「「「「それだぁーーっ!!」」」」

「ええっ!?」

「それよそれ！　船の改造よ！」

「そうだよな！　クッソ遅い船も兄貴が改造すればいいんだよ！」

いやジャイロ君、そのセリフは後ろの海賊達が凄い目で睨んでいて危ないよ。

「そうよね、確かにそれは盲点だったわ。いっそ改造して貰えば、もっと早く着くじゃない！」

「うん、レクスに改造して貰おう」

「成る程、確かにいいアイデアです」

い、いや、あくまで例えの一つとして言ったんだけど、流石に人様の船を勝手に改造するのはちょっと……

「よし、俺が聞いてくるぜ！」

「おーい船長のおっさーん！」

「ひぃ!?　な、何ですかい坊ちゃん!?」

ジャイロ君に駆け寄られて、船長が悲鳴を上げる。

そんな悲鳴を上げるような事はした覚えがないんだけどなぁ。

「なーなー、この船改造していいか？」

「は？　改造？」

突然改造と言われ、船長は首を傾げてこっちを見てくる。

あーうん、いきなりそんな事言われても困惑しちゃうよね。

「えーっと、船の移動速度を上げる為にマジックアイテムを設置させて貰いたいなと思いまして」

「マジックアイテム!?　旦那はそんなもんまで持ってらっしゃるんですか!?」

なんか旦那呼ばわりされてる。

「ええ、それで設置の為に少し船を改造したいなと思って」

「マジックアイテム、速度が上がる……仕事が捗る……っ!?　ぜひお願いします！」

船長が目をキラキラさせながら船の改造を許可してくれた。

うんうん、やっぱり海の男なら自分の船の性能アップはロマンだもんね。

「はっはっはーっ！　マジックアイテムで船の性能が上がるぞー！　ヒャッホー！」

「ねぇ、レクスさん」

船長がスキップしながら作業に戻っていくと、リリエラさんが難しい顔をして話しかけてきた。

「どうしたんですかリリエラさん？」

「いえね、賛成しておいてなんだけど、あの人達って海賊なのよ？」

「ええ、そうですね」

「そんな人達の船を改造なんてしたら、その船でもっと酷い被害が出ると思うんだけど、大丈夫なの？」

ああ、リリエラさんはそれが心配なんだね。

「大丈夫ですよ。東国に着いたらちゃんと騎士団に突き出しますから」

だってあの人達は海賊だからね。ちゃんとしかるべき所に預けないと。

「あっ、うん。ちゃんと考えてるなら良いの。ごめんなさい変な事聞いて。そうよね、普通に考えればそうなるわよね」

リリエラさんは心配症だなぁ。

「さて、それじゃあ船を改造するとしようかな！」

まずはどんな改造をするかだ。

「まずは目的である船の速度アップだね。そして速度に耐える為と、うっかり岩礁にぶつかった時の為に船体の強度アップ。速度が上がる事で揺れも増すとおもうから、衝撃緩和機構の内蔵。あと甲板上の乗員が船から落ちない様に保護結界も必要だね」

うん、改造の方向性が見えてきたぞ。

「速度の上昇は風魔法と水魔法を併用した追い風と水圧による二重推進にして、操舵は舵じゃなくて魔法で周囲の水を動かす水舵式にしよう」

改造案が固まると、僕は魔法の袋から材料を取り出しさっそく船の改造に取り掛かる。

魔法で空中に材料と部品を固定する事で揺れを無視して施工作業。

完成した各種魔道具を船に設置、更に飛行魔法で飛びながら船の要所に強化部材を張り付ける。

そして全ての魔道具の設置が完了した所で、船体全体に強化と状態保護の魔法をかけて……

「よし完成！」

「「「「早っ!?」」」」

「いやー、早いと言っても簡単な改造だから」

「いやいや、そういう問題じゃないから。まだ改造を始めて半日も経ってないわよ!?」

「え？　マジ？　これで完成したのか？」

船の改造が終わったと告げたら、何故か皆が目を丸くしていた。

「一見すると船にいくつかのマジックアイテムと金属の板を張り付けただけにしか見えないんですが……」

「必要な機能は全部魔法で補うからね。船体そのものを大改造するような改造じゃないですよ。これ以上は専用のドックでないと無理かな」

「という事は、これ以上の改造も出来るのね……」

「それにしても早すぎ……」

実はこれ、前々世で僕が作った既存船の簡易改造用マジックアイテムなんだよね。

古くてもう一から作った方が良いボロ船や、緊急時に改造が必要な時の為に開発した技術なんだ。

その分専用に設計された最新鋭船に比べると全然性能が低いのが欠点だけどね。

「じゃあ起動させるよ！」

マジックアイテムを起動させると、まず最初に衝撃緩和機能によって船の揺れがピタリと収まる。

「な、なんだ!? 揺れが無くなったぞ!?」

船の揺れが収まって、海賊達が動揺する。

次いで船外落下防止の風結界が発動し、船の周囲の風が止まる。

「こ、今度は風が止まった!? な、何が起きてるんだ!?」

「ここまでは設計通りだね、それじゃあ出発進行！」

移動の為のマジックアイテムを起動させると、船が動き出す。

その速度は先ほどまでとは比べ物にならない速度で、その速さで上空の雲が物凄い速さで動いている様な錯覚を受けた。

「く、雲が信じられない速さで動いているぞ!? どういう事だ!?」

うんうん、動作は順調だね。

と、その時、ドバァンッ!! と凄い音が鳴る。

「何だ今の音!?」

音に驚いた皆が船べりに寄っていくと、何かを発見する。

「コ、コイツは船の壊し屋パイルシャークじゃねぇか!?」

「おいおい、どうなってるんだ!? 凄まじい突進力と角の硬さで軍艦だろうと容赦なく大穴を開けるパイルシャークが潰れたバナナみたいにグシャグシャになってんぞ!?」

どうやら船体強化もちゃんと動作してるみたいだね。

テストの手間が省けたよ。

「「「い、一体何が起きているんだぁぁぁぁぁぁぁ!?」」」

海賊達が綺麗にハモりながら悲鳴をあげた。

「船の性能テストは問題なく終わりましたし、それじゃあそろそろ全速で東国に向かいましょうか」

「ね、ねぇレクスさん。それは良いんだけど、あの人達に一言説明してあげたほうがいいんじゃないの?」

と、リリエラさんが海賊達に説明をしないで良いのかと聞いてくる。

「それなら船長がしたんじゃないですか?」

「でもアレ、普通に何が起きてるか分かってないみたいだけど」

「あー、海の男はノリがいい上にイタズラ好きですからね。こっちの性能テストに合わせてふざけてるんですよ」

前世でも船乗り達は長旅で退屈しない様にと、暇潰しに長けていた。

だから船の性能テストも、彼らにかかればちょっとしたショーみたいなものなんだろう。

と思ったら……

「こ、これは一体何事ですかぁぁぁぁぁっ!?」

腰を抜かした船長が這いずりながら事情を聞きにやって来た。

「何って、船の改造が終わったので試運転をしていたんですよ」

船長も大げさなリアクションを取るなぁ。

いくら何でも船の速度を上げた程度で腰を抜かしたりしないでしょ。

「し、試運転!?　これが!?　というか改造を始めたのは朝からですよね？　もう終わったんですか？」

「ええ、簡単な改造でしたから」

「こ、これが簡単……？」

僕の説明を聞いた船長は、何故か呆けた顔になって呆然と立ちすくむ。

「こ、これが簡単？　……これが……？」

ちょっと大げさ過ぎる気がしないでもないけど、まぁ楽しんでくれてるならそれでいいや。

「じゃあ東国に向けて、いざ出発！」

僕はマジックアイテムの出力を全開にして、東国への歩みを再開するのだった。

「や、やべーのに関わっちまったぁ……」

ん？　それはどういう意味船長？

第１８２話　嵐の上陸

東国に向かう為に海賊船を改造して三日が経った。

「陸が見えたぞー！」

「陸だって!?」

ようやく陸が見えたと聞いて、皆で甲板に出ていく。

けれど船の向かう先には海ばかりで、陸の姿はどこにも見えなかった。

「おいおい、どこに陸があるんだよ？」

「ちゃんと見えてきましたよー」

と、マストの上の見張り台から声が聞こえる。

「上に上がれば見えるかな？」

「おっし！　上だな！」

ジャイロ君が飛行魔法で空に上がると、皆もそれに次いで上がってゆく。

僕も身体強化魔法で跳躍して、帆柱の上に乗る。

すると、船の向かう先に細く伸びる何かが見えた。

「あれは……山？」

そう、海の果てにポツンと山の先端が見えていたんだ。

「陸が見えずに山だけが見えてる」

「へい、あれが東国で一番高い山、アマツカミ山でさぁ」

「「「「アマツカミ山？」」」」

飛行魔法で船の上空に上がると、ようやくその全貌が見えてきた。

「凄い。陸地が全然見えないのに、山だけははっきりと分かる」

それはつまり、あのアマツカミ山がとてつもなく大きい山だと言う事だ。

もしかしたら、山脈と言っていい大きさなのかもしれない。

「とんでもない大きさですね」

「あの山だけでどれくらいの広さなのかしら？」

皆もアマツカミ山の大きさに圧倒されている。

「ともあれ、ようやく陸だな！　地面が恋しいぜ！」

あはは っ、確かにずっと船の上だったからね。

体が揺れるのに慣れちゃったよ。

「ん？　何だ？」

とその時だった。

見張り台で周囲を監視していた海賊が近くの空を指さす。

「おいアレを見ろ、雨雲だ」

見れば空の向こうから暗い雲が近づいてきていた。

「あの距離なら先に陸地に着けるだろう。最悪港に着く前に嵐に巻き込まれても陸の近くで停泊すればやり過ごせるさ」

海賊達はすぐに嵐の対処法について相談している。

この辺りは善悪はともかく海の男達って感じだね。

「まぁ今のこの船の速さなら、雨雲が来るより先に陸にたどり着けるさ」

「それもそうだな！」

「「「ははははっ」」」

確かに、この船の速度なら雨雲が近づいてくるよりも速い速度で移動出来るから、よほどのトラブルでもない限り嵐に巻き込まれる心配は無いだろう。

……と思っていたんだけど。

「おい、おかしいぞ」

見張り台にいた他の海賊が周囲を見回しながら怪訝そうな声をあげる。

「どうしたー？」

「雨雲が近づいてくる速度が速すぎる。それにさっきまで青空だった筈なのに、周りが雲に囲まれてるぞ！」

「え？」

本当だ。気がついたら空がどんどん曇り空になっていっている。

「それにこの雲、どんどん暗く分厚くなってないか」

「なんだこれは。こんな天気見た事もないぞ……」

海賊達もこの奇妙な天気に困惑している。

「嫌な予感がする！　急いで陸に向かうぞ！」

「「「へい、船長っ!!」」」

危険を察した船員達の動きは速かった。

けれど……

「なんだあの雲の広がる速さは!?」

雲は予想以上に速く広がり、周囲一面を真っ暗な雨雲で包んだんだ。

「ヤバい。この風……嵐になるぞ!!」

船長の言葉通り、波が少しずつ高くなっていき、船が揺れ始める。

「あ、嵐ってこんなに急にやってくるものなの!?」

嵐の経験のないリリエラさんが困惑の声をあげると、船長が揺れに逆らいながらそれを否定する。

「い、いや、こんなおかしな嵐は初めてですよ。こんなのありえねぇ！」

既に船はかなりの揺れに見舞われていて、海賊達は揺れる甲板で作業に苦労している。

「こうなると、風圧対策で甲板に風防結界を付けておいたのが不幸中の幸いだったね」

これで風雨の影響まで受けていたら、今頃海賊達は海に放り出されていた事だろう。

それに改造によって船体の強度を上げておいた事も功を奏している。

人生何が役に立つか分からないね。

「嵐が本格化する前に旦那達は部屋に戻ってください！」

船長が真剣な顔で僕達に部屋へ戻る様に告げる。

「そうだね。ここは本職に任せて僕達はおとなしくしていよう」

「分かったわ」

皆も相手が自然現象じゃ自分に出来る事は無いと、素直に船内へと戻っていく。

けれどその時。ひと際大きな波が襲い掛かってきて、船が大きく揺れた。

「うわっ！」

「きゃあっ!?」

突然の大きな揺らぎに、皆が転がる。

「外の景色が見えないと、迫ってくる波の揺れに対処出来ないね」

これは本当に部屋でおとなしくしていた方が良さそうだ。

けれど、事態はそう簡単にもいかないみたいで、新たな問題が発生する。

「大変だぁぁ！　今の揺れで船底に穴が空いたぞーっ！」

「ええっ!?」

大変だ、船に穴が空いたら、水が入って来ちゃうよ！

「いけない！　すぐに修理を手伝わなきゃ！」

僕達が船底にたどり着くと、船は酷い有様になっていた。

既に船底にはいくつもの穴が空いていて、海賊達も必死で修理をしているけど、とても手が回っていない。

「どうする兄貴!?」

「まずは魔法で穴をふさぐんだ！　フリージングキューブ！」

氷結魔法で流れ込んでくる水を凍らせる。

「成る程、海水を凍らせる事で水の侵入を防ぐのね！　それなら私達にも出来るわ！」

僕のやり方を見たリリエラさんとミナさんが、同じように氷の魔法で他の穴を凍らせてゆく。

「う、うう……」

「大丈夫ですか？　神よ、癒しの奇跡を。ヒーリング」

ノルブさんは負傷した海賊に回復魔法をかけて治療している。

「す、すんません」

「一時的にふさいだだけなので、今のうちに修理をしてください」

「わ、分かりました！」

けど参ったな。船体を改造する時に強度も増しておいたんだけど、元の素材の強度が低い上に、この船自体あまりちゃんとした作りじゃないから、嵐の強さによっては船が持たないかもしれない。

「ヒィイイィッ!!　壁がぁーっ！」

「ウワーッ！　こっちでも穴がぁー！」

いけない、他の場所でも問題が起きているみたいだ。

「船を波から保護しないと、修理どころじゃないね」

僕はすぐに甲板に出ると、周囲の状況を確認する。

嵐はかなりの強さになっていて、海賊達もそこかしこに掴まって船から放り出されないように踏ん張っている。

「だ、旦那！　危険ですから中に戻ってください！」

船長が帆柱に結んだロープに掴まりながら、僕に戻れと言ってくる。

甲板がこれじゃあ、操船どころじゃなさそうだね。

「船を波から守ります！　フロートフィールド！」

僕が魔法を発動させると、船の揺れが収まってゆく。

「な、なんだ？　揺れが収まった？」

「お、おい見ろ！　船が浮かんでるぞ！」

「「「何だって!?」」」

船が浮かんでいる事に気づいた海賊達が、慌てて船縁から海面を見る。

「ほ、本当だ。船が浮いてやがる……一体どうなってんだ？」

「もしかしてコレも旦那が？」

これをやったのが僕だと察した船長が恐る恐る聞いてくる。

「ええ。魔法で船を浮かべましたから、今のうちに船の修理をお願いします」

「マ、マジで旦那がやったんですか!?」

「ス、スゲェ、船を宙に浮かせるなんて……」

「信じられねぇ……」

海賊達は呆然としながら僕を見つめているけれど、いつまでもそうしてはいられない。

「さぁ、今のうちに早く修理を！」

「へ、へい！　おい、お前等！　すぐに船の修理をすっぞ！」

「「へい、船長!!」」

そして海賊達が船の修理に向かうと、入れ替わる様にリリエラさん達が戻ってくる。

「レクスさん！　こっちの応急処置は終わったわ！」

「皆お疲れ様」

「つーか急に揺れが無くなったけど、嵐は終わったのかよ？」

「ううん、まだ風も雨も強いよ。今は船の修理の為に魔法で船を浮かべているんだ」

「浮かべ？　……あ、ほんとだ。浮いてる」

「さらっと船が浮いてる事を受け入れちゃったけど、また非常識な事をしてるわね」

「魔道具で改造して空を飛ばすんじゃなくて、純粋に個人の魔力でこんな大きなものを浮かせるなんて……やっぱりレクスの魔法はとんでもないわ」

「いやいや、術式の相性の問題ですよ。このフロートフィールドは空間内の任意の物質の重力の影響を限りなくゼロにするんです。用途としては、修理施設が無い場所で大型の乗り物などが壊れた時に使う特殊運搬魔法なんです」

「そんな魔法初めて聞いたわよ」

ともあれ、まずは船の修理が終わるまで待たないとね。

フロートフィールドは移動の為の魔法じゃないからね。

「今のうちに僕も船に飛行機能を付与して、波の影響を回避出来るようにしないと」

「うわぁぁぁぁぁぁっ!!」

その時だった。

甲板で修理作業をしていた海賊達が、悲鳴をあげて後ろを指さしていたんだ。

「あ、あれは!?」

それは巨大な波だった。

数十メートルを超えるかというほどの巨大な波が、空に浮いている僕達に向かって襲い掛かって来たんだ。

「くっ！　回避！」

何とか大波を回避したものの、大波は次々と襲ってくる。

大波はその全てが空に浮かんでいるこの船に届く大きさだ。

だけど、大波に気を取られたのがいけなかった。

大波に隠れて襲ってきた高波が、船底にぶつかり船がグラリと揺れる。

「「「うわぁぁぁぁっ!!」」」

そして運悪く甲板上で作業をしていた海賊達が海に落ちてしまったんだ。

「いけない！」

しまった！　落ちた人達を助けに行かないと！　けど彼等を助けに行ったらフロートフィールドが切れてしまう！　今の高波で船底にまた穴があいてしまったみたいで、船内から怒声が聞こえる。

これじゃあ船を海面に戻す訳にはいかない！　くっ、どうする!?

「ここは私達に任せて！」

そんな時だった。

リリエラさん達が海へと飛び出す。

「皆!?」

「彼らは私達が助けるから、レクスさんは船を！」

「でも！」

「俺達だってやれるんだぜ！　信じてくれよ兄貴！」

そう言っている間にも皆は落ちていく海賊達を救うべく、飛行魔法で加速してゆく。

「分かった！　皆に任せるよ！　でももしもの時は、水着に仕込んだ水中呼吸機能を使うんだ！　あと海中では体の力を抜いて浮き上がる方向に向かって行くんだよ！」

拡声魔法で声量を増して風雨に晒される皆に助言を届ける。

「分か……！」

リリエラさん達からの声は小さく、本当に声が届いたのか心配になるけど、皆ならきっと大丈夫だ！

「任せたよ皆！」

僕もまた、迫りくる大波から船を守りつつ、船を飛行させる為の魔道具の組み立てと設置を急ぐのだった。

◆

「ふー、何とか嵐を抜けたみたいだね」

その後、なんとか急造の飛行装置を完成させた僕は、船の操舵を海賊達に任せ、船の進路をふさぐ大波を魔法で吹き飛ばしながら陸へ向かった。

そして、海岸が近づいてきた所で突然嵐が止んだんだ。

「けど一体あの嵐はなんだったんだろう？」

そのまま海岸の近くに着水すると、錨を降ろして一旦停泊する。

海賊達が応急処置をしたけど、一度しっかり船のチェックをするべきだからね。

「それじゃあ港に行く前に船の修理を……って、え？」

振り向くと、何故か海賊達が僕に向かって土下座をしていた。

「え？　何？」

「「「「ありがとうございます海神様っっっ!!」」」」

「へ？」

海神？　誰が？

「あの悪夢のような嵐から俺達を守り、空を飛びながら無事に陸までたどり着くなど、ただの人間に出来ようはずもございません！　貴方様こそ海を統べる海神様に間違いございません！」

え？　えぇぇぇぇぇぇぇぇぇっ!?　何を言っちゃってるのこの人達ぃぃぃぃぃぃぃぃっ!?

「貴方様は海賊に身をやつした俺達に罰と、そして救いをお与えに来られたのですね」

船長が、いや海賊達全員がキラキラとした眼差しで僕を見つめてくる。

「え？　いや違……」

「あの嵐は海を汚した俺達への怒りだったのでしょう？　本来なら俺達は海の藻屑となる筈だった。ですが貴方様は俺達にもチャンスを与えてくださった。あの嵐の中で、心底から己の悪事を後悔し悔い改めた事で、命だけは救ってくださったのですね！」

「「「俺達心から反省しましたっっ！　もう悪さはしませんっっ!!」」」

いやいやいや、そんな事欠片《かけら》も考えていませんから。

完全に勘違いだよ!?

「そして俺達の仲間を救う為、嵐の海に潜ってくださった方々は……貴方様の従者、神の眷属様なのですね！」

「違うよ!?」

いけない、このままだとこの人達がどんどん勘違いを加速させる。

早く勘違いだと理解させないと！

「ほんとにそんなのじゃないからね！　僕達は普通の冒険者だから！」

「はい！　海神様が地上で活動しやすいように、俺達もその様に振舞えばよろしいのですね！」

駄目だ！　全然伝わってない！

「いいかお前等！　海神様にご迷惑をかけない為にも、何も知らない振りをするんだぞ！」

「「「「へい船長!!」」」」

うわぁぁ、どうしよう。
船長達も勘違いを拗らせてこっちの発言を変に深読みしちゃってるし、もう変な勘違いを広めないなら、このまま黙っていてもらった方がいいのかな?

「それに問題はリリエラさん達だ」

嵐を抜けた後、僕は上空から周辺を見回してみた。
けれど皆の姿はどこにも見当たらなかったんだ。
一応皆が身に着けているのは以前海辺の国でメガロホエールの調査を行った際に渡した水中呼吸や水圧耐性を施した特製の水着だから、溺れる事は無いと思うけど……

「これ以上は考えても仕方がないか。皆は無事だと信じて、今は船の修理にとりかかろう! 万が一あの嵐に巻き込まれても大丈夫な様に、飛行装置もちゃんとしたものにしないとね」

何はともあれ、こうして僕と海賊達は東国への上陸を果たしたのだった。

第183話　ミナ、東国の大地を踏む

◆ミナ◆

「さて、これからどうしたもんかしらね」

海に落ちた海賊を救出した私は、なんとか嵐を抜けて東国の海岸へと辿り着いた。

けれどかなり流されたみたいで、私達が乗って来た船の姿は見当たらない。

「とりあえず港町を目指しちゃどうですか姐さん？　元々俺等も港を目指していたわけですし」

助けた海賊が、妙にペコペコしながらこれからの方針を提案してくる。

「そうね。じゃあ近場の港町を目指しましょうか」

まずは飛行魔法で上空に上がり、周辺の地理を確認っと。

周囲をぐるりと見回すと、目につくのは例の巨大な山。

そして海岸の近くを通る街道が目についた。

「あっちに街道が見えたわ。行きましょう」

地上に降りた私は、海賊にこれから向かう方向を指示する。

「いやー、飛行魔法ってのは本当にすごいもんですね。けどそれならわざわざこんな所を通らずに飛んでいけばいいいんじゃないですか？」

「貴方飛べないでしょ」

私一人ならそれも出来たんだけどね。

「それなら俺が姐さんに摑まっ……あ、いえ、なんでもないです」

馬鹿な事を言おうとした海賊を視線で黙らせ、私達は街道に向かって林を抜けていく。

「とりあえず、私達は嵐で船から投げ出された旅人で、アンタはその船の船員だったけど今は私の護衛をしてるって事にしておくからね」

「なんでまたそんな面倒な設定にするんで？」

コイツ、自分が何者か忘れてるわね。

「アンタ海賊でしょ」

「おっとそうでした」

言われて思いだしたのか、海賊がこりゃ失礼しましたと頭をかく。

「っと、そろそろ街道に……何？」

その時だった。

街道の方からギンッ、ギンッ、と何か金属がぶつかるような音が聞こえてきたの。

「「……」」

私達は顔を見合わせると、そーっと木々の間から街道の様子を覗き見る。

すると道の向こうで、誰かが剣を振るって戦っているのが見えた。

「誰か戦ってるみたいですね」

戦っているのは二人組の若い男と、複数の男達だった。

劣勢なのは二人組の方で、年上の男が年下の少年を守っているみたいね。

少年の方は私やジャイロ達よりちょっと幼いかしら？

「とりあえず様子を見ましょう。ヤバそうだったら関わらない方向で」

「そっすね」

薄情なようだけど、この海賊は嵐の最中に海に放り出された所為《せい》で武器を持っていないから、戦えるのは私だけなのよね。

この状況で厄介事に関わるのはただの命知らずだわ。

「小僧は殺すな！　だが生きてさえいれば手足を失っても構わん！」

「くっ、若に近づくな下郎！」

どうやら大勢で襲っている方はあの男の子を狙っているみたいね。

身代金狙いの誘拐犯とか、人質に使うとかかしら？

「うーん、明らかに厄介事ね」

間違いなく後ろに厄介な連中がいるわ。

「そっすね。隠れてやり過ごしますか?」

「そうねぇ」

と言っても、人が誘拐されそうになってるこの状況で見捨てるのも微妙に後味が悪いのよね。

でも巻き込まれたくないのも事実。

こんな時ジャイロならどうするかしら? うん、考える間もなく助けに行くでしょうね。

ノルブも助けに行くでしょうね。

メグリは……お金にならないなら放置するでしょうね。

私は……私はどうするべきかしら……

「若っ! ここは私が時間を稼ぎます! 貴方はお逃げください!」

「馬鹿を申せ! お主を置いて逃げる事など出来るものか!」

そんな事を思いながら悩んでいたら、二人組が逃げる逃げないの問答を始めた。

「甘えた事を仰るな! 貴方の両肩には、天峰皇国《あまつみねこうこく》の民の命が掛かっておるのですぞ!」

「くっ!」

護衛の男の人に叱責され、男の子が言葉を詰まらせる。

「さぁ、お行きなさいませ!」

「……済まぬっ!」

決心した男の子が、私達の隠れている方向に向かって駆けだす。

「こっちに来ますね」

「来るわねぇ」

このまま彼が私達の前を通り過ぎたら襲撃者も追いかけるだろうから、反対方向は安全に行くことが出来そうね。

その場合この二人は見捨てる事になっちゃうけど……

「逃さん！　足を狙え！」

と、そこで襲撃者が男の子を狙って弓を放った。

「いかん！　若っ！」

「くっ！」

男の子が横に飛んで矢を躱す……って。

「キャアッ!?」

「うわぁぁっ!?」

なんという偶然。矢を躱した男の子は、私達の隠れている茂みに飛び込んできたの。

当然しゃがみ込んで隠れていた私達が避けられるはずもなく、男の子に押し倒されてしまう。

「もう、急に突っ込んでこないでよ！」

「ス、スマン!?」

「そ、それどころじゃないですよ姐さん！」

「ええ？　何が……よ？」

見れば護衛の人と襲撃者達が何事かと私達を見ていた。

「……あっ」

しまったバレちゃったたぁぁぁぁぁっ！　こ、この状況かなり不味いわ！

「も、目撃者ごと消せっ！」

状況を理解した襲撃者達が、再びこちらに向かって矢を構える。

「やっばー」

あー、完全に巻き込まれちゃったわ。不味いわねぇ。

「い、いかん！　逃げろお主等！」

私に覆いかぶさったままで、男の子が逃げろと言う。

「へぇ、この状況で私達を心配するんだ」

自分の身が危ないにも関わらず他人の心配をするなんて、とんだお人好しだわ。

まるで誰かさん達みたい。

でも……同じ巻き込まれるなら、そういうお人好しの方がまだマシよね。

「あの、何でそんなに嬉しそうなんですか姐さん？」

「うっさい」

海賊のツッコミを無視して、私は杖を構える。

「良いわ。どうせ関わっちゃったんだし。これも何かの縁よね」

「ちょっ、姐さん、早く逃げ……」

海賊が慌てた様子でオロオロしているけど、この状況で逃げる事なんて無理よ。

「やれっ！」

私達に向かって一斉に矢が放たれる。

けれど私は慌てず男の子に告げた。

「ちょっとだけ、助けてあげるわ」

既に構築していた魔力を、ただ解き放つだけ。

「フレイムバースト！」

私達の前に現れた炎の幕が放たれた矢を迎撃し、そのまま矢を放ってきた襲撃者達に襲い掛かる。

「「「ぐわぁぁぁぁっ!!」」」

炎に包まれた襲撃者達が、悲鳴をあげて転げまわる。

「な、何という強力な魔法だ!?」

私に覆いかぶさったままの男の子が、目を丸くして驚きの声をあげる。

ふふっ、ちょっと良い気分ね。レクスになったみたい。

「くっ！　て、撤退だ！　撤退！」

生き残った襲撃者達が、慌てた様子で逃げだす。

「お、追手が逃げた……」

「それはいいんだけど、そろそろどいてくれないかしら」

呆然と逃げた追手を見つめていた男の子に、私は早くどいてくれと苦情を言う。

「え？　あっ、済まぬ！」

ようやく状況を思い出した男の子が、慌てて立ち上がり後ろに下がる。

彼の顔が赤くなっているのは、ちょっとくらい自惚れて良いのかしらね？

「ふぅっ」

「若っ！　ご無事ですか!?」

私が立ち上がるのと同時に、護衛の男の人が駆け寄ってくる。

「うむ、大事ない」

「改めて礼を言うぞ異国の娘よ。余の名は雪之……幸貴《ゆきたか》と呼んでくれ。こやつは晴臣《はるおみ》だ」

「若をお助けくださり誠にありがとうございます」

幸貴と名乗った男の子が礼を言うと、晴臣と呼ばれた護衛の人が深々と頭を下げてくる。

とはいえ、まだ警戒されているみたいね。

うーん、それにしてもこの男の子、自分の名前を言い直したあたり、明らかに偽名臭いわね。

でもここでそれを追及しても碌な事にならないから、放っておくのが良いわね。

「姐さん、もしかしてこの坊主偽名ゴフッ」

「余計な事言わない！」

厄介事に首を突っ込もうとした海賊を肘撃ちで黙らせる。

「どうした？」

「何でもないわ。ちょっと疲れているみたい」

私は服に付いた土を払うと、改めて幸貴に挨拶をした。

「よろしく、私はミナよ」

「あっしはゴブンでさぁ」

あっ、この海賊そんな名前だったんだ。

「ミナにゴブンか。改めて礼を言うぞ。本来ならそなた等を屋敷に招いて歓迎の宴をしたいところだが、生憎と今の余ではそれも叶わぬ」

明らかに追われていたものねぇ。

「別に気にしなくていいわ」

「そうもいかん。天峰の武人たる者、恩人への礼儀を失する訳にはいかぬ」

ふーん、その様子だとどうやらこの国の騎士団関係者の子供かしら？

「そっちにもお礼が出来ない事情があるんでしょう？　だったらお互いに見なかったことにして別れるのが良いと思うんだけど？」

うん、助けはしたけどこれ以上深入りしないに越した事は無いわ。

でないとレクスやジャイロみたいになっちゃうもの。

「それなのだがな、お主達に護衛を頼みたい」

「護衛？」

いきなり何言ってんのコイツ？　お金ないんでしょ？

「若っ、何を!?」

案の定晴臣さんが幸貴を制止する。

「晴臣、この者達の実力はそなたも見ていたであろう？　我々だけでは再び追手に襲われたら助からぬ。ならば叔父上の治める領地まで護衛をしてもらった方が良いとは思わぬか？」

「それは……」

こらこら、そこで言いくるめられるんじゃないわよ。

「いやいや、こっちの都合を無視しないでほしいんだけど。私達は仲間と合流する為に港町まで行かなきゃいけないから、貴方達の護衛をしている暇なんてないのよ」

こちらの事情を説明して断ると、幸貴は何故かニヤリと笑みを浮かべる。

「ほう、それは好都合。余がお主達に護衛を頼もうと思っていたのも、オミツの港町までなのだ」

「え？　そうなの？」

まさか目的地が同じだったとは、その偶然にちょっと驚きだわ。

「うむ、そこまでたどり着けば、町を治める叔父上に助けを求める事が出来る。そなた達への謝礼も出来ると言うものだ」

「叔父さん頼りな訳ね」

さてどうしたものか。

明らかに厄介事だし、関わらずにさっさと離れたいところなんだけど、目的地が同じってのが厄介よね。

それにこれから向かう町の領主が叔父って事は、ここで断ると貴族の頼みを断ったって事にもなっちゃうのよねぇ。

現地の貴族の不興を買いたくはないけど、貴族がらみだとすると敵も貴族の可能性が出てくるのよねぇ。

どっちを選んでも厄介だわ。

「姐さん姐さん」

「何よ」

私が悩んでいると、ゴブンが小声で声をかけてきた。

「せっかくだし受けちまいましょうぜ。どうせ行先は同じなんですし、いつ旦那達に会えるとも分かりやせん。だったら長期滞在する事も考慮して、この坊ちゃんに恩を売った方が得ってもんですぜ」

うーん、一見謝礼に目が眩んでいるようだけど、いや実際に眩んでいるんだけど、間違った事は言ってないわね。

明らかに厄介事に巻き込まれているけどここは外国だし、味方になる貴族が居るのならそれがこちらの利になるのは間違いないか。

「……分かったわ。その港町まで護衛すればいいのね」

「おお、受けてくれるか！」

異国の、それも皆が居ないこの状況で、これ以上厄介事を背負いたくはないんだけどね。

それでも、お金は必要だし、土地勘のある人間を味方につけた方が良いのは事実か。

「これからよろしくね幸貴」

私はあえて幸貴を呼び捨てにしながら手を差し出す。

相手は貴族みたいだけど、この状況だと下手に敬語で話しかけたら追手にここに獲物が居ますよって言ってるようなものだものね。

「っ!?　う、うむ！　よろしく頼むぞミナよ！」

そしたら何が嬉しいのか、幸貴は妙にウキウキした様子で私の手を取る。

「さぁ！　オミツの港町へ行くぞ！」

「はいはい」

こうして、東国……天峰皇国へとたどり着いた私は、仲間とはぐれた代わりに妙な貴族達と関わる事になったのだった。

第184話　港へ向かう者達

◆リリエラ◆

「さて、これからどうしようかしらね」

海に落ちた海賊達を助けた私とメグリは、なんとか東国に上陸することが出来た。

そしてこれまた運よく港町に着いたんだけど、レクスさん達の情報はどこにも無かった。

「この町で待機するか、他の港町を捜すか」

現状、私達には仲間達との連絡手段が無かった。

というのも……

「まさか冒険者ギルドが無いとは……」

そうなのよね。この東国には冒険者ギルドという組織が無かったのよ。

おかげでギルドに連絡を頼んで、他の支部にレクスさん達が居ないかを調べるという手が使えなくなっちゃったのよね。

「こうなると、お手上げねぇ」

「すんません姐さん方。俺達を助ける為に」

「すんません」

私達が助けた海賊、ディスタとシタバが申し訳ないと頭を下げてくる。

「気にする必要はないわ。私達が助けるって決めて行動した結果だもの」

「ん、冒険者の行動は全て自己責任。それが自由人である冒険者の矜持」

そうね、何をするにも自己責任。

それが私達の誇りだもの。

「「か、かっこいぃー!!」」

ディスタとシタバが妙に感激した様子で私達を見ながらはしゃぐのは勘弁して貰えないかしら？

通行人が何事かって顔でこっちを見てくるんだけど。

東国って衣服が独特のデザインをしているから、異国人である私達の格好は猶更目立つのよね。

「と、ともかく、この町にレクスさん達はいないんだし、別の港町に行くのが良いんじゃないかしら？　運が良ければ街道沿いで出会うかもしれないし」

「私もそう思う。港の人達から、雲が荒れていた方向を聞いたから、私達が流されてきた方向は分かってる。そっちに向かって歩いて行けば、あの嵐の起きた場所から一番近い港町に着く筈」

さすがメグリ。その辺りは抜け目ないわね。

「ならさっそく行きましょうか」

「ん」

「「へいっ!!」」

という事で別の港町に向かう事を決めた私達だったんだけど……

「ヒャッハー！　命が惜しければさっさと逃げちまいな！　もっとも生きて逃がす気はないけどよ！」

「身包《みぐる》み剥いでやるぜー！」

町を出て暫く歩いたところで、山賊に出くわしちゃったのよね。

「あー、どこかで見た光景だわ」

「「すんません」」

ちなみに襲われているのは私達じゃない。

襲われているのは、馬車だ。

「商人の馬車って感じじゃないわね」

「馬車が豪華、駅馬車でもない」

つまりお金持ちの馬車ね。

ただ金持ちというと、襲われているのは貴族の可能性もあるのよね。

善意で助けた結果、面倒な貴族に絡まれたって話も結構聞くから、安易に動くのは危険ね。

「姐さん方、護衛の格好を見てくだせぇ。ありゃ東国の鎧でさぁ」

ディスタの言葉に戦っている護衛の姿を見ると、あれは革鎧かしら？　私達冒険者が使うものと違って、随分とゴテゴテしてるわね。

「ありゃあ東国のちゃんとした騎士の鎧でさぁ」

「へぇ、東国の騎士は革鎧なのね」

「東国の騎士は気候や地形なんかの問題で、フルプレートよりも重装化した革鎧に派手な装飾や塗装をするんでさぁ」

なるほど、土地柄の問題で革鎧の方が使いやすいのね。

「そんで倒れた騎士の鎧も同じモンです。つまり襲われてる連中は、同じ装備をそろえる事が出来る金持ちでさぁ」

「成る程、良い装備を全員分揃える事が出来る貴族は金持ち。つまり爵位が高い」

「へい、そういう事でさぁ」

意外とこの海賊達知恵が回るわね。いや、単に獲物を見定める為の知恵ね。

「ともあれ、襲われているのが爵位の高い貴族なら、助けた時に恩が売れるかしら？　レクスさん達と合流する為に協力してくれそうね。

「リリエラ、もう一つある」

と、メグリが私の腕を引く。

「何？」

「あの山賊達、装備の粗末さの割に、訓練された重装甲の護衛を圧倒してる」

「あっ」

メグリの言いたい事に気づき、私は山賊達の動きを見る。

「確かに。明らかに動きが良いわ、あの山賊達」

「そりゃどういう事で？」

ディスタの疑問に私は自分の理解を深める意味でも説明する。

「つまりね、あの山賊達は自分達よりも装備が良くて、しかも専門に訓練された職業騎士より強いって事よ」

「つまりたまたま強い山賊に襲われて運が悪かったたって事ですかい？」

うーん、通じないかぁ。

「つまり、あの山賊達は山賊に偽装した腕利きの職業軍人か暗殺者の可能性が高い」

「成る程!!」

メグリの答えに、ディスタ達が納得の声をあげる。

「そうなると一気にきな臭くなってきたわね」

「さっき生きて逃す気はないって言ってた。相手が金持ちと分かっているのなら、身代金を要求する筈。それをしないというのも怪しい」

うーん、完全に黒ね。

「どうする？」

メグリが私を見て聞いてくる。

私にこのパーティのリーダーとして決めろっていうのね。

これは先輩冒険者としての私を立ててくれているのかしら？

「え？　隠れてやり過ごすんじゃないんですかい？」

「相手は本業の騎士を倒すほどの腕利きなんですぜ？」

ディスタとシタバが戦う気かと怯えているけど、アンタ達元々海賊でしょうが。

「狙われるほどの貴族なら、それなりの地位にいる可能性が高いと思うのよね。ならそんな相手を助ければ、色々と便宜を図ってくれると思うわ」

「で、でも相手はあっし等よりも人数が多いですぜ？」

「しかも強いっスよ？」

「問題ない。あの山賊達の動きは確認した。あれなら勝てる」

そう、私達もただ彼らが襲われている姿を見ていたわけじゃない。

ちゃんとあの連中相手に戦えるのかを見極めていたのだ。

「私が地上から魔法を放って攻撃するから、メグリは上から奇襲でオッケー？」

「オッケー」

「じゃあ戦力にならねぇあっし等は、邪魔にならない様に隠れてますね」

……うん、良いんじゃないかな。

「じゃあ行く」

すぐにメグリが物陰に隠れて私の傍から離れてゆく。

そして十分な距離を確保したところで、私は山賊達に魔法を放った。

「アイスラッシュアロー！」

私は下級の氷の矢を連射する魔法を山賊達に放つ。

戦士である私は魔力が多くないせいであまり派手な魔法は使えないけど、それでも遠距離攻撃の手段があれば、戦術の幅が大きく広がるわ。

今回の目くらましの様にね。

「な、なんだ!?」

とはいえ、相手は熟練の戦士だから不意を打っても大したダメージにはならないでしょうけど。

「ぐわあぁぁぁっ!?」

「ぎゃぁぁぁぁっ!?」

あれ？　意外と効いてる？　と、私が驚いている間に、メグリが上から山賊達を強襲した。

「ガハッ!?」

「ど、どこからグアッ!?」

「ど、どこに!?　ゴフッ!?」

上から強襲したメグリは、その勢いで地面にしゃがみ込むと、すぐに飛行魔法で上空に逃亡。

その際にもう一人を逆袈裟で切り裂く。

突然懐に入ってきた敵が一瞬で消えた事で、山賊達はメグリの姿を見失って周囲を捜す。

普通の人間は、上から攻撃されるなんて思ってもみないでしょうしね。

その心理的奇襲によって、メグリは何度も空と地上を高速でジグザグに動き回って山賊達を襲う。

けれど何度も同じ事をされれば、山賊達も慣れるのが道理。

仮にも腕利きの暗殺者だものね。

「上だ！　上にいるぞ！」

「飛んでおる!?　魔法!?　否、魔道具か!?」

襲撃で半ばパニックに陥った山賊の口調が一瞬だけ元に戻る。

やっぱり山賊のフリをしていたのね。

「でもまぁ、私の事を忘れたのは迂闊よね。アイスラッシュアローーッ！」

私はメグリが上空に逃げたタイミングで、上を向いていた山賊達の横っ面を魔法で叩く。

「「「ぐわぁぁぁっ!!」」」

完全に決まった魔法が山賊達に重傷を与え、生き残っていた山賊達にはメグリがトドメを刺していた。

「これでおしまいっと」

山賊達は全員倒され、立っているのは私達と生き残った護衛達だけだ。

「大丈夫ですか？」

私は呆然としていた護衛達に穏やかな声音で声をかける。

すると護衛達はすぐにハッとなり、剣を構えて私達に警戒の目を向けてきた。

「な、何奴⁉」

「私達は貴方達が襲われているのを見て助太刀に来たんです。現に倒れているのは貴方達を襲った山賊だけでしょう？」

「むぅ……」

護衛達はちらりと山賊を見ると、どう判断したものかとわずかに考え込む。

「た、確かに助かった。だがお前達が別の賊でないとも限らぬ。故に近づくな！」

なるほどー、そう考えちゃったかぁ。

多分この人達は山賊は本物の賊で、私達こそ敵の本命なんじゃないかって警戒しちゃったのね。

うーん、これは予想外。

「やめよ」

どう説得したものかと困っていると、馬車の扉が開いて見慣れない格好の老人が出てきた。

「お、お館様⁉　外はまだ危のうございます！　中へお戻りください！」

「無様な姿を晒すでない愚か者どもが！　この者達がヤツめの手下ならば、我らを助けずともそこの山賊に偽装した追手に襲わせればよいだけの事。わざわざ優勢であった仲間を殺してまで儂《わし》の懐に入る意味はないわ！」

あっ、良かった。ちゃんと冷静に状況を見ていた人が居たみたい。

「すまぬな。この者達も儂を守る為に必死だったのだ。気を悪くせんでくれ」

「お、お館様!?」

自分達の主人が謝った事で、護衛達が顔を青くして動揺する。

うーん、そんな風に動揺してたら護衛なんか務まらないんじゃないかしら？　ちょっと心配になるわ。

「お気になさらないでください。戦いの後で気が昂っていたのでしょう」

「そう言ってもらえると儂としてもありがたいの。ここで立ち話もなんじゃ。良ければ儂の屋敷に招待したい。改めて命を救ってもらった礼がしたいのでな」

私はメグリと顔を見合わせる。

「どうする？」

「私は構わないと思う。特に急ぎでもないし」

「それもそうね」

もちろん話し合いは演技だ。

助けた事で協力して貰おうって、あらかじめ決めていたわけだしね。

「分かりました。そういう事でしたら、ご招待に甘えさせていただきます」

「うむ。ではついてくると良い」

さすがに馬車には乗せて貰えなかったけれど、代わりに護衛達の乗る馬に乗せて貰えることとなった。

山賊達の増援を気にしているのか、一行は途中の村や町に止《とど》まることなく代わりに馬を交換して進んでゆく。

そして日が暮れるギリギリで到着した町で、ようやく馬の脚が緩やかになった。

「この町で宿を取るんですか？」

私は自分を乗せていた護衛にどういった予定なのかを確認する。

「いえ、この町が我々の目的地です」

なるほど、目的地まで近かったから、一気に突き抜けた訳ね。

馬車は町の中を進んでいき、貴族街らしき区画に入ってゆく。

そして奥まで進んでゆくと、ひと際高い壁の屋敷が見えてきた。

「お館様がお帰りだ！　開門せよ！」

護衛の言葉に門が開き、馬車と私達を乗せた馬が中へと入ってゆく。

「う、うわぁぁ……」

思わず声が出た。

なにせ門の中は私の予想以上の豪邸が広がっていたからだ。

「門の中に森がある!?」

「ははは っ、アレは庭園ですよ」

「庭園!?」

私達が進む道の両脇には、森としか思えない木々や草花が綺麗に咲き乱れ、言われてみれば確かにその並びや形には人の手が入っていた。

更になんだかよく分からない飾りがちらほらと立っている。

「凄い……」

メグリも珍しくお宝以外のものに圧倒されている。

「あ、あっし等まで入っちまってよかったんですかねぇ?」

「う、うひゃあー」

一緒にやってきたディスタ達も、屋敷や庭園の光景に圧倒されている。

「ははは っ、この庭園はお館様の自慢の庭園ですからな。天峰の武家の屋敷数あれど、これほどの規模の物はこの屋敷を措《お》いて他にありませんぞ」

それはつまり、私達が助けた老人が相当な権力者であると言う事……よね？　庭園に挟まれた道を暫く進むと、ようやく屋敷の入り口が見えてきた。

「デカい……」

近くまで来て見ると、殊更に屋敷はデカかった。

夕暮れ時で周りが見づらかったから分かりにくかったけど、相当な広さだわ。

そして屋敷の前では何十人もの使用人達と思しき人達が道の両脇に控えていた。

先行していた馬と馬車が止まり、私達も馬から降りると、最後に馬車のドアが開いて先ほどの老人が姿を見せる。

「「「「おかえりなさいませお館様!!」」」」

「うむ、心配をかけたな」

老人は使用人達に声をかけると、私達の方を向く。

「さて、先ほどは助けて貰ったにも関わらず、名を名乗っておらなんだな」

と、突然そんな事を言い出した。

「何しろ、どこに追手が隠れておるとも知れん状況じゃったからの。儂が本当に標的だと相手に確信を持たれたくなかったのじゃよ」

なるほど、だからさっきは名乗る事もせずに馬車に乗り込んだのね。

「あと、ここでなら名乗っても護衛達がたくさんいるし、逃がしても追手を出せるからだと思う」

ボソリと私だけに聞こえる様にメグリが補足する。

意外にしたたかねぇ、このお爺ちゃん。

「儂の名は山桜小路左京之介《さんおうこうじさきょうのすけ》。この国の筆頭家老を務めておる」

「筆頭家老……？」

って何？

「「ひ、筆頭家老!?」」

言葉の意味がよく分からなかった私の代わりとばかりに、ディスタ達が驚きの声をあげる。

船乗りだけあってこの二人って意外と物知りなのかしら？

「知ってるのアンタ達？」

「し、ししし、知っているも何も!?」

「筆頭家老と言えば、あっし等の国で言う摂政様の事ですぜっ!!」

「へー、摂政ねぇ」

なるほど、確かにそれならディスタ達が驚くのも……

「って、摂政ぅぅぅっ!?」

私は驚いて自らを筆頭家老と名乗った老人の方を向く。

すると、彼はニヤリと意地の悪そうな笑みを浮かべてこう言った。

「驚いたかの異国のお嬢さん達？」

「「……」」

お、驚いたなんてもんじゃないわよ……、どうやら私達は、トンデモナイ大物と知り合ってしまったみたいね……

第185話　商人と空飛ぶ船

「いや本当に助かりました」

ボロボロになった船の上で、疲れ果てた様子の男の人が僕に感謝の言葉を告げる。

「貴方が通りかかってくださらなかったら、私達は港を目の前にして船を沈めてしまうところでした」

そう、僕達は東国の港まであと少しというところまでやって来たんだけど、たまたま今まさに沈む船を発見してしまったんだ。

しかも船の周りには何十匹もの魔物が泳ぎ回り、船から脱出する事も出来ないありさまだった。

さすがにそんな状況を見つけたら助けないわけにはいかない。

僕は船の操舵を船長に任せると、魔法で魔物達を一掃。その後急ぎ船を魔法で宙に浮かせたんだ。

幸い、飛行装置が完成していた事で、海賊船の方は僕が居なくても動かせるようになっていたからね。

「いえ、お気になさらないでください。困っている人が居たら助けるのは当然の事です」

「いやいや、沈みかけた船を魔法で浮き上がらせるなど、普通の魔法使いには出来ませんよ！　貴方と出会えたのは神のお導きでしょう！」

「あ、あはは、大げさだなぁ」

神という単語に、僕は海賊達が僕を海神と勘違いしていた事を思い出して苦笑いしてしまう。

「私はこの近くにあるハトバの港町で商いをしております清兵衛と申します」

「僕はレクスと言います。仕事でこの国にやってきました」

「ああ、やはり異国の方でしたか。そんなお方に命を救われるとは、やはり私は運が良い」

僕の格好からこの国の人間ではないと察していたらしい清兵衛さんがやはりと頷く。

「港はもう目と鼻の先ですから、このまま運んでしまいますね」

さて、いつまでも海の上で話している訳にもいかないし、港に行くとしようか。

幸い、港が見えるこの距離ならこのまま船を運ぶことが出来るしね。

「おおっ！　感謝いたしますレクスさん！」

「ストリームコントロール！」

フロートコントロールで重力を軽減して浮いていた船を、気流操作魔法で動かす。

フロートコントロールは移動用の魔法じゃないけど、風魔法を併用すれば短距離を移動させることは出来る。

より精密に動かすなら物質を操る操作系魔法が良いんだけど、開けた場所で魔力消費の効率を良

くしたいのならこの魔法の方が楽だ。

僕が魔法で船を移動させると、船長が操る海賊船も後をついてくる。

そして数分もしない内に僕達は港町へと到着した。

「っ!? ～～～～っ!?」

港が近づいてくると、大勢の人が大挙して何か騒いでいるのが確認出来る。

恐らく難破船が運ばれてきた事で騒動になっているんだろう。

事情聴取や救助活動で関係者が集まるのは前世でもよく見た光景だからね。

「でも、あれじゃあ船を降ろすことが出来ないよ」

こういう時は船を着地させる為に港の陸地を空けるのが常識なんだけどなぁ。

『すいませーん！　船を降ろしたいので、皆さんどいてくださーい！』風魔法で地上の人達に声をかけると、地上のざわめきが一層大きくなる。

そして港の上に船を移動させると、集まっていた人達が一斉に端によっていく。

「よし、着陸します！」

船が地上すれすれまで近づくと、僕は船を固定する為に氷魔法を発動させる。

「フローズンピラー!!」

船の両舷を支えるように、各二本ずつの太く大きな氷の柱が生えてくる。

そして船が港に着陸すると、僅かに傾いて氷の柱にもたれかかる。

「到着です。氷の柱が溶ける前に積み荷を降ろしてください」

「おおっ！　そこまで気遣ってもらえるとは！　ありがとうございます！　おいお前達！　急いで積み荷を降ろすんだ！」

「「「へいっ!!」」」

船員達はすぐに積み荷を降ろす為の作業を開始する。

そして海賊船の方を見ると、船は海上に着水して港に接舷していた。

あっちもちゃんと降りられたみたいで良かったよ。

動かし方を教えてぶっつけ本番で操縦させたけど、ちゃんと降りる事が出来て良かったよ。

「おい！　この船の責任者は誰だ!?」

海賊船が無事に着水出来た事を確認していたら、突然そんな事を言いながら見知らぬ男達が船に乗り込んできた。

物腰からいってこの町の役人かな？

「この船の持ち主は私ですよ衛士長」

と、清兵衛さんが前に出る。

「あ、貴方は!?　……こ、これはどういう事ですか!?　何故船が空を飛んで……いやそうではなく、何故船を港の上に置いたのです!?」

最初は居丈高に詰問してきた役人だったけど、彼を衛士長と呼ぶ清兵衛さんの顔を見た途端態度を変えた。

この反応を見る限り、清兵衛さんは結構な大店《おおだな》の主なのかな？

「運悪く例の嵐に巻き込まれてしまったのですよ」

例の嵐という言葉に、衛士長の表情が変わる。

「っ!?　あの嵐ですか！　ですが何故？　沖に出たらあの嵐に巻き込まれる事は知っていた筈ですが？」

「運が悪かったのです。偶然遭遇した魔物の群れを避けようと進路をずらしたのですが、魔物の相手に専念している間に潮の流れに乗ってしまったようで、気づいた時には逃げる事が出来なくなっていたのです」

「成る程、魔物が原因でしたか」

「おかげで危うく船が沈没する寸前だったのですが、幸いにも優れた魔法使いの方に救われた事で港まで船を運んで頂けたのです」

「魔法で船を!?　そんな事が可能なのですか!?」

「し、信じられん……そんな魔法聞いた事もないぞ!?」

「い、一体誰がやったのですか!?」

衛士長のその言葉を聞いた清兵衛さんと船員さん達の視線が一斉に僕に向く。

「……あ、はい。僕が風魔法でやりました」

「え？」

衛士長が清兵衛さんにほんとですか？　と言わんばかりの視線を向けると、清兵衛さんは真剣な表情で頷いた。

「お前……あ、いや君がこの船を？」

「はい。浮遊魔法で沈没しかけていたこの船を浮かせました」

「じゃ、じゃあもう一隻の船も魔法で浮かせていたのか？」

ああ、海賊船の事だね。

「いえ、そちらは僕じゃありません」

「そ、そうか。そうだよな。さすがに船を二隻も魔法で動かすなんてさすがになぁ！」

衛士長達がうんうんと頷くのも無理はない。精密操作に向かない風魔法で正確に港に接舷させるのはサイズの問題もあってちょっと危ないからね。

しかもそれが二隻ならなおさらだ。

うっかりズレてて波止場と接触して壊してしまったら大変だもんね。

「ええ、あちらの船は飛行機能を付与するマジックアイテムを装着した船ですから」

「成る程、あっちはマジックアイテムなの……か？」

「「「って、マジックアイテムゥゥゥゥゥゥゥゥ!?」」」

何故か衛士長達だけではなく、清兵衛さんまで驚いた声を上げる。

「あ、あの船にはマジックアイテムが取りけられていたんですか!?」

「あっはい。嵐に巻き込まれて船に大穴がいくつも空いてしまったので、安全な場所まで避難する為にサササッと飛行装置を作って装着したんです」

「「マジックアイテムをササッ!?」」

「まぁ緊急避難の為に作った品なんで、ほんとに浮いて移動する程度しか出来ないその場しのぎの装置なんですけどね」

「「いやいやいや、全然その程度なんかじゃないですから……」」

「あっ、でもあっちの船も嵐でかなりボロボロになっていますから、本格的な修理をしないとまた浸水してきて航海は無理だと思いま……」

「うわーっ！　水が入って来たぁー！」

「急いで船を浮かせろぉー！」

ちょうど僕の言葉を証明するように、再度の浸水に襲われた海賊船が慌てて浮上する。

「とまぁあんな感じです」

「「……はぁ」」

うーん、あの船はもう解体した方が良いかもね。

近海ならともかく、外洋に出て大陸に向かうのは危険すぎるかな。

「し、死ぬかと思った……」

荷物の積み下ろしが終わって船を降りると、海賊船の船長達も船を港の陸地に下ろし這《ほ》う這うの体《てい》で横倒しになった船から逃げ出してきた。

「お疲れ様、船長」

「あっ、これは海……レクスの旦那」

僕の顔を見た船長達がビシリと背筋を伸ばして僕の前に並ぶ。

「船は残念な事になっちゃいましたね」

「へい！　とはいえ、命あっての物種でさぁ！　レクスの旦那が居なけりゃ俺達全員海の藻屑でしたから！」

「「「その通りでさぁ！」」」

「そう言ってもらえると何よりです。じゃあ船に乗れなくなっても大丈夫ですね」

「へい、けどまぁ、すぐに新しい船を手に入れて海に乗り出しまさぁ！」

船長達は船を失ってもへこたれる様子を見せず、寧ろ必ず海に戻ると力強く答えた。

「頑張ってください。でもその前にする事がありますよね」

「する事……ですかい？」

僕の言葉に、船長達が首を傾げる。

「衛士長さん、この人達は海賊です。僕と仲間達を誘拐しようとしました」

「「「え？」」」

「そ、そうなのか？」

僕は衛士長達に船長達が僕達を誘拐しようとした海賊だと告げる。

「はい。ですから捕まえてください」

「わ、分かった。お、おいお前達、コイツ等を捕らえろ！」

「「「はっ!!」」」

すぐに港に居た衛兵達がキョトンとしている海賊達を縛り上げる。

「「「って……えぇぇぇぇぇぇぇぇぇ!?」」」

「か、海神様!?　これは一体どういう事でさぁ!?」

我に返った船長が何故こんな事をと声を上げる。

「いやだって、皆さん海賊ですから。海に戻る前にちゃんと罪を償わないといけないですよね」

「そ、そんな……」

船長が顔を青くしてヘナヘナとへたり込む。

「あっ、逃げちゃ駄目ですよ。逃げて捕まったらもっと重い罰を受ける事になりますからね」

「「「ひぃっ!?」」」

その光景を想像した船長達が、顔を青くしながら体を震わせる。

一度捕まった罪人が脱走すると罰が大幅に重くなるからねぇ。

それに罪人は捕まった時に追跡魔法のかかったマジックアイテムを取り付けられるから逃亡が成

功する可能性は非常に低くなる。

この状態で捕まると、抵抗出来ない様に呪印を施されて罪を償うまで自分の意思を無視して強制的に働かされる羽目になるんだ。

そんな目に遭うくらいなら、素直に罪を償った方がマシってもんだよ。

「分かったね皆」

「「「へ、へいっ!!　命に代えても真面目に償いますっっ!!」」」

海賊達は背筋を伸ばし、真剣な顔で衛兵達に連れられて行く。

「うん、自分の罪を認めて真摯に償えば、いつかきっと更生出来るさ」

頑張れ海賊達!

「清兵衛さん、あれ、そんな感動的な光景には見えないんですが……」

「しっ、世の中にはそっとしておいた方が良い事もあるのですよ衛士長」

「はぁ……」

第186話　その頃の男達

「ようこそ、ここが私の店です」

海賊達を衛兵に引き渡した僕は、改めてお礼をしたいと清兵衛さんに言われ、彼の店へとやって来た。

店構えはとても大きく、明らかに清兵衛さんが大店の主だと分かる。

そして看板には東国の言葉で越後屋と書かれてあった。

「エチゴヤ……？」

「はい『越後屋』にようこそ、レクスさん」

あれ？　それって確か、僕達が受けた依頼の商品を受け取る店の名前だったはず。

僕は懐から依頼についての詳細が書かれたメモを取り出して店の名前を確認すると、取引相手に渡すようにとギルドで渡された手紙を差し出す。

「あの、実は僕このお店に用があって来たんです」

「おお、そうだったのですか！　まさかウチの店のお客様に命と商品を助けていただけたとは、これはもう運命ですな！」

　いやいや、それは大げさだよ。

「ささ、立ち話もなんですから、どうぞ中へ」

　清兵衛さんは手紙を受け取ると、僕を店の中に案内する。

「「「お帰りなさいませ、旦那様」」」

　店内に入ると、清兵衛さんの姿を確認した店員達が一斉に頭を下げる。

「やぁ、今帰ったよ」

「旦那様！」

　そして店の奥から、慌てた様子の男の人がやってくる。

　他の店員に比べて貫禄があるその姿は、おそらくこの店の重鎮かな？

「お帰りが随分と遅かったので心配しましたよ」

「ああすまないね与吉。嵐に遭って船が難破しかけていたんだ」

「な、何ですって!?」

　与吉と呼ばれた男の人は、清兵衛さんから事情を聞いて顔を青くする。

「そ、それで船は!?　若い衆は!?　積み荷はどうなったんです!?」

「安心しなさい。こちらのレクスさんが通りかかってくれたおかげで、みんな無事だよ」

「お、おお！　それはありがとうございま……す？」

と、僕の方を振り向いてお礼を言ってきた与吉さんが語尾を途切れさせ、周囲をキョロキョロと見回す。

「ええと……」

「与吉、この方で間違いないよ。レクスさんは若くして優秀な魔法使いなんだ」

「ええっ!? こ、これは失礼しました!!」

船を助けたのが僕みたいな若造だと知って、与吉さんが顔を青くしながら謝ってくる。

「まったくお前は。いい加減人を見た目で判断するのはやめないか。すみませんねぇレクスさん。コイツはまだまだ未熟者なんですよ」

「いえ、お気になさらずに。僕も冒険者になってまだ間もないですから」

「冒険者、確か大陸の何でも屋の事でしたね」

大陸のっていう事は、この国には冒険者の概念が無いのかな？

「すみませんレクスさん。頂いた手紙の内容を確認して部下に指示を出すので、少々奥の客間でお待ちください」

「分かりました」

「おいお前、こちらの方を客間にお連れしろ。店の恩人だ。くれぐれも丁重にな」

「へ、へい！ こちらですお客様。履物はこちらで脱いでから上がってください」

清兵衛さんに指示された若い店員が僕を案内する。

「こちらでお待ちください」

案内された部屋は背の低いテーブルとその周囲にクッションがあるだけという珍しい内装の部屋だった。

かわりに壁が大きく開いていて、綺麗に整えられた庭園が絵画の様に広がっている。

貴族でもない平民がこれだけの庭園を維持出来るって事は、清兵衛さんはかなりやり手の商人みたいだ。

案内してくれた店員が下がると、今度は若い女性の店員がお茶とお菓子を持ってやってくる。

「粗茶ですが」

「ありがとうございます」

用意して貰ったお茶とお菓子はとても美味しく、僕は思わずホッとしてしまう。

お菓子は控えめでありながらしっかりと甘さを感じ取れるあたり、かなり上等なものを用意してくれたのが分かる。

正直、前世で貴族の屋敷に招待された時よりも美味しく感じるなぁ。

あの頃は一緒にお茶をする相手の欲望が透けて見えたから、食事を楽しむどころじゃなかったからね。

綺麗な景色に美味しいお茶とお菓子、これは一流のおもてなしだね！

「お待たせしました」

お茶を飲みながら景色を楽しんでいると、清兵衛さんがやってくる。

「申し訳ありません。取引の品なのですが、仕入れの都合でもうしばらくかかりそうです」

「構いません。依頼主からもそれは想定済みとの事ですので」

その為に多めの必要経費を貰っているからね。

「ご理解ありがとうございます。お詫びと言っては何ですが、商品を仕入れるまでウチに泊まっていってください」

「え？　流石にそれは悪いですよ」

いくらなんでもそこまで甘える訳にもいかない。

宿泊費は依頼主から貰っているしね。

「いえ、レクスさんには部下と積み荷を救って頂きました。そのお礼をさせてほしいのです」

んー。通りすがりに出会っただけの話だから、そこまで気にしなくていいのになぁ。

正直出して貰ったお茶とお菓子と庭園の風景で十分にお礼を貰った気分なんだけど。

どうしようかな……ああ、そうだ。

「申し訳ないんですが、僕は嵐ではぐれた仲間を捜さないといけないんです」

「お仲間の方をですか？」

「ええ」

商品の仕入れに時間がかかるのなら、その間に近隣の町や村を巡ってリリエラさん達を捜しに行こう。

　多分皆も近くの町や村にたどり着いていると思うし。

「成る程、それなら私の店の者に捜させましょう！」

「え？」

「恐らくレクスさんの仲間の方もレクスさんを捜しているでしょう。となれば全員がお互いを捜して動き回ると行き違いになる恐れがあります」

　それはまぁ、確かにその通りかも。

「ですがこの町はレクスさんの乗って来た船がたどり着いた町です。近頃はあの嵐の所為で外の国からの船は滅多に来ませんから、外の国の船が無事たどり着いたこの町は良い目印になるでしょう」

　なるほど、確かにあの嵐が冒険者ギルドで聞いた船が戻ってこない原因なのだとしたら、確かに皆への目印としては最適かもしれない。

「ところで、あの嵐って一体何なんですか？」

　僕は清兵衛さんにあの嵐について聞いてみた。

　あの不自然な嵐に人為的なものを感じたからだ。

　あれは誰のどんな意図によって引き起こされたのか。

　その辺りの事情が分からないと、東国にやってくる船が嵐に襲われ続ける事になるからね。

「それが、私達にも分からないのですよ」

「分からない？」

「はい。数か月前、港から出た船が沖にたどり着いた所で突然嵐が起きたんです。最初は運が悪かったと日を置いてもう一度出航する事にしたんですが、またしても嵐が起きました。その時は運の悪い事が続くものだと思ったんですが、その後何度出航しようとしてもある程度まで船が沖に出ると嵐が起きた事で、これは偶然ではないと気づいたのです」

清兵衛さん達もそう思ったって事は、やっぱり意図的なものっぽいね。

原因が分からないのはやっかいだなぁ。

「しかも嵐はこの辺りだけではなく、この国全体の海で起きているようなのです」

「国全体で!?」

それはとんでもないぞ!?

東国は決して大きな島国じゃないけれど、それでも国と呼べる規模の広さだ。

それを丸ごとカバーするなんてかなりの手間だよ!?

「それは外から来る船も同様で、我が国は入る事も出る事も出来なくなってしまったのです。出来る事と言えば、嵐が起きないギリギリの距離を維持しながら、国内の港を移動する事くらい。お陰で異国との商売はサッパリですよ」

どうやら清兵衛さんのお店は貿易もしているみたいだね。

でも今は国内の輸送販売しか出来ない状況と。

「他に何か異変は起きていないんですか？」

何か、海が荒れる原因に関わってそうなトラブルは他に起きていないのかな？

「そうですなぁ、海が荒れている事以外は特別困った事は……ああそうそう、大きな事件が一つありました」

「それは何ですか？」

清兵衛さんはあまり気乗りしない様子で僕にその事件を教えてくれる。

「さすがにこれは関係ないと思うのですがね。お隠れになったのですよ。我が国の将軍様が」

「将軍？　どこの国の将軍ですか？」

何かの軍事作戦が原因で嵐が起きるようになったのかな？　隠れるっていうのは行方不明の……

いや清兵衛さんの表情から、言葉通りの意味じゃなさそうだね。

おそらくは死んだという意味だろう。

「いえ、我が国の将軍様は、貴方がた異国の方にとっては国王のようなお方です」

「この国の国王が!?」

「厳密には違いますが、似たようなものですね」

なるほど、王様が亡くなったのか。

確かにこの国の人間にとっては大事件だね。

「でも、海が荒れる理由とは関係なさそうですねぇ」

「そうなんですよね」

うーん、この件は特に関係ないかな？

「更に将軍様がお隠れになられた直後に若様も行方不明になられまして、上の方々は大騒ぎになっているんです。そんな訳で役人もピリピリしていますから、珍しい異国の方であるレクスさんが動き回られると余計な疑いを招く危険があります。ですからウチの若い者に仕入れがてらお仲間の方達を捜させた方がよろしいと思うのですよ」

「成る程……」

清兵衛さんが部屋を用意すると言ってくれたのも、そうした事情から僕が役人に疑われない様にという配慮みたいだね。

早く皆を捜しに行きたいけれど、これは土地勘のある人間に協力してもらった方が早く皆を見つけられる可能性が高いかな。

「分かりました。そういう事でしたらお世話になります」

「おお、それはありがとうございます！　若い衆に命じてすぐにお仲間の方を捜し出して見せますよ！」

こうして目的の『越後屋』にたどり着いた僕は、清兵衛さんの協力を得てはぐれた皆を捜す事にした。

みんな無事だといいんだけど。

……けど、その間ずっと待ってるのも退屈だなぁ。

◆ジャイロ◆

「だりゃあああっ!!」

俺は村を襲っていた巨大な魔物を炎の属性強化を施した魔法剣で真っ二つにする。

「もう大丈夫だぜ！」

魔物を退治した俺は、すぐ後ろで震えていた真っ白な服の女の子に声をかける。

なんでもこの村は何年も前から今の魔物に荒らされていたらしくて、この子は村を守る為の生贄として差し出されたんだとか。

俺もそれを聞いてびっくりしたんだけどよ、この国って冒険者ギルドがないから村で冒険者を雇えねぇんだってな。

だから魔物に襲われたら領主に任せるしかねぇらしいんだが、この辺を仕切ってる領主は腰抜けで、一度この魔物と戦って負けてからは理由を付けて村からの助けを求める声を無視してきたらしい。

そんな話を聞いたら俺も黙っちゃいられねぇ！　丁度今日が生贄の来る日だって聞いたから、こっそり隠れて魔物が来るのを待ってたって訳だ。

「しっかし大した事ない魔物だったな。ドラゴンや魔人にくらべれば全然大した事なかったぜ！」

「あ、あの……あ、ありがとうございます。私……私」

生贄にされた女の子が涙を浮かべながら言葉を詰まらせる。

まぁさっきまで魔物に喰われるのを必死で我慢してたんだからな。

気持ちが整理出来ねぇのも仕方ねぇか。

「安心しろって！　あの通り魔物は俺がやっつけたからさ。もう心配なんてねぇぜ！」

俺は女の子を抱き寄せると頭を撫でてやる。

怖い目に遭って泣いてた近所のガキンチョ共もこうやってりゃそのうち落ち着いてたからな。

案の定、暫くわんわん泣いてたこの子も暫くしたら落ち着いた。

「す、すみません。私ったらいつまでたっても泣き虫で」

恥ずかしがる女の子に俺は言ってやる。

「そんな事はねぇよ。聞いたぜ、アンタ自分から生贄になるって言ったんだってな。村の皆を守る為にって。凄ぇよアンタは。普通の奴はそんな事絶対言えねぇ。アンタは間違いなく凄い奴だ。だから、何にも恥ずかしがる事はねぇよ！」

「で、でも、結局私何も出来なくて……」

「何が出来たかが問題じゃねぇ！　何をしようと動いたかが大事なんだ！　アンタは皆を守る為に

動いた！　そんじょそこらの連中には真似出来ねぇ！　だから俺もアンタを守ろうって思ったんだ！　自信を持て！　アンタは凄い奴だ！」

「は、はいっ……」

褒められ慣れてないのか、女の子が顔を真っ赤にして俯く。

へへっ、俺はちゃんとアンタの頑張りを分かってるからよ！　卑屈になる事はねぇぜ！

◆

「ありがとうございます！　ありがとうございます！」

村の連中が総出で集まって俺に頭を下げてきた。

「気にするなって。ちょっと調子に乗ってる魔物野郎をとっちめただけだ」

すると村長が俺に何かを差し出してくる。

「生憎と私共にはこの程度のお礼しか出来ませんが……」

「あー、良いって良いって。今回は仕事を受けた訳じゃなくて俺が勝手にやった事だからよ」

「えー？　良いじゃないっすか坊ちゃん。正当な報酬っすよ。貰っちまいやしょうぜ」

そんな事を言ってきたのはあの海賊の一人だ。

海に落ちたのを俺が助けたんだが、コイツマジで根性無しなんだよな。

魔物を倒しに行く時もビビって村に残ってたしよ。

「坊ちゃんっていうんじゃねぇよ。つーかお前何もせずに隠れて見てただけじゃねーか」

俺は謝礼を貰うべきだと言ってきた海賊の下っ端の頭をひっぱたく。

「でも普通の人間はあんな化け物に真正面から挑もうとしませんぜ。しかも一人で」

「何言ってやがる。兄貴だったらもっとデケェ魔物を一人でぶっ飛ばしちまうぞ」

「前々から思ってたんですが、あのお人は本当に人間なんですかい？」

「うーん、たぶん人間……だと思う」

まぁ確かに兄貴は人間離れした強さだけど、大事なのは兄貴が尊敬出来る男ってところだからな！

「そんじゃ行くぞ。兄貴達と合流しねぇとよ！」

「へ、へい！　あー、勿体ねぇなぁ」

まだ言ってやがるのか。

「あ、あの！」

と、生贄だった女の子が息を切らせて俺のところにやって来た。

「ほ、本当にありがとうございました！」

「良いって良いって。俺が勝手にやったことだからよ」

「私じゃ碌なお礼を出来ませんけど、こ、これを貰ってください！」

そう言って差し出されたのは、東国の料理が入った袋だった。

「アンタが作ってくれたのか？」

「が、頑張って作りました！」

よっぽど急いできたんだろう。女の子の顔が真っ赤だ。

「サンキュー！　最高のお礼だぜ！」

ちょうど腹が減ってたんだよな！　俺はさっそく丸められた白い料理を食べる。

「うん、美味い！」

「よ、良かった……」

いやマジで美味いなコレ。ほのかに塩が効いてて丁度いいぜ。

「また来てくださいね。そしたら私、いっぱい貴方の為にお料理を作りますから！」

「ああ、期待してるぜ！」

未だに顔を赤くしている女とそんな約束をすると、俺達は村を後にした。

「いやー、今度この村に来る時が楽しみだな！」

「……はぁ、坊ちゃん、あの子の言葉の意味理解してないでしょ？」

「だから坊ちゃんっていうな！　つーか意味ってなんだよ？」

「あー、いや良いっす。分かってないならまぁ、俺が言う事じゃないっすわ」

「なんだよそりゃ」

ワケ分かんねぇな。

まぁ良い。とにかく今は兄貴達を捜すのが最優先だ！

こうやって活躍し続けてりゃ、兄貴達に俺の活躍が聞こえて目印になんだろ！

「行く先々でこれだもんなぁ。一体どれだけの女の子を惑わせりゃ気が済むんだ、この坊ちゃんは……」

◆ノルブ◆

「はい、これで治療は済みました」

僕は治療を終えると、目の前で身を縮こまらせて目を瞑っていた女の子に声をかける。

「も、もう終わったんですか？」

怯えるような、窺うような声音で尋ねてくる女の子に、僕は静かに頷く。

そして傍に控えていた侍女さんを促すと、侍女さんが女の子の顔を見る。

「……っ!?　お嬢様!?」

侍女さんの驚いた声に、お嬢様と呼ばれた女の子がビクリと震える。

「や、やっぱり駄目……でしたか？」

「逆でございます！　傷が！　傷が綺麗に消えています！」

「……え？」

侍女さんの言葉に、女の子が一瞬何を言われたのか分からないと目を瞬かせる。

そして侍女さんの差し出した鏡にビクリと体を震わせると、怯えの色を滲ませながらゆっくりと鏡に視線を向ける。

「……あ」

たった一言のつぶやきに、信じられないという感情が込められているのを感じる。

次いで、己の顔を指で触れながら震えた声が漏れる。

「傷が……治ってる」

この女の子は、とある領主の娘さんです。

ですが彼女は魔物に襲われた事が原因で顔に大きな傷を負ってしまったのです。

最悪だったのは、その魔物が毒を持っていた事。

そして回復魔法で治療をして貰うには時間がかかり過ぎたという事でした。

その所為で毒の治療は出来たものの、顔の傷は治療出来なかったそうです。

それからというもの、彼女は部屋に閉じこもって出てこなくなってしまったそうです。

貴族の……いえ、嫁入り前の女の子にとって、顔に傷がつくと言う事がどれだけ辛い事か。

男である僕にはそれを正しく理解する事は出来ませんが、それでも彼女が相当に悲しみ、苦しんでいた事は間違いありません。

そんな時です。

町に異国の回復魔法の使い手が現れ、多くの人を癒しているとの情報が領主の耳に入りました。

ええ、僕です。

皆さんと合流する為のお金稼ぎと情報収集を兼ねて、回復魔法で町の人達を治療していたんです。

領主は僕の使う異国の回復魔法なら、娘さんの傷を治すことが出来るかもしれないと思い、僕を屋敷に呼びました。

あっ、海で助けた海賊の方は僕の従者という事にしてあります。

海賊だと分かったら即縛り首ですからね。

そんな事情もあって、僕はお嬢さんの治療をする事になったわけですが……

「治った……治ったよお静」

「ええ、ええ、ようございましたねお嬢様」

お静と呼ばれた侍女さんが、我が事の様に喜びながら二人で涙を流している。

うーん、ほんと良かったです。

正直昔の僕の回復魔法だったら絶対治せなかったでしょうね。

それもこれもレクスさんから様々な回復魔法を教わっていたお陰です。

レクスさんとの出会いには本当に感謝しかありません。

……地獄の様な魔力の量を増やす修行だけは感謝するのをためらいますが。

「あ、ありがとうございます術師様……」

と、そんな事を考えていたら、お嬢さんからお礼の言葉を言われました。

「僕の力がお役に立てて何よりです」

本当に、良かった。

◆

「いや本当に助かったよ」

お嬢さんの治療を終えた僕達は、領主様からも感謝の言葉を受けました。

「未熟者の力がお役に立てて何よりです」

「ははは、国中の治癒術師がさじを投げた娘の傷を治療した君が未熟者なものか！」

領主様は大層ご機嫌な様子で、さっきからずっと笑っています。

愛娘の大怪我が治ったのですから、当然といえば当然かもしれませんね。

「約束通り褒美は十分に弾もう。いや、君なら私の直属の部下として取り立てても良いぞ！」

「い、いえ。お気持ちはありがたいのですが、私はまだ修行中の身ですので」

事実、教会に所属する者としても、一人の冒険者としても僕は未熟者。

まだまだ修行を積まなければいけません。

「それは残念だ。だが異国の民の君を慣れぬ土地に引き留めるのも酷か。すまないな。私もはしゃいでいたようだ。忘れてくれ」

多分社交辞令だったのでしょう。

領主様はあっさりと提案を撤回しました。

「さて、君ははぐれた仲間を捜しているんだったな」

「はい」

僕は領主様からの依頼を受ける際に、ジャイロさん達の情報を集める事も仕事を受ける条件にしました。

元々そちらが本命の目的でしたからね。

「家臣に調べさせたところ、異国の民と思しき者の情報が手に入った」

「本当ですか!?」

「うむ、だが……」

と、そこで領主様の表情が曇る。

「少々荒唐無稽な報告でな。信憑性に欠けるのだ」

「荒唐無稽……ですか？」

「うむ。なんでも……異国人を乗せた空飛ぶ船が港にやって来たとの話でな」

「あっ、それは間違いなく私の知り合いですね」

「そうだな。いくら何でもそんな荒唐無稽な話を信じるわけには……何？」

領主様が目を瞬かせながら僕の言葉に首を傾げます。

「その空飛ぶ船に乗ってやって来た異国人が私の知り合いです」

「……はぁっ？」

ええ、その気持ちはとてもよく分かります。

でもそんな事が出来るのはレクスさんくらいしか居ませんからねぇ。

というか、そんな噂が出たらレクスさんの存在を疑わない訳にはいかないというのが正しい所でしょうか。

まぁなんにせよ、仲間の情報が手に入ったのは良い事です。

あとは何事もなく皆さんと合流出来ると良いのですが……

第187話　オミツの町

◆ミナ◆

「着いたぞ！　ここがオミツの港町だ！」

町へたどり着くと、幸貴がやっと到着したと安堵の表情を浮かべる。

けどここで安心したら駄目なのよね。

「油断しないの。アンタは狙われてるんだから、叔父さんの屋敷に入って安全が確保出来てから気を緩めなさい」

「う、うむ。そうだな……」

私に指摘されると幸貴が目に見えてションボリする。

ジャイロもこのくらい素直だといいんだけど。

「姐さん、もうちょっと手加減してやっても良いんじゃないですかい？」

と、何故かゴブンが幸貴に同情するような視線を向けてくる。

何？　男同士の連帯感とかそういうの？

「と、ともあれ、無事町へたどり着いたのは喜ばしい事です。このまま油断なく藩主様の下へと向かいましょう」

同じように、晴臣さんが幸貴をフォローしながら藩主の屋敷へ行こうと提案してくる。

「そうね。ところで藩主って何？」

「う、うむ！　藩主というのは将軍から藩の統治を任された者の事だ！」

「藩？」

「あっし等の国で言う領主と領地の関係の事ですよ」

こそっとゴブンが耳打ちして教えてくれる。

海賊だけど船乗りだけあって東国の事を色々知ってるし、意外に便利ねコイツ。

「ではゆくぞ！　ついてまいれ！」

私達は妙に張り切っている幸貴に先導され、藩主の屋敷へと向かう。

まぁでも、ここからでも明らかに領主の屋敷と分かる大きな建物が見えるから、わざわざ案内をして貰う必要もなさそうだったりするんだけど。

◆

「近くまで来ると結構大きいわね」

「そうっすねぇ」

藩主の屋敷の前まで来た私達は、その屋敷の予想外の大きさに圧倒されていた。

というのも、藩主の屋敷は縦の大きさよりも、横の大きさが段違いだったからだ。

屋敷を囲む塀はちょっとした村くらいの広さがあり、屋敷の敷地が相当なものだと伝えてくる。

遠くからだと、周囲の建物が壁になっていたから、敷地の広さが分からなかったのね。

「その方等、当家に何用か!?」

と、屋敷の入口を守っていた門番が見慣れない人間である私達を警戒する声をあげる。

「ここは御美津《おみつ》家の屋敷ぞ。疑われたくなければ、早々に立ち去れ！」

うーん、当然だけど歓迎されてないのがよく分かっちゃうわね。

すると晴臣さんが門番の下へと行き、こっそり何かを見せる。

そしたら門番の顔がスーッと真っ青になっていく。

「……こ、これは!?　失礼いたしました！　すぐに門を開けますゆえ！」

さっきまでの警戒はどこへやら。

まるで屋敷の主がやってきたかのような丁寧ぶりだわ。

「どうぞお入りください」

「うむ」

幸貴はそれを当たり前と言わんばかりに鷹揚に返事をして敷地へと入ってゆく。

それを見届けた私は、彼に別れの言葉を告げる。

「それじゃあ私達の仕事はここまでね」

「む？　それはどういう意味だミナよ？」

けれど幸貴はこちらの意図に気付かず首を傾げる。

「言葉通りよ。私の仕事は貴方を叔父さんの屋敷まで送る事。だから私の仕事はここでおしまい」

そう、私の受けた依頼は幸貴を御美津の町の叔父さんの屋敷まで送る事。

それ以上の仕事は受けない。

これ以上貴族に関わりは持ちたくないものね。ここまで送った事で貸しも作れたし。

「い、いや確かにそうなのだが……そ、そうだ！　そなたへの謝礼を支払う必要もあるではないか！」

「それならば、我々が代わりに立て替えておきましょう」

と、門番の一人が門の内側に建っていた詰所に走っていく。

「あ、ま、待て！　待たぬか！」

「このくらいでよろしいでしょうか？」

すぐに戻ってきた門番が、晴臣さんにお金が入っているだろう袋を差し出す。

そして中身を確認した晴臣が問題ないと頷く。

「ふむ、これならば若様をお守りした恩人に相応しい額と言えよう。ミナ殿、どうぞお受け取りを」

晴臣さんから袋を受け取った私は、中身を確認する。

予想はしていたけど、やっぱり見た事のない貨幣ね。

「その袋一つで平民が半年は働かずに暮らす事が出来る金額だ」

貨幣の価値が分からなくてどうしたものかと悩んでいた私に、晴臣さんがざっくりと金額について教えてくれた。

成る程、大体半年分ね。一応後で町の物価と比べて確認しておきましょうか。

「じゃあね幸貴」

「あ、あぁ……」

妙にションボリした様子の幸貴を背に、私達は屋敷を後にしたのだった。

◆

「さて、まずは宿を取るとしましょうか」

屋敷を後にした私達は、まずは拠点となる宿を探す事にした。

そろそろ日が傾きかけてきたし、さっさと部屋を取らないとね。

その時だったわ。

大通りの奥から悲鳴が上がったかと思ったら、通りが妙に騒がしくなったの。

「これは……？」

まるで何かから逃げるみたいに人が押し寄せてくる。

「盗賊だぁー！　誰か捕まえてくれぇーっ！」

どうやら泥棒が出たみたいね。

いくら夕暮れ時だからって、大胆な連中が居たもんだわ。

「どけどけどけぇー！」

「怪我したくなかったらすっこんでな！」

盗賊の数は意外と多く、十人近く。

ここまでくるとちょっとした盗賊団って感じの人数ね。

しかも微妙に散らばって通りを駆ける事で、魔法や矢で一網打尽に出来ない様に振る舞ってる辺り、なかなか強《したた》かね。

「でもまぁ、あの程度なら誤差よね」

私はわざと盗賊達の前に立ちはだかる様に立つ。

「邪魔だ娘！」

先頭の盗賊達がためらう事なく私を切り捨てようと武器を構えて突っ込んでくる。

「でもお生憎様、まともにやりあう気なんてないのよ。スタンミスト！」

魔法が発動し、霧が盗賊達を包み込む。

「魔法か!?」

「所詮目くらましだ！　真っすぐ突っ走ればすぐ抜ける！」

「ただの目くらましなんかじゃないわよ。爆ぜなさい」

瞬間、霧が雷を放った。

「「「グワァァァァッ!!」」」

突如発生した雷の直撃を受け、盗賊達が一人残らず倒れる。

「ガフッ……」

「ふふっ、怪我じゃ済まなかったのはアンタ達の方だったみたいね」

レクス直伝の暴徒鎮圧用雷系捕縛魔法スタンミスト。

雷を発生させる霧に敵を閉じ込め、視界を奪いつつ相手を感電させて無力化する魔法。

回避の可能な弓や射撃魔法と違い、この魔法は周囲に広がって敵を包み込むから回避は困難。

「す、すげぇ……町の住人を巻き込まずに、盗賊だけを倒しちまった……」

そう、ゴブンの言う通り、この魔法は形を自由に変える事が出来るから、町の住人を巻き込まないように攻撃が出来るのよね。

そして霧に飲まれた敵は、蛇の胃の中で消化される獲物のようにあらゆる方向から襲い来る雷の直撃を受けるって寸法。

うーん、それにしてもなかなかにえげつない魔法だわ。

霧だから、隙間さえあれば家の中に侵入する事が出来るし、感電させるタイミングはこちらで調節出来るのが便利よね。

でもまぁ、最近火力が上がり過ぎてる気がするから、こういう手加減の効く魔法はありがたいわ。

「レクスの旦那も相当だったが、姐さんもトンデモねぇ実力だ……」

私なんてレクスに比べれば大したことないんだけどね。

何せ同じ魔法をレクスが使ったら、町一つ分を包めるサイズの霧を生み出したんだもの。

あれだけのサイズの霧、どれだけ魔力を消耗するか分かったもんじゃないわ。

「ありがとうございますっ!!　おかげで助かりました！」

盗賊を追いかけてきた店の人達が、盗賊を倒した私にお礼を言ってくる。

そしてすぐに盗まれた商品を奪い返すと、ついでに持って来たロープで盗賊達を縛りどこかへ連れてゆく。

多分役人に引き渡すんでしょうね。

ん？　役人に引き渡す？　何か忘れているような……、まいっか。

忘れているなら大した事じゃないわね。

「気にしないでください。たまたま通りかかっただけですから」

ホント偶然だしね。

「いえ、貴方がたのおかげで大事な新商品を奪われずに済んだのです。ぜひお礼をさせてください。でないと我々が大旦那様に叱られてしまいます」

でもお店の人はなんとしてでもお礼がしたいとペコペコ頭を下げてきた。

「そこまで言うのなら……」

「ありがとうございます！」

お礼を受けると言って感謝されるのもなんだか変な感じね。

「どうぞ、ウチの店はすぐそこです」

お店の人について行くと、すぐに盗賊に襲われたと思しきお店が見えてきた。

「へぇ、結構大きいわね」

うん、実際大きいわこのお店。

結構な大店だったみたいね。

「あれ？　越後屋の支店じゃねぇのかここ？」

とそこでゴブンがお店の名前を見て声を上げた。

「知ってるの？」

「へい。東国で一番大きい商家ですよ。外から来た商人は必ず一度は越後屋と取引をするほど有名な店でさぁ」

へぇー、実はかなりの有名人、いや有名店だったのね。

「ははは、東国一は言い過ぎですよ。もちろんそうなろうと一同努力をしておりますが」

でも店の人はそんな事は無いと謙遜する。

「改めまして、私は越後屋オミツ支店を任されておりますますと申します」

辰吉と名乗った店の人が深々と頭を下げる。

っていうか店を任されてるって事は、この人支店長って事!?

かなり大物じゃないの!?

「えっと、ミナです」

「あっしはゴブンでさぁ」

「……ミナさん、それにゴブンさんですか」

ん？　何か私の事妙に見つめてくるような……？　もしかして私が美少女過ぎるから気になっちゃう？　……うん、我ながら馬鹿な事を思ったわ。

「それにしても、色んな物を売ってるのねぇ」

私は自分の馬鹿な考えを振り払うように、店内を見回す。

「ウチは品ぞろえが自慢ですからね」

「へぇ」

専門店って訳じゃなく、よろず屋って事なのかしらね。

というか、東国の品物って何がなんだか分かんないわね。

「おおそうです！　折角ですから、お礼として当店の新商品を差し上げましょう！」

私が興味深そうに店内を見ていたからか、辰吉さんがそんな事を言い出した。

「新商品？」

「はい、本舗の大旦那様の伝手で、異国からいらっしゃった腕利きの職人が作ってくださった品があるのですよ」

へぇ、外国の人間かぁ。

「異国？　それってもしかして私達の様な大陸の人間って事？」

「ええ、そのあまりの素晴らしさに、当店に入荷して即大人気！　まぁお陰で噂を聞きつけた悪党共に狙われてしまったのですが」

「ああ、さっきの連中ね」

「いや、お恥ずかしい」

ふーむ、なるほど。

外の国から仕入れた人気商品なら、よその町で売れば結構な値段になるでしょうね。

あの盗賊達もそれだけのリスクをかける価値があると判断したって事かしら？　ありふれた品でも、異国で売るとかなりの儲けになる事があるっていうものね。

確か……需要と供給だったかしら？　レクスとミナがたまにそういう話をしてるのよね。

「ともあれ、品質には自信がありますので、ぜひご覧になってください」

「じゃあ見せて貰おうかしら」

せっかくだし見せて貰おうかしら。

同じ大陸の品と言っても、国が違えば私にとっても有益な品があるかもしれないものね。

「はい！　こちらが当店の新商品の数々です」

「色々あるのね」

あえて普通の売り場と離された品の数々は、ここに置いてあるのは貴重な新商品ですよと如実に語っている。

「ええ、こちらは高級回復薬。かなり深い傷だけでなく、何十年も前の古傷が完治する程の効き目です」

「ええっ!?　それって凄くない!?」

ポーションと言えば長い時間が経過した傷は二度と治らないのが常識。

にも関わらず、それが薬を飲むだけで治るなんてなったら、それはもうポーションというより飲むマジックアイテムと言ってもいいんじゃないの!?

「それだけではありません。なんとこちらの解毒剤はどんな毒にも効果のある万能毒消し！　これ一つあればいくつも解毒剤を用意する必要はありません！」

「ん？」

何か聞き覚えのある効能ね。

「どうかしましたか？」

「い、いえ。それで他の商品はどんな品なんですか？」

「はい、こちらの肥料は畑に撒くととんでもない早さで作物が実る凄い肥料なんです。しかも収穫出来る作物は本来の作物の数倍の大きさに育つんですよ！」

「それもどこかで聞いた記憶が……」

何故かしら、知らない筈なのに凄く知っている気がする。

もしかして誰かが話していたのを聞いたんだったかしら？

あとで誰かに聞いておこうかな。

「更にこちらは竜の鱗を使った鎧に盾！　硬い竜の素材をどうやったのか、まるで鉄を加工するかのように自在に加工しております！　お陰でただ鱗を防具に張り付けるよりも格段に動きやすくなっております！」

「ドラゴン素材の防具……」

何だろう、凄く心の中の何かが警鐘を鳴らしている気がするのよね……？

「そしてこれこそ今回の目玉！　遺跡で発掘したものではない、職人が作り出した正真正銘現代の魔剣です！　なんと件の職人は薬師であるだけではなく、鍛冶師としても非常に優れたお方なのです！　私もこの商売は長いですが、魔道具を作れる鍛冶師など初めてです！　勿論魔剣の性能は本物ですよ！　試し切りしたら岩が真っ二つに割れてしまいましたからね！　自分でも信じられませんでしたよ！」

「どうです？　素晴らしい品の数々でしょう!?　正直賊が狙うのも仕方ないと言うものです！」

「あ、うん、そうね……」

……これ絶対レクスが作った品だわ。

明らかに異常な、それでいてどこかで聞いた事のある性能の品の数々。

しかもそれがたった一人の職人の手によるものだと聞けば、その職人が誰かは火を見るよりも明らかだった。

第１８８話　若殿様の再依頼

◆幸貴◆

ミナと別れ……別れた余は、叔父上の屋敷へと入っていく。

すると屋敷の入り口に見覚えのある白髪の姿が見えた。

「ようこそいらっしゃいました、雪之丞《ゆきのじょう》様」

「おお、久しいな嘉島《かしま》の爺」

この者は嘉島舷之介《かしまげんのすけ》、叔父上に仕える側近だ。

なんでも叔父上が幼少の頃より仕えていたとの事で、戦場では阿吽の呼吸で互いを支えあっていたのだとか。

「はい、雪之丞様もお元気そうで何よりでございます」

「うむ！」

嘉島の爺が「若」でも「幸貴」でもない、馴染みのある名で余を呼ぶ。

陽蓮《ようれん》雪之丞、それが余の本当の名前である。

故あってミナには教える事が出来なんだがな。

「ささ、立ち話もなんですから中にどうぞ」

嘉島の爺に案内され、余は屋敷の中へと進んでゆく。

幼い頃より何度も来た事のある屋敷故、嘉島の爺の案内など無くとも目的の部屋へ向かうのは造作もない。

とはいえ、成人した身でその様な無作法な真似をすれば、晴臣がうるさいだろうがな。

「ではしばしお待ちくださいませ。お館様もすぐにいらっしゃいますので」

「うむ」

嘉島の爺に案内された部屋に腰を下ろすと、一気に疲れが襲ってきた。

どうやらこれまでの旅は相当に余の心を疲弊させていたとみえる。

静かな室内が猶更眠気を誘発させる。

「若、御美津様が来るまでお休みになられては？」

「いや、叔父上の事だ、爺の言葉通りすぐに来るだろう」

まだ叔父上に事情を説明しておらぬからな、ゆっくりするのはその後だ。

幸いにも、疲れとの戦いは極短い時間で済んだ。

というのも、この屋敷には珍しく慌てた様子の足音が近づいてきたからだ。

襖が勢いよく開け放たれ、大柄な体が室内に入ってくる。

「おおっ！　久しいな雪之丞！　壮健であったか!?」

「叔父上！　お久しぶりでございます！」

やって来たのは初老の男。余の叔父である御美津藩藩主、名を御美津宗玄秋津之介《おみつそうげんあきつのすけ》殿という。

「よう参った雪之丞！」

叔父上は突然やって来た甥に嫌な顔をする事なく、笑顔で余を歓迎してくれる。

「都での騒ぎを聞いた時は驚いたが、お主が無事でよかったぞ」

叔父上の言葉に、安堵していた余の心が引き締まる。

「叔父上、その件でお伝えしたい事が」

「む？」

余の雰囲気を察した叔父上が、好々爺然とした表情を武人のそれに変える。

「ふむ、どうやら並々ならぬ厄介事に巻き込まれたようだな」

「はい。将軍家、ひいては将軍家と血の繋がりのある叔父上にも関わる事です」

寧ろ、この天峰の地全てを巻き込むと言っても過言でない。

「やれやれ、儂の様な爺にまで関わりがあるとは、相当な大事のようじゃな」

叔父上はどっかりと座布団に腰を下ろすと、余に話を続けろと目で促す。

「はい、叔父上もご存じでしょうが、余の父である将軍陽蓮夏典《ようれんかてん》がお隠れになられました」

そう、余の父はこの国の最高指導者である将軍である。

この国は帝《みかど》と呼ばれる王が頂点にいらっしゃるが、帝は天峰の国土を災害から守る事を優先されている為、政《まつりごと》は将軍と呼ばれる者が代わりに行う。

つまり将軍こそがこの国の実質的な最高権力者なのだ。

余が追手に命を狙われた事、そしてミナに余の本名を教える事が出来なかった理由がそれである。

そして余の父が亡くなったあの日から、全てがおかしくなった。

「兄上の訃報は聞いておる。よもやあの兄上が儂より先に逝かれるとはな……新年の挨拶でお会いした折には、とてもその様な事になるとは思ってもいなかったのだがな」

叔父上が遠い目をして宙を仰ぐ。

父上の事を思い出しているのであろう。

「はい、私も驚きました。ですが余も将軍の子。ゆっくり悲しんでいる暇などありません。急ぎ父の葬儀と次期将軍の座を襲名する為の準備を行おうとしました」

「であるな、将軍不在の時間が長くなれば、国が揺らぐ。……だがそれは行われなかった。そなたは行方不明となり、将軍の葬儀は筆頭家老である山桜小路《さんおうこうじ》左京之介《さきょうのすけ》が執り行った」

「おっしゃる通りです」

余と叔父上の間に、僅かな沈黙が生まれる。

「……何があった？」

しかし叔父上は時間が惜しいと沈黙をかき消して余に続きを促す。

「……城の中で、賊に襲われました」

「何っ!?」

叔父上が驚くのも無理はない。

余や父上が暮らしていた華厳城は将軍を守る為の城。

故に警備は国で最も厳重と言われ猫の子一匹入る隙間は無い。

更に華厳城に勤める武士達はいずれ劣らぬ腕前の者達。

生半可な刺客では運よく潜入出来たとしても、すぐに巡回の武士達に見つかって切り捨てられる。

その城に賊が侵入したのだ、叔父上の驚きも当然と言えるだろう。

「幸い、晴臣のお陰で命は助かりました。しかし賊はかなりの手練れで家臣達が命を懸けて時間を稼いでくれなければ、余も父の後を追っていたところです」

「なんと、それ程の手練れが……」

「少ない手勢で城に戻るのも危険と判断し、余は晴臣達残った家臣と共に叔父上に協力を仰ぐ為に素性を隠して逃げる事にしたのです」

「そうであったか。兄上を失ったばかりだというのに、随分と苦労したのだな」

「いいえ、全ては私の未熟故です。賊に後れを取りさえしなければ山桜小路めの好きにはさせなかったものを！」

「ぬ？　何故そこで山桜小路殿の名が出るのだ？」

「……それは、余を襲った犯人が山桜小路だったからです！」

「何だと!?　誠か!?」

山桜小路左京之介。

将軍家に仕える筆頭家老にして、その血は神事を司る神官の一族とも繋がりのある重鎮中の重鎮だ。

本来なら父……将軍を失った余を補佐して、新たな将軍を支える筈の者。

「はい、余を襲った賊の中に山桜小路の手の者がいる事を晴臣が確認しております」

「それは誠か晴臣？」

叔父上に問われ、今まで沈黙を保っていた晴臣が沈痛な面持ちで頷く。

晴臣としても、父上の側近であった山桜小路が余を襲ったと告げる事は憚られるのであろう。

「はい。倒した賊の中に、山桜小路様の屋敷で働いていた者達がおりました」

「なんと……よもや筆頭家老ともあろう者が……」

叔父上が信じられぬと額に手を当てる。

「父上の死の直後にそれです。もしかしたら父上の死すらも山桜小路の企みだったのやもしれませぬ」

「ま、まさかそれはいくら何でも……あの堅物の山桜小路殿が……ううむ、にわかには信じられぬ……」

叔父上が困惑するのも無理はない。

山桜小路と言えば、堅物で有名な男だ。

たとえ将軍である父上の指示であっても、それが適切なものでなければ正面から反対する程の堅物男。

それゆえに、父上からは信頼されていたのだが……

「ですが秋津之介様、現にこの国の政は山桜小路殿が差配している状況です」

叔父上が余の言葉に困惑しているのを察した晴臣が、現実には山桜小路が政を支配している事実を突きつける。

「その通りです叔父上。奴めは逃げる余が次代の将軍を襲名出来ないのを良い事に、国を好き放題しておるのです。事実奴の息がかかった藩主達はこの御美津藩に通じる関所を封鎖同然の厳重な体制にしておりました。幸い晴臣のお陰で何とか関所を抜ける事が出来ましたが、でなければ叔父上の下へたどり着く前に捕らえられていた事でしょう」

むぅと叔父上が渋面になって唸る。

「確かに、数日前から隣の賀潟《ががた》藩より来る旅人の数が減ったとの報告があったが、そのような事情であったとは……」

やはり叔父上にも思い当たる節があったか。

「叔父上、余は将軍を襲名し、山桜小路めから筆頭家老の地位を取り上げるつもりです。その為にどうか余に力をお貸しください」

山桜小路より国を取り戻すには、余が将軍の座に就くよりほかない。

その為にも将軍の実弟であり、筆頭家老である山桜小路に対抗出来る国内有数の権力を持つ叔父上の力が必要なのだ。

「むぅ、そうさのう……」

叔父上は目を閉じてしばし考え込む。

だがすぐに目を開けて余に鋭い視線を向けてきた。

「良いじゃろう。山桜小路殿の件については精査が必要じゃが、将軍不在の今新たな将軍の誕生は急務じゃ。儂もお主の将軍襲名に協力するとしよう」

「ありがとうございます叔父上！」

おおっ！　叔父上が動いてくれるならば、鬼に金棒！　山桜小路の専横など恐るるに足りぬ！

「そうとなれば急ぎ将軍襲名の為の儀式に向かいましょう！」

将軍襲名の為には帝の許可が必要だ。

何しろこの国の本来の主は帝なのだからな。

手間ではあるが、本来の王である帝ではない者が国政を担うのだ。

その為の手続きはどうしても必要となる。

だが叔父上は余を諫めるようにゆっくりと首を横に振る。

「慌てるでない。将軍を襲名するのであれば、準備が必要じゃろうて。なにより、新しい護衛を探さねばならぬ。将軍家の護衛すらも相手にならぬ腕利きの刺客がおるのなら、こちらも実力者を探さねばならぬ。とはいえ、それ程の腕を持つ者となると、探すのは困難であろうなぁ……」

むっ、確かに。華厳城を守っていた武士達はこの天峰でも有数の猛者達ばかり。

彼らに匹敵もしくはそれ以上の力を持つ者などそうそう簡単には……と、そこで余はある者の顔を思い出す。

「それについては心配要りませぬ！　余に心当たりがあります！」

「ほう？　それほどの達人が居ると言うのか？」

「はい。その者は余を襲う賊をたった一人で倒した剛の者です。その者の協力を得る事が出来れば、護衛の心配はありませぬ！」

「若、もしやその者とは……」

晴臣も思い至ったのだろう。

眉を顰めて余に問うてきた。

「うむ、勿論あの者だ！」

◆ミナ◆

「ふー、まさかこんな所でレクスの手掛かりがあるなんてね」

越後屋で売られている商品を見た私は、それを作った職人がレクスでないかと辰吉さんに質問した。

すると辰吉さんは、レクスから私達を捜してほしいと頼まれたと教えてくれた。

私の名前を聞いた時に含みを感じたのはそれが原因だったみたい。

そして私がレクスの捜しているミナ本人なのかを確認しようと様子を見ていたら、私の方からレクスの名が出たという次第だった。

「となると、次の目的地はレクスのいるハトバの港町かしらね」

「ミナさん、それなのですが……」

と、私が今後の方針を考えていると、辰吉さんが言いにくそうに声をかけてくる。

「どうしたんですか辰吉さ……」

「ミナ殿！」

その時だった。突然店に入ってきた誰かが私を呼んだの。

「貴方は……晴臣さん？」

そう、私を呼んだのは幸貴の護衛の晴臣さんだった。

というか、異国の地で名前を呼ばれたもんだから、てっきり仲間が私を捜しに来たかと思ってビックリしたわ。

「私に何か御用ですか？」

すると晴臣さんは苦々しい顔で頷く。

うーん、私この人に嫌われているのかしら？

「それが……若様が貴公に再度依頼をしたいと仰せなのだ」

……おっと面倒事の予感だわ。

◆

「改めて護衛の仕事？」

晴臣さんに連れてこられたのは、ついさっき幸貴を送り届けたばかりの藩主の屋敷だった。

案内された部屋には、幸貴と大柄なお爺さん、それに細身だけど油断ならない気配の品の良いお爺さんの三人が居た。

「雪之丞よ、この者達がお主の言う腕利きとやらか？」

見覚えのない大柄なお爺さんが、私達を見て首を傾げる。

幸貴を呼び捨てにするって事は、この人が叔父さんって事かしらね？　あと、やっぱり幸貴って偽名だったのね。

「はい叔父上。こちらのミナが余の命の恩人です。余の護衛達の命を奪った追手を、たった一度の魔法で殲滅してみせたのです」

「なんと、術師であったか」

私が魔法使いだと分かると、幸貴いえ、雪之丞の叔父さんは納得がいったと頷く。

「ではそちらの者が武士か？　刀を持ってはおらぬが？」

武士ってのは確かこの国の騎士の事だっけ。

まだこの国に来て数日だけど、私もだいぶこの国の情報に慣れてきた気がするわ。

「ええとあっしは……」

と、ゴブンがちらりとこっちを見てくる。

ああ、そういえばコイツは私の護衛役っていう設定で連れてるんだった……けどよく考えると海賊なのよねコイツ。

「ええと、コイツは武士じゃなくて海賊なんです」

「「何っ!?」」

戦力として数える予定だった筈が海賊だと言われて雪之丞達が目を丸くする。

「どういう事だミナよ!?」

「えーとね、コイツ等は自分達の船を貿易船と偽って私と仲間を誘拐して奴隷商人に売り払おうとしてたのよ。で、私の仲間が返り討ちにして、罪滅ぼしとしてこの国まで運ばせたって訳」

「なんと……」

「その様な事情が……」

隠していた事情を聞き、雪之丞と晴臣さんが唖然としているなか、一人大笑いする人物がいた。

そう、雪之丞の叔父さんだ。

「はははははっ!! 海賊を返り討ちにして足代わりに使うとは！ 何とも痛快！ さすがお前の見込んだ娘よな！」

実際に返り討ちにしたのはレクスだったんだけどね。

それにしても、雪之丞達が困惑している中一人だけ大ウケするなんて、意外と肝が据わってるわねこの人。

「周囲を海と敵に囲まれた戦場で地の利がある海賊相手に一歩も引かなかったとは見事！ 成る程確かにこれは期待がもてると言うものだ！」

「し、しかし何故海賊共を連れ歩いていたのだ？ この天峰の地まで来れば帰りは安全な船に乗れよう？ もはや海賊共に用はないのでは？」

「あーそれがね、この国に到着する直前に嵐に遭ってね、その時に船から落とされちゃったのよ。で、コイツと一緒になんとか上陸出来たもんだから、道案内として使っていたの」

さすがに海に落ちた海賊を助けようとしたとは言えないものねぇ。

今になって考えると、ほんと馬鹿な事したもんだわ。

うーん、私もレクスやジャイロの事を馬鹿に出来ないわね……

「成る程な。それならば納得がいく。あの嵐は我々天峰の者も困らされておるからな」

って事はやっぱりこの国の人間もよく分かってないのね、あのおかしな嵐。

そして困らされているって事は、一度や二度の事じゃないと。

これはレクスが言っていた通り、普通の嵐じゃないみたいね。

「ではその者はもう捕らえても良いのではないか？」

「へっ？」

晴臣さんに指摘され、ゴブンが顔を青くする。

「あー、まぁ確かにそうね」

「あっ、姐さぁーん!?」

いやそんな必死な目で見られても。

アンタ等私達を売り払おうとしたじゃない。

……まぁ、一応この国の情報を色々教えてくれたし、この国まで運んでくれたから、命だけは助けて貰えるように頼んではみるつもりだけど。

「まぁ待て待て。そう殺気立つな晴臣」

と、そこで仲裁に入ってきたのは雪之丞の叔父さんだった。

「お主、海賊であったと言う事は船の扱いには慣れておるのか？」

「へ、へい！　船の扱いなら誰にも負けませんぜ！」

「ほう、それは心強い。うむうむ」

雪之丞の叔父さんは、何かを企んでいる様な笑みを浮かべる。

「よかろう。ではお主、儂の船の下働きになるが良い」

「へっ!?」

「え!?」

「叔父上!?」

「秋津之介様!?」

予想外の発言にこの場に居た全員が驚きの声をあげる。

「件の嵐の影響で多くの船乗りが命を落としておる。故に特例としてお主には船乗りとして働く事で罪を償って貰おう。本来海賊は縛り首じゃからな。それを考えればかなりの温情措置と言えるじゃろう?」

「へ、へい！　縛り首でないのならどんな仕事でもしまさぁ！」

うーん、悪くない結果だけど、貴族にしては随分と甘い処置にも思えるような……？　こっそり逃げ出したりしないのかしら？　そしたら私の考えを察したのか、雪之丞の叔父さんは私の方を見て笑みを浮かべる。

「無論この者が逃げ出さぬよう、呪術で枷を与える。また海賊を捕らえたお主にはこの海賊が働く事で得られるであろう給金を対価として与えよう。これは海賊捕縛の報酬であると同時に、不足する船乗りを融通してくれた謝礼でもある。どうじゃ？」

ああ成る程、ゴブンを生かすのはこっちへの配慮も兼ねているのね。

自分は不足する船乗りの補充をして、私には人材提供の礼をと。

多分コレ、雪之丞を助けた事のお礼も兼ねているんじゃないかしら？

うん、それだったら海賊の処理を任せられるし、お金も手に入るから一石二鳥ね。

まぁ捕まえたのはレクスだから、あとでレクスに渡さないとだけど。

「分かりました。そういう事でしたらこの海賊の身柄はお任せします」

「うむ。嘉島、この者を海軍の罪人詰所に連れていけ」

「畏まりました旦那様」

「姐さん、御達者でー！」

嘉島と呼ばれたお爺さんに連れられてゴブンが部屋から出ていく。

何か変に懐かれたわね。

ゴブンが出ていった事で、会話が一旦途切れる。

「さて、ではそういう事で我が甥を頼むぞ、お嬢さんや」

「ちょっ！　まだ仕事を受けるとは言っていないんですけど!?」

「何!?　受けてくれんのか!?」

あたりまえだっての！　ここに来てからまともに話した事って、ゴブンの処遇だけじゃないの！

「晴臣さんからどうしても来てほしいと頼まれてやってきましたけど、そもそも護衛を受けるとは言っていません。そもそも、私じゃないといけない理由はないでしょう。この城には私よりも強い人なんてゴロゴロ居ると思いますし」

少なくともこれだけの広さの屋敷を持つ領主なんだから、結構な腕利きを雇っている筈。

わざわざ私みたいな小娘を頼るとは思えないのよね。

すると雪之丞が声をあげる。

「ミナよ。追手から余を庇って命を失った護衛達は、この国でもかなりの腕前の武士だったのだ」

「え？　そうだったの？」

「うむ。長い逃亡の疲れと数による不利もあったが、それでも我が国の精鋭が不覚を取ったのだ。それゆえ叔父上も下手な者を護衛にする事は出来ぬと困っていたのだ。だが、お主はそんな追手を軽々と打ち倒した。それゆえそなたに再び力を貸してほしいのだ！」

雪之丞が興奮した様子で私に頼み込んでくる。

これは……成る程そういう事ね。

つまり雪之丞は勘違いしているんだわ！　恐らく追手は殺された雪之丞の護衛によってかなりの痛手を負っていたんでしょうね。

だから私の魔法であっさりと倒されたんだわ。

恐らく相手はこの国有数の護衛を倒したという自信と、しゃしゃり出てきたのが私のような小娘だった事で慢心していたのね。

この程度の小娘が相手なら、もう一戦くらいしても大丈夫だろうって。

けどそれが追手の命取りになった。

そして護衛の実力を信じていた雪之丞だからこそ、私の実力を過大評価しちゃったのね。

いくら私も成長したとはいえ、国一番の腕利きの戦士達より強いなんて自惚れてはいないし。

うーん、これは状況が生んだ盛大な勘違いって奴ね。

雪之丞の叔父さんも、雪之丞から得た曖昧な情報の所為で勘違いしてるっぽいわ。

あとレクスの海賊退治の武勇伝の所為で。

なんとか穏便に断る事にしないと。

勘違いで危険な依頼を受けるわけにはいかないものね。

「事情は分かりました。ですが私ははぐれた仲間と合流しないといけませんので」

「仲間？　おお、そういえばお嬢さんは異国の民だったな。では今はその仲間とやらを捜しておるのか？」

「はい。嵐ではぐれた仲間の一人が居る場所が分かったので、まずはそこに行こうと思っています」

「ふむ、その仲間はどの町に居るのだ？　お嬢さんが望むなら馬車を出すぞ」

馬車かぁ、正直飛行魔法を使った方が早く着くのよね。

とはいえ、貴族の厚意を断るのも失礼よね。下手に断るとメンツを潰す事になるしなぁ。

「仲間が居るのはハトバの港町というところだそうです」

「ふむ、ハトバの港町というと、隣の領地の中ほどにある町だの」

うん、町の位置は辰吉さんから教えて貰った情報の通りね。

「ただのう、お主には申し訳ないが、隣の領地への関所は事実上の封鎖がされておるのじゃ」

と雪之丞の叔父さんが申し訳なさそうに告げる。

「封鎖……ですか？」

「うむ。何でも領内で危険な賊が出没しておる故、他領に逃げ出さぬように封鎖しておるとの事じゃ。一応馴染みの商人が金を払えば通してもらう事は出来るようじゃが、異国の民のお嬢さんでは通して貰えんじゃろう。下手したら賊の仲間と勘違いされるやもしれぬ」

あーっ、さっき辰吉さんが言い淀んでいたのはそういう事だったのね！

「じゃが、賊云々は建前じゃろうな。目的は雪之丞が自由に移動出来ない様にする為じゃ」

「えっ!?」

ここで雪之丞の事情が絡んでくるの!?

あっ、さてはこの人、このままなし崩しに依頼を受けさせる気ね。

そうはさせないわよ。

「ええと、護衛と言われましても、雪之丞様を誰から守ればよいのかも聞いておりませんので」

私はあえて幸貴ではなく雪之丞と強調しつつ、コイツ誰かに狙われているんだろう？　とカマをかける。

状況的に魔物や盗賊相手の護衛じゃないのは間違いないし、最悪の場合狙ってくる相手が実は悪人じゃない可能性すらあるのよね。

「おっと、そうであったな。確かに仕事を頼むのであれば、内容の説明と報酬はしっかり伝えんといかんのう……なかなかしっかりしたお嬢さんじゃ。ところで雪之丞は何故そんなに落ち込んでおるのだ？」

言われて雪之丞を見ると、何故か彼は見て分かる程落ち込んでいた。

「い、いいえ。気にしないでくださいい叔父上。それよりも話の続きを」

何かショックを受ける事があったのかしら？

「ぬ？　そうか？　ではまず依頼内容だが、これは簡単じゃ。ざっくり説明すると、雪之丞は一族の次期頭領でな。亡くなった父の座を継ぐ為に儀式をせねばならんのだ。しかしそれを良く思わぬ者達が邪魔をしているのが今の状況じゃ。隣の領主もその者達に唆されて関所を封鎖しておるのじゃろう。何しろ、儂の部下からは隣の領地を荒らす賊の情報など聞いておらんからの」

ああ、既に情報を入手済みだから盗賊云々が出鱈目だと分かっていたのね。

けど内容としてはよくあるお家騒動って感じなのよね。

いや平民の私が貴族のお家騒動に巻き込まれるって相当なんだけど。

いけないいけない、最近ちょっとスケールの違う事件に巻き込まれ過ぎて感覚がマヒしてるわ。

「それ故お嬢さんには雪之丞を儀式の地まで護衛と儀式が邪魔されぬよう見張りをしてほしい」

「儀式が終わったら依頼は達成ですか？」

「いや、念の為儀式が終わったらこの屋敷まで雪之丞を連れて帰ってきてほしい。それで依頼は完遂じゃ」

依頼内容は一般的な護衛依頼と変わらないわね。

ただ相手が国一番の戦士達を倒すほどの凄腕って事なのよね。

やっぱり依頼を受けるにせよ断るにせよ、レクスと合流するのが最優先だわ。

関所の封鎖に関してはまぁ自力で何とか出来るわね。

「報酬だが、そなたらの国の貨幣で金貨一〇〇〇枚相当を出そう」

「一〇〇〇？」

予想外の大金に思わず驚いてしまう。

っていうか、護衛依頼で金貨一〇〇〇枚は流石に多すぎでしょ!?

「うむ、そしてもう一つ。先ほどはぐれた仲間の一人と言っておったの。という事は他にも仲間がおるのじゃろう？　その仲間の行方を捜すのを協力しよう。関所を封鎖しておる領主は他にもおるらしくてな、お嬢さんの仲間も合流には四苦八苦しておるじゃろうて。どうじゃ？　無事依頼を達成すれば関所の封鎖は解かれ仲間と合流しやすくなる。一挙両得じゃろう？」

「むむ……」

確かに、雪之丞の護衛をしたのも、この町に皆が居ないか確認する為だったものね。

私が雪之丞の護衛をする事で関所の封鎖が解けるなら、皆も大手を振って合流の為に東国を移動出来るか。

そう考えると、関所が封鎖されている原因の解決に関われるのは運が良かったのかも。

特にジャイロとか、放っておいたらどんな騒動を起こすか分からないものね。

「目的地はどこなんですか？　ここから何日かかるんです？」

とはいえ、どれだけ拘束されるか分からないとうかつに仕事を受ける訳にもいかないわ。

「うむ。目的の場所はこの国の中央にある霊峰アマツカミ山の麓じゃ。そこに儀式の場がある。ここからじゃと馬で三日なのだが、いかんせん関所がある以上素直に馬での移動は難しいじゃろうな。そうなると歩きなれない獣道を通って関所を抜ける必要がある故、徒歩で片道八日と言うところか」

うわっ、結構拘束されるわね。往復で半月もかかるじゃない。聞いておいてよかったわ。

しかも妨害がある事を考えると、もっとかかりそうよね。

うーん、状況を総合的に考えると、この依頼受けた方がメリットが多いのよね。

でも私一人だと不安要素も多い。

っていうか私魔法使いだし、このメンツだと前衛が晴臣さんしかいないじゃない！　雪之丞は護衛対象だから論外だし！　となるとやっぱり……

「……その依頼を受ける場合、直接目的地に行くよりも、別の道で行く方が良いと思います」

「ふむ？　どういう事じゃ？」

「まずはハトバの港町に行って、私の仲間の一人と合流します。そうすれば、戦力が大幅に補充出来ます」

「大幅とな？」

「はい、そこに居る仲間は私よりも強いですから」

「ミナよりも強いのか!?」

私よりも強いと言われ、雪之丞が驚愕の声をあげる。

私よりも強い人間なんて沢山居るんだけどね。

「ええ、そこに私達の師匠レクスが居るわ。護衛が必要なら、彼以上の適任は居ないわ」

「ふむ、お嬢さん以上の腕利きが居るとは世の中は広いの。そのレクスという御仁、ぜひとも手合わせしてほしいものじゃ」

「いや絶対死にますからやめてください」

「死っ!?」

雪之丞の叔父さんがレクスと戦いたいなんて言うから、私は慌てて止める。

レクスと戦ったら命がいくつあっても足りないわよ!?

「しかしハトバの港町まで行っては時間がかかりすぎるのでは？　ここは少数精鋭でアマツカミ山に行くべきでしょう」

そんな事を話していたら、晴臣さんが話題を引き戻す。

晴臣さんはレクスとの合流を無駄な時間と思っているみたいね。

まぁ気持ちは分かるけど。

「いや、ありかもしれんぞ晴臣」

「秋津之介様!?」

けれどそんな彼に対し、雪之丞の叔父さんが私の案をアリだと言う。

「戦力が増えると言う事もあるが、ハトバの港町経由で霊峰に向かうのは良い目くらましになるやもしれぬ。連中も我らが急ぎ雪之丞に跡を継がせたいと思っておるだろうからな。わざわざ遠回りするとは思うまい。逆に回り道の方が警備が手薄かもしれぬ。本当に黒幕がかの御仁なら、既に雪之丞が儂の下にたどり着いた事にも気づいておるだろうしな」

「た、確かに……」

「いや、反対です！」

けれど、何故かそこで雪之丞まで反対し始めた。

「我等だけで行きましょう！　その方が余計な時間がかからなくていいですよ叔父上！」

「いや雪之丞よ、お嬢さんが太鼓判を押す実力者じゃぞ。ここは戦力の確保を重視した方が良かろう」

「いえ、戦力なら十分です！　他の男など不要です！」

「お主、まさか……」

「若……」

するとと雪之丞の叔父さんと晴臣さんは雪之丞の言葉から何かを感じ取ったのか、呆れたような眼差しで彼を見る。

「まったく、この非常時に何を考えとるかと思ったら……まぁそのくらいの方が次代を継ぐにはちょうど良い肝の太さなのやもしれぬな」

え？　どういう事？

「だがならぬ。優先順位を見失うな。まずは確実にお主が儀式を成功させる事こそ最優先とせよ。女に良い恰好を見せたいのなら、それに相応しい落ち着きを見せるのだな」

「う、うう……承知しました」

雪之丞を沈黙させると、彼の叔父さんが私に視線を向けてくる。

「よし分かった。ではまずはお嬢さんの仲間と合流するが良い。確実に協力を仰げるよう仲間の分の報酬も出そう。そして戦力が整い次第、国の中央にある霊峰アマツカミ山を目指すのじゃ！」

こうして私は仲間達と合流する為、新しい依頼を受ける事にしたのだった。

◆

依頼を受けて数日後、ようやく儀式の準備が出来た事で私達は動きだした。

まずは隣の領地にあるハトバの港町を目指すんだけど……

「うーむ、これは厳重だな」

うん、隣の領地に入る為の関所はとても厳重で、関所に向かった旅人達の多くが追い返されていたの。

「越後屋さんに頼んでハトバの町へ連れて行ってもらえないかしら？」

「いや、恐らく馴染みの従業員でなければ追い返されるであろうな」

うーん、それは厳重ね。

「前はどうやって関所を抜けた訳？」

「うむ、あの時は関所から離れた、人の移動が困難な獣道を通ったのだ。かなり大変であったが、おかげで無事御美津藩の領内にたどり着く事が出来た」

「じゃあ今回も同じ方法で？」

「いえ、それは無理でした」

そこに偵察から戻ってきた晴臣さんが会話に加わってくる。

「どうであった？」

「はっ、領地間の境界線に沿って一定間隔で兵が配置しており、更に間を巡回する騎馬もおりました。これでは関所を避けての越境は無理かと」

かなり厳重な警備ね。

「アマツカミ山へ向かう道から離れている割に厳重ではないか？」

「おそらく、逃げた追手から我々が獣道を使った事がバレたのでしょう」

なるほど、同じ手は使わせないと知らしめる為に、この御美津領を囲んでいるって事かしらね。

これ、雪之丞の叔父さんが言った通り、雪之丞がここに居るってバレてるわよね。

「むぅ、これは困ったな」

「こうなると、夜闇に紛れて忍び込むしかありませんな。ただ、焚火台と見張りがお互いに確認出来る位置に配置されておりますので、夜に動くとしても発見される可能性は高いと思われます」

「となると、叔父上の仕込みに頼った方が良いか」

雪之丞の言う仕込みとは、彼等に似せた囮を用意する事。

そして囮をわざと発見させてその隙に私達は獣道を抜けると言う算段ね。

「しかしこれだけ見張りが多いと、持ち場を離れない可能性もありますな。最悪敵は我々をこの地に長期間封じ込めればよいのですから」

「だがやるしかあるまい。長く手をこまねいていれば、それだけ奴めの力が増す」

晴臣さんの言葉に、雪之丞が真剣な顔で呟く。

うーん、流石にこれは悪い方向に気合が入りすぎてるわね。

「ねぇ、見つからずに領地の境界線を越えればいいのよね？」

「うむ。それが一番だが、こうも厳重ではそれも難しかろう」

「いいえ、方法はあるわ」

「何っ!?」

まさかこの状況をなんとか出来る作戦があると思っていなかったらしく、雪之丞が驚きの声をあげる。

「本当に何とかなるのか!?」

「に、にわかには信じられませぬぞ!?」

「たぶん大丈夫よ。まずは夜になるまで待ちましょう」

「……分かった。ミナの策をやってみる事にしよう」

「よろしいのですか？」

「どのみち囮を使うにしても夜まで待つ必要がある。他に良い方法があるのなら、まずはそれを試してからでも良かろう」

「……はっ。若の仰せの通りに」

「うむ。頼りにしておるぞミナよ」

「ええ、任せて」

さて、それじゃあ夜になるのを待つとしますか。

◆

「お、おおぉーっ!?」

雪之丞が興奮の声をあげる。

「ちょっ、静かにして！　見つかるでしょ！　あと変な所触るな！」

「す、すまぬ。だが余も空を飛ぶ経験は初めて故にな……っ!?」

そう、私の提案した方法とは、空を飛んで関所を越える事だ。

私達の国でも飛行魔法は失われた技術だったのだから、異国であるこの国でも同様だろうと思ったのが理由。

そしてその試みは正解だった。見張り達は正面と左右こそ警戒しているものの、上空は全く見ようともしない。

生まれて初めて空を飛んだ雪之丞は最初こそ驚いていたものの、今では子供の様にはしゃいでいる。

「はい到着。すぐに晴臣さんも連れてくるわね」

「う、うむ。頼むぞミナよ。しかし空を飛ぶ魔法とは凄いな！　そんな魔法は初めて体験したぞ！　よもや異国人は皆空を飛べるのか!?」

「……い、いやいや、空を飛べる人間なんてそうそう居ないわよ」

「ではやはりミナは凄腕の魔法使いなのだな！」

雪之丞がキラキラした目でこっちを見てくる。

「いやいやいや、私はそんな大した人間じゃないから。私に魔法を教えたレクスが凄いだけだって」

「……レクス？」

と、何故か雪之丞がピタリと静かになる。

「……そうか、やはりその男が……」

「？　よく分からないけど、とりあえず晴臣さんを連れてくるから、そこに隠れて待っててね」

こうして私達は最初の難関を危なげなく突破した……のだけれど、雪之丞はどうしちゃったのかしらね？

第189話　追手と石火の塔

「サンダーショット！」

「「「「グワァァァァッ!!」」」」

放たれた雷の散弾が追手達を纏めて吹き飛ばす。

「ふぅ、終わったわ」

戦いが終わると、後ろで待機していた雪之丞がご機嫌で近づいてくる。

「見事だミナ！　此度《こたび》も素晴らしい魔法の冴えだったぞ！」

コイツ、護衛される側なのに毎回戦おうと前に出たがるから晴臣さんが苦労するのよね。

まぁ雪之丞達武士は私の知ってる貴族と違って、どちらかと言えば騎士や軍人に近い立場らしく、それが原因で領主が率先して戦場に出るみたいなのよね。

こういうのも文化の違いって奴なのかしら？

「って、アンタ怪我してるじゃない。大丈夫!?」

見れば雪之丞は腕に怪我をしてるじゃないの。

「うむ、大した事は無い、矢がかすっただけだ」

「申し訳ありません。追手を抑えきれず若に傷を負わせてしまいました」

晴臣さんが心底申し訳なさそうに雪之丞に頭を下げる。

見れば彼の後ろには、数人もの追手が倒れていた。

どうやら別動隊が居たみたいね。

「若の護衛であるにも関わらず、御身に傷を負わせてしまうとは……」

「よいよい。ミナも晴臣もたった二人でよくやってくれた。大儀である」

「はっ、ありがとうございます！」

「……雪之丞はそう言うけど、やっぱり敵の数が増えてきたのは問題ね」

関所を越えてから数日、私達はレクスと合流すべくハトバの町に向かっていたのだけど、その間に五回もの襲撃を受けていた。

「これだけ襲撃に遭うって事は、完全に私達がハトバの町に向かっている事がバレてるわね」

「確かに。叔父上の屋敷に逃げ込んだ事で、追手の目を眩ませることが出来たと思ったのだがな」

けれど現実にはこれだもの。

しかもここは目立たない様に街道を外れた獣道とも言えない森の中。

太陽の位置を頼りにハトバの町へ向かっているから、追手に見つかるとは思えないんだけど……

「雪之丞の叔父さんの部下の中に裏切者が居たか、それとも例の筆頭家老の部下が優秀なのか……」

「まさか!?　叔父上の部下にその様な者がいる筈が……」

「いいえ、黒幕を考えるとその可能性は高いかと。とはいえ、流石に他の藩の密偵が御美津様の側近に潜り込む事は不可能でしょうから、出来る事は若が逃げ込んだ事を外に伝えたくらいかと。そしてそれを知った追手は若が御美津様の助力を得て当主襲名の儀式を行う為に動くと予想し、周辺から仲間を集めている状況と思われます」

こうなるとやっぱりレクスと合流するのは正解みたいね。

さすがに私一人で今以上の数の敵を相手にするのはちょっとキツイわ。

「そういう事なら急いだほうが良さそうね。早くレクスと合流する為にも、ハトバの町に行きましょう」

「レクス……前にも言っていたが、その者とそなたはどのような関係なのだ？」

ハトバの町に向かおうと歩きだしたら、雪之丞が妙に顔を青くしながら聞いてくる。

「ん？　レクスは私の魔法の師匠みたいなものよ。とにかくデタラメに強いのよ」

「そ、そうなのか？　それだけなのか？」

「そうだけど？　ところでアンタ大丈夫？　顔が真っ青だけど」

妙に食い下がる雪之丞の顔を見ながら私は首を傾げる。

「い、いや問題ない」

襲撃が立て続けに起きて具合が悪いのかしら？

「……」

ともあれ、改めて移動を再開しようとしたその時だった。

「……ぅ」

突然雪之丞が崩れ落ちるように倒れたの。

「え？」

「若っ!?」

私達は慌てて雪之丞に駆け寄る。

「ぅぅ……」

雪之丞の顔は真っ白になっていて、額から脂汗を流しながら呻き声をあげる。

「これは……よもや毒か!?」

「毒ですって!?」

まさかさっきの矢傷が原因!?

「この症状、恐らくはヨミツヘビの毒だ」

「ヨミツヘビ？」

「うむ、猛毒の毒蛇だ。この蛇に嚙まれた者はすぐに毒が効き始め、あっという間に体が動かぬようになる。更にその後高熱に襲われると共に体が激しい痙攣を始め、最後には呼吸困難となって死んでしまうのだ……」

「ちょっ、マズいんじゃないのそれ!?」

「ヨミツヘビの治療は時間との勝負だ。すぐに治療を行わねば！　急ぎ若を安全な場所へお連れするぞ！」

「分かったわ！」

◆

雪之丞の治療の為に安全な場所を探していた私達は、運よく近くに猟師小屋があるのを発見した。

中は何もなく、本当に雨風を凌ぐだけの場所みたいだったけど、追手に追われている私達にとっては、屋根と壁があるだけでもかなりありがたかった。

床に毛布を敷くと、晴臣さんが雪之丞を寝かせる。

「……いかんな、かなり症状が良くない。このままでは一刻を争う！」

とは言っても、ここには薬屋も薬師も居ないのよね。

私も多少ならお祖父様に教えて貰った薬草の知識があるけど、ヨミツヘビなんて蛇の話は初めて聞いたから、どの薬草が治療に効くのか全然分からないわ。

恐らくこの国の固有種だと思うんだけど……せめてレクスが居てくれたら、あのデタラメな知識量でヨミツヘビの毒だろうがなんだろうが治してくれる薬を……って、あっ！

「こうなっては仕方がない。危険だが……」

「そうだ！　これを使ってみましょ！」

私は懐からついこの間手に入れたモノを取り出す。

「な、なんだそれは？」

何かを取り出そうとしていた晴臣さんが、取り出した薬を見て怪訝な顔をする。

「知り合いの作った下級万能毒消しよ」

そう、私が取り出したのはレクスの作ってくれた下級万能毒消し。

これはついこの間越後屋さんを助けた時に辰吉さんから貰ったのよね。

辰吉さんは助けたお礼になんでも好きなモノを持って行ってくださいって言ってくれたから、何にするか悩んだんだけど、やっぱり単独で行動している今は薬が一番欲しいのよね。

まさか最初の使い道が依頼主だとは思わなかったけど……

「下級万能毒消し？」

けれどレクスの薬の非常識さを知らない晴臣さんは、私の言葉に懐疑的な様子で薬を見る。

「ええ、猛毒の蜘蛛の毒を治した事があったし、かなりの種類の毒に対応してるらしいわ。これならそのヨミツヘビの毒にも効果があるかもしれないのよ」

晴臣さんは私の言葉に考え込む。

本当にこれを雪之丞に飲ませても良いのかと。

「……ふむ、まぁ良いだろう。ヨミツヘビの猛毒に効果があるとは思えんが町にたどり着くまでの時間稼ぎになってくれれば儲けものだ」

良かった、許可が出たわ。

正直お前の用意した薬なんぞ使えるかーって断られるかもって思ったんだけど、私への不信感よりも、雪之丞への心配の方が勝ったみたいね。

「じゃあ飲ませるわね。ほら雪之丞、薬よ」

意識を失った雪之丞を起こしてなんとか薬を飲ませ、再び寝かせる。

そして様子を見ていると、すぐに薬が効果を発揮し始めて雪之丞の呼吸が安定してゆく。

ついさっきまでは苦しそうだった顔つきも落ち着いてきて、顔色も少し赤みが戻ってきている。

「っ……すぅ」

「よし、効いたみたいね。呼吸が落ち着いて行くわ」

「馬鹿なっ!?」

横を見ると、信じられないと言わんばかりの顔をした晴臣さんの顔があった。

晴臣さんは私の視線を感じると慌てて弁解の言葉を紡ぐ。

「あっ、いや。まさかここまで劇的な効果を出す薬とは思わなかったのでな。それもあのヨミツヘビの毒をだぞ!?」

あー、うん。レクスの薬だもんねー。

「あはは、私達も初めてこれを知った時は同じ気持ちになりましたよ」

「う、うむ。しかしそなたの国の医療技術とは凄まじいな……」

「いやー、どちらかというと、ウチの国のじゃなくて、知り合い個人が凄いんですけどね」

「成る程、一子相伝秘伝の秘薬というヤツだな」

「多分……」

ただその秘伝の数がデタラメに多い上に気軽にポンポン使うから、ありがたみが薄れると言うか感覚がマヒするのよね……

「しかし助かった。ヨミツヘビの猛毒はかなり強い。専用の毒消しですら副作用の危険がある程なのだ」

「へぇ、そんなに危険な毒だったたんだ」

「うむ、高級な薬草をふんだんに使ったものならば副作用も少ないが、代わりに手間がかかる上に日持ちがせんのだ。それゆえ我らの様な旅人や平民が使おうとすると、入手が容易な代わりに副作用のある薬になってしまうのだ」

成る程、焦っていたのはそういう理由なのね。

薬が間に合ったとしても副作用があるから碌な事にならなかったと。

「……ミナ殿」

その時だった。

突然晴臣さんが私の前に跪いた。

「え？　何？」

「若をお助け頂き、感謝する」

そう言うと晴臣さんは深々と頭を下げた。

「えっ!?　き、気にしないで。たまたま毒消しを持ってただけだから」

そうよ、私はあくまで薬を使っただけで、私が特別凄い事をしたわけじゃないんだから。

「本当にかたじけない。私は二度もお守りするべきお方を失うところでした」

震える声で呟く晴臣さん。

恐らく彼が失ったもう一人は、雪之丞の父親の事だろう。

「……一応ポーションも飲ませたから、少ししたら動けるようになるはずよ」

「重ね重ね申し訳ない」

「だからいいって。これも仕事なんだから」

そう言って頭を下げたままの晴臣さんを無理やり立たせると、私はもう一度気にするなと言ってやる。

「……聞かぬのか？」

と、晴臣さんが呟くけど、私はその言葉の意図をとぼける。

「何を？」

「若がこうも執拗に狙われる理由だ。そなたもうすうす察しているのだろう？　ただの藩主の息子なら、ここまで執拗に狙われる訳がないと」

まぁ、確かにこうも襲われるのは普通じゃないわよね。

だって、私達の進んできた道は、街道じゃない道なき道。

そんな場所を進んでいた私達と遭遇したという事は、敵はかなりの数の追手を近隣に配置した筈。

けれどこんな派手な真似をしたら、敵さんも結構な赤字になる筈。だって人を雇うのにも金がかかるもの。それに他の貴族達に動きを悟られて疑われるだろうし。

それが出来るって事は、敵は相応の財力と権力を持っていると言う事になるわね。

「……若はやんごとなきお方のご子息だ。国の政に直接関わる程のな」

でしょうね。狙うのが下位の貴族じゃ、ここまで手間をかけて襲っても得られる利益が期待出来ないものね。

それをするだけの大きな見返りが確信出来ないと。

「だが政に関わる程の権力を持つと言う事は、その権力を我がものにしようとする者もまた多い」

それも分かる。

私達の国の貴族もそうだもの。

「そして同様に、恨みを持つ者も増えるのだ」

「雪之丞の父親は恨まれるような貴族だったの？」

けれど晴臣さんは首を横に振る。

「将……若の御父上は最良という訳ではないが恨まれるような治世を行う方でもなかった。だが、恨みと言うものは悪政を敷くものだけが恨まれるものではないのだ」

なんとも言えない表情で晴臣さんは語る。

「なんだか奥歯に物が挟まったような物言いね」

「善政を敷く領主といえど恨まれる事はある。例えば悪政を敷く領主に怒りを覚え罰したなら相手に逆恨みされる。また失敗をした者を罰しても恨まれる。人の恨みとはかくも理不尽なものなのだ」

「……それは確かに本人にはどうしようもないわね」

「だが同様に理不尽をこうむる者もいる。例えば、悪政を敷いた者の子供だな。本人も親と同じく性根が腐っていれば自業自得と断じる事も出来るが、幼子であれば善悪の区別もつくまい。そうした子供が周囲の逆恨みの言葉を聞いて理不尽な怒りに燃える事もある。更に悪事を行った者を取り締まる兵士が深い傷を負って仕事を首になれば役目を命じた上司を恨む事もあるだろう」

「でもそんな事言ってたら、何も出来ないんじゃないの？」

「そうだな。確かにその通りだ。しかし若を狙う者の中には、どう注意をしても回避する事の出来ない理由で襲ってくる者達も居るのだ。ミナ殿も相手が善良そうだからと言って油断めされるな」

「……分かったわ」

これは晴臣さんも経験した事なのかしらね？　相手の事情はどうあれ、同情して隙を見せるなと言いたいんでしょうね。

これで話は終わったのか、晴臣さんは雪之丞の傍に寄って顔色を見る。

「うむ、若の容態も良くなってきた。これなら明日の朝には動けるようになるだろう。ハトバの町まであと少しだ。ミナ殿も今のうちに休まれるが良い。若を安全な場所で休ませる為にも明日中に町にたどり着きたい。薬の礼だ、見張りは私がしよう」

「ええ、それじゃあお言葉に甘えて……っ!?」

昼間の戦いで魔力を消耗していたから素直に休ませて貰おうとしたその時、私は強大な魔力が生まれるのを察知した。

「どうしたミナ殿……？」

「マナウォール!!」

疑問に答える暇も惜しいと感じた私は、即座に魔力の防御壁を周囲に張る。

次の瞬間、爆音と共に猟師小屋が吹き飛んだ。

「なっ!?」

「くぅっ！」

やっぱり！　誰かが高位魔法を使って攻撃してきたんだわ！　魔力がゴリゴリと削れるのを感じ

ながら私は必死で防御壁を維持する。

　そしてようやく障壁を破壊しようとする魔力の奔流が消えた頃には、周囲は荒れ地となっていた。

「な、何事だ!?」

　晴臣さんが雪之丞を守るべく覆いかぶさりながら、周囲の惨状に驚愕の声をあげる。

「ふむ、生き残ったか。随分としぶといゴミ共だな」

　声の主が森の中から現れる。

「くっ、随分と派手な真似をしてくれる追手ね……なっ!?」

　月の光と破壊された森の木々を焼く炎が、私達を攻撃した相手を照らす。

　褐色の肌と銀の髪、それに背中から生えた黒い翼は、私がよく知る敵の姿だった。

「魔人っ!?」

　そう、私達を襲ったのは、これまで何度も私達と戦った魔人だったの。

「厄介な護衛が付いたと聞いて来てみれば、ただの小娘ではないか。この程度の相手にも勝てんとは人間とはつくづく無能だな」

　まさか、この件に魔人が関わっているなんてね……

「……晴臣さん、雪之丞を連れて逃げて」

「ミナ殿!?」

「二人を守りながらアイツの相手をするのは無理だわ。ハトバの町にいるレクスに助けを求めて」

正直私一人でも心配なんだけどね。

いつもなら前衛のジャイロ達が居てくれたから安心して後ろから攻撃が出来たけど、今は私一人。

よりにもよって魔人を相手に魔法使いが前衛も後衛も担当するのは無茶にも程があるわ。

でも今はそれをやらないと、雪之丞達が殺される。

ならせめて二人が安全な場所に逃げるまで囮になるしかないわね。

「しかしそれではお主が!?」

「私だけならなんとか……」

「ははははっ！　敵を前にお喋りとは余裕だなっ！」

魔人が詠唱もなしに魔力を圧縮して攻撃してくる。

「くっ！　フレイムランサー！」

「ほう、今のを相殺したか。なかなかやるではないか」

まったく、無詠唱でこの威力なんだから嫌になるわね。

こっちは今のを相殺するのに結構魔力を使ったってのに。

やっぱノルブが居ないと守りに力を削がれるわ。

「早く逃げて！」

「くっ！　頼んだ！」

私の切羽詰まった様子から、これ以上ここに居たら足手まといになると判断したのだろう。

晴臣さんはすぐに雪之丞を担ぐと、全力で駆けだした。

これであとは二人が逃げ切るまで時間を稼ぐだけね。

「さぁ、ここからは私が相手よ！」

「俺を相手に一人で戦おうとは、大した自惚れだっ！」

けれど魔人は私を無視して雪之丞達に攻撃を放つ。

「なっ!?　ウインドチェイサー！」

慌てて速度に優れた風魔法で魔人の攻撃を相殺する。

「ハッハァ！　今のも防ぐか！　口だけではなさそうだな！」

「ってアンタ！　いきなり雪之丞達を狙うんじゃないわよ！」

「ふんっ、人間の都合など知らんな。寧ろ弱みを晒す方が悪いのだ」

魔人は更に雪之丞達を襲うべく魔力を凝縮する。

しかも今度は私が相殺出来ないように大量の魔力を展開する。

「そっちがそのつもりなら！　ストーンウォール！」

私は魔人と雪之丞達の間に分厚い岩の壁を生み出して攻撃から守る壁を作る。

大量の攻撃によって壁は大きく削られたものの、これなら一発ずつ狙って防ぐよりはよっぽど魔力消費も集中もせずに済む。

「これならあいつ等を狙えないでしょう?」

「ほう、少しは考えたではないか……などと言うとでも思ったか馬鹿め！」

けれど魔人は私をあざ笑うように背中の翼をはためかせると空に飛びあがる。

「ははははっ！　俺の背中の羽に気づかなかったか小娘！」

そして魔人は雪之丞を背負う晴臣さんを襲うべく羽を羽ばたかせた。

私の魔法で相殺出来ない様に至近距離から攻撃するつもりね。

でも……

「気づいていたに決まってるでしょ、バーカ」

狙い通り空に飛びあがってくれた魔人に対し、私はタイミングを合わせて魔人が上空を通り過ぎようとした瞬間に魔法を発動させる。

「ロックタワー！」

私の周囲を囲むように、先程と同じような石の壁が生まれる。

ただし今度の壁は更に高く、空を飛ぶ魔人をも越えて伸びてゆく。

そして今まさに私の上を飛び越えようとしていた魔人が私の背後から伸びた壁に思いっきりぶつかった。

「ぶぐぁっ!?　か、壁が空に!?」

突然現れた壁に困惑する魔人に対し、私は間髪入れずとどめの魔法を放った。

「喰らえ！　フレイムインフェルノッ!!」

「なっ!?」

真下から放たれた獄炎から逃れる為、魔人は慌てて後ろに下がろうとするも背後にそびえた壁にぶつかる。

そして左右の空に視線を送るもやはり岩の壁に覆われて逃げる事は出来ない。

四方を壁に囲まれた魔人は、さしずめ塔の中に閉じ込められた罪人の様だった。

そして魔人が上に逃げれば間に合うかもと気づいた時には既に遅く、下から押し寄せてきた獄炎の柱が魔人を飲み込んだ。

「グアァァァァァァァァッ!!」

獄炎の中から魔人の悲鳴が聞こえる。

「ふふんっ、油断したわね。空でも障害物には気を付けないと駄目よ」

ふふふ、ここまでキレイに嵌まってくれると爽快ね。

魔人から雪之丞達を守る為に作り出した石の壁は魔人を空に飛ばせる為の囮。

案の定魔人は私が空を飛べる事に気づいていないと得意満面で飛び上がった。

そして勝利を確信した魔人が私の上を飛び越えようとした瞬間に合わせて、上位の防壁魔法であるロックタワーを発動させて逃げられない様に壁を創り出す。

この岩の塔は、魔人を雪之丞達に向かわせないようにする為の壁であり、また自由に空を飛び回って回避行動が出来る相手に対し、自らが使える最大威力の魔法を確実に命中させる為の布石だっ

た。

「森を焼かない為と、確実に当てる為だったとはいえ、高位魔法の三連発は流石にキツイわね……」

レクスの村の子供達はコレを気軽に使ってたけど、あの子達どれだけ魔力が有り余ってたのかしら……

凡人の私じゃとても連発は出来ないわコレ……

「さて、それじゃあ急いで追いつくとしますか。早くしないと雪之丞達を見失……」

気を取り直して雪之丞達を追おうとしたその時だった。

上空から襲ってきた強い衝撃によって、私は思いっきり吹き飛ばされたの。

「きゃあぁぁぁぁぁぁぁっ!?」

予想外の攻撃に、体がまるで小石の様に転がってゆく。

「かはっ!?」

そして周囲の木々にぶつかった事でようやく止まったものの、二重の衝撃で上手く呼吸が出来ない。

「く、くくくっ、まさか人族の娘ごときがこれほどの魔法を操るとはな。ロストアイテムの護符がなければ危ない所だったぞ」

かろうじて動く体を動かして空を見れば、そこには先ほど消し飛んだはずの魔人の姿があった。

「まさか無事だったなんて……」

しかも魔人が貴重な高位のマジックアイテムを隠し持っていたなんて……

その事実を見せつけるかのように、獄炎魔法を受けた魔人は大した傷を負っていなかった。

「この俺を傷つけた罪は重いぞ小娘！　貴様は死んだ方が良いと思うような無残な目に遭わせてやる！」

私の様な小娘にいいようにやられた事が気に喰わなかったのか、怒りをあらわにした魔人がそんな事を叫ぶ。

「ふ、ふふふっ……」

「何がおかしい小娘」

劣勢の筈の私が笑い声をあげた事で、魔人が訝しむ。

「だって……アンタのセリフ、前に倒した魔人とおんなじなんだもの」

「なにっ？」

そう、私達が初めて魔人と遭遇したあの日。

ジャイロに一杯喰わされた魔人の吐いた言葉。

だから私もアイツと同じセリフを魔人に送ってやる。

「そんなショボイセリフを言ってると……アンタこそ死んだ方がマシと思えるような相手に襲われて絶望する羽目になるわよ」

まぁ、流石にこんな森の中で彼が来てくれるはずもないだろうから、単なるハッタリなんだけどね。

「ふん、何を訳の分からん事ぉぐわぁぁぁぁぁぁっ!?」

何とか体が動くようになるまで魔人の気を逸らそうとしていたら、突然魔人の姿が吹き飛んだ。

「えっ？」

「随分派手な魔法戦闘が起きてると思って来てみれば、まさかこんな所に魔人が居るなんてね」

絶体絶命のピンチの中聞こえてきたその声に、私は思わず涙が出そうになる。

暗い夜空の中でもその声を聞き間違える事なんてありはしない。

「……嘘」

「しかも襲われていたのが僕の仲間ときたもんだ」

その声は、彼にしては珍しく怒りが含まれていた。

「き、貴様、何者だ……!?」

突然の乱入者に、魔人が彼の名前を問う。

「僕の名はレクス。ただの冒険者さ」

「レクス！」

最強の助っ人が……来てくれたわ！

第190話　魔人蹂躙

◆ミナ◆

「僕の仲間を傷つけたお前を許しはしないぞ魔人！」

ついに合流する事が出来たレクスが叫ぶ。

その顔には彼には珍しい怒りの感情があった。

「人間があぁぁぁぁぁぁっ！」

魔人が怒りと共に赤黒い魔力の光を放つ。

その輝きにはこれまで戦った魔人とは比べ物にならない程の高密度な魔力を感じる。

「はっ！」

けれどそんな恐ろしい魔力の塊をレクスはあっさりと切り払った。

「馬鹿な!?　強化された俺の魔力光を斬っただと!?」

「ははっ、相変わらず無茶苦茶ね」

あれだけ苦戦した魔人の攻撃をこうも簡単にあしらうんだから、やっぱり自分なんてまだまだと思い知らされるわ。

「こんなもんじゃ済まさないぞ！」

レクスが魔人に向かって飛び込む。

その速さは身体強化魔法で強化された視力でも追いかけるのが難しい。

「くっ！　壁よ！」

魔人が声を上げると、腕に着けたブレスレットが光り、魔力の壁が生まれる。

「マジックアイテム!?」

しかも壁から感じる魔力は驚くほど濃密で、まるで魔力が物質化したのかと思うほどだわ！　まさかアレもロストアイテムなの!?

「はぁ！」

スパンッ！　けれど、そんな壁もレクスの剣の一閃であっさりと真っ二つになった。

「「なっ!?」」

「ば、馬鹿な!?　このロストアイテムの魔力壁は大魔法の一撃すら耐えるのだぞ!?　貴様何をしたぁぁあっ!?」

私の驚愕を魔人が代わりに代弁してくれる。

「ただ斬っただけだよ！　こんな風にね！」

魔人に肉薄したレクスの剣が、霧を生みながら魔人に襲い掛かる。

「は、走れ！」

焦りを含んだ魔人の言葉に今度はブーツが光を帯び、一瞬で魔人を後ろに下がらせる。

「キーワードに反応して自動的に使用者を後ろに下がらせるマジックアイテムだね。成る程、お前は全身にマジックアイテムを身に纏って強化しているのか」

「ふ、ふはは、その通りだ！　俺はあのお方より授かったロストアイテムで全身を強化している」

「全身にロストアイテムですって!?」

ロストアイテム、それは希少なマジックアイテムの中でも更に希少な品の総称。

そのどれもが他のマジックアイテムにはない特異な能力を持っていたり、数ある同種のマジックアイテムの中でも特に性能の高い物がそう呼ばれる。

噂では各国の国宝も実は国家機密レベルのロストアイテムという事なのよね。

でもそんなロストアイテムを全身に!?　さっきの使い捨ての防御アイテムだけじゃなかったの!?

「特にこのブーツは白兵戦において最高レベルの回避性能を誇る。その速さは先ほど貴様も見た通
おばぁぁぁぁっ!?」

勝ち誇っていた魔人の体に突然斜めの赤い線が走ったかと思うと、血しぶきが派手に舞う。

「って、ええっ!?」

「ゴッ、ゴフッ……ば、馬鹿なっ!?　当たった……だと!?　音の速さで動いて攻撃を回避するロス

トアイテムだぞ……!?」

「なら音速を超えた斬撃を放てば当たるよね。そのまま斬撃波を飛ばせば追撃も可能だよ」

驚愕する魔人に対し、レクスはなんでもない事の様に魔人にダメージを与えたからくりを説明する。

「お、音の速さを超える斬撃と斬撃波……!?　魔法じゃないの!?」

「いえ、これは純粋な剣技ですよ。極限まで無駄をそぎ落とせば、人の身でも音の速さを超える攻撃を出す事は出来ます」

「そ、そうなんだ……」

ごく自然に、レクスがさも当然の様にとんでもない事を言う。

剣術は良く分からないけど、そういうものなのかしら？

「だ、騙されるな小娘！　普通の人間は音の速さを超えて攻撃など出来んっ！」

「え？　あっ、そうよね。うん、そうよね」

魔人のツッコミに私は思わず我に返る。

そ、そうよね、音の速さの攻撃なんて見た事もないし。

それに魔人は希少なロストアイテムで身を包んでいるのに、普通の攻撃でダメージを与える事なんて、いくらレクスでも出来る訳ないわよね!?

……ね？

「ほんとに出来るんだけどなぁ」

「ええっと、ほんとに出来るの……？」

「く、くくっ……成る程そういう事か」

けれど魔人は意味深な笑みと共に何かを理解したと断言する。

「小僧！　貴様の力の源はロストアイテムだな！」

魔人はレクスの剣を指さし、自分を傷つけた理由が彼の作った魔剣にあると指摘する。

「俺の魔法を切り裂いたのも、その異常な速さも、斬撃を飛ばす行為も、全てロストアイテムの力だろう！」

「確かにこれはマジックアイテムだけど、生命維持に関わるもの以外は基本的な性能向上効果しか付与してないよ。あまり突飛な性能を付与すると、性能に頼った戦い方になって逆に弱くなるって教わったからね」

いやもうレクスが作った時点で突飛な性能になってるんだけど……

「ふんっ、どうやら貴様は相当に強力なロストアイテムを所持しているようだな。口惜しいが、私のロストアイテムよりも貴様が所持するロストアイテムの方が高性能のようだ」

「じゃあおとなしく捕まるかい？　素直に企みを白状して罪を償うと誓うのなら命までは奪わないよ」

「いいや、断る」

レクスの降伏勧告を受けた魔人だったけれど、すぐに拒絶する。

「勝てないと言っておきながらおとなしく負けを認めないつもり？　貴方が抵抗してもレクスに勝つことは出来ないわよ。それとも逃げるのかしら？　そうはさせないわよ」

レクスに勝てないとなれば、この魔人はなんとしてでも逃げ出そうとするかもしれない。

でも私だってレクスの仲間よ。

魔力は減ってるけど、逃げる魔人を追撃するくらいの魔力は残ってるんだから。

レクスの援護に徹すれば魔人を倒す手伝いくらいは出来るわ！

「確かに、貴様のロストアイテムには勝てん……だが！　これを使えば貴様のロストアイテムがどれだけ強かろうとも無意味になるのだよ！」

そう言って魔人が懐から黒い小箱を取り出すと、それが光を放った。

次の瞬間、ざらりとした感覚が肌に突き刺さる。

「え、何……？」

「それはまさかっ!?」

珍しくレクスが驚きの声をあげる。

「そうだ！　マジックアイテムを無効化する為の魔力攪乱機だよ！　これで貴様は無力！　ならば人が魔人の力に敵う道理はない！」

マジックアイテムを無力化するアイテムですって!?

魔人が獰猛な笑みを浮かべ、レクスに飛び掛かる。

「レクスッ!?」

私は逃げてと言おうとした。

マジックアイテムを無力化されたらいくらレクスでも……

「死ねぇぇぇぇぇぇぇぇぇっ！」

剣状に伸ばした魔力の塊を振りかぶる魔人。

魔人の攻撃がレクスを切り裂くかに思えたその瞬間。

「ふっ！」

レクスの拳が魔人の顔面に叩き込まれた。

「へっ？」

「グワァァァッ!?」

魔人は冗談みたいな勢いで吹き飛び、周囲の木々をなぎ倒していく。

そして地面に半ばめり込む形でようやく止まった。

「ガハッ!?」

地面にめり込んだ魔人が血反吐を吐く。

「ば、馬鹿な……確かに貴様のマジックアイテムを無力化した筈だ」

魔人は信じられないと言った様子で焦点の合っていない目をレクスに向ける。

「ううん、してないよ」

「な、何だと!?」

切り札の筈のマジックアイテムが何の役にも立っていなかったと言われ、魔人が愕然とする。

「戦闘用のマジックアイテムに無力化対策を施すなんて当然じゃないか。マジックアイテム開発の基本だよ」

「え？　そうなの!?」

そういうものなの!?

でもマジックアイテムに機能を盛り込むのって凄い大変なんでしょ!?

宮廷魔術師のお祖父様がいまだに簡単な魔道具でも成功例はないって言ってたわよ!?

それなのにマジックアイテムを無効化するマジックアイテムに対抗出来るマジックアイテムなんて簡単に作れるものなの!?

「ば、馬鹿な!?　マジックアイテムの無力化の研究が始まったのはつい最近だぞ!?　なのに貴様等人間は既に対抗装置を用意していたというのか!?」

そうよね！　そんな簡単なものじゃないわよね！　魔人が信じられないという顔でレクスを見つめる。

「うん、とっくの昔にね」

「ば……か……な」

自分達のして来た事が無駄に終わったと知った魔人は、絶望の表情を浮かべて絶命した。

……うーん、なんか悪役の死に様というには妙に哀れな姿ね……

あーでも、よく考えたらレクスが私達に作ったマジックアイテムって、複数の機能が当たり前のように盛り込まれていたわよね……だったらマジックアイテムを無効化するマジックアイテムを無効化する機能を盛り込んでいても不思議じゃないのか……

それによくよく考えたら、レクスがマジックアイテムを無力化されたくらいで負ける訳が無いわよね。

だって初めて会った頃のレクスは、魔法で魔人を次元ごと切り裂いちゃったんだし……私は改めて基本という言葉の意味を間違えていたのだと理解する。

「そうよね、一般人と魔人の基本と、レクスの基本は違うわよね。うん」

久しぶりにレクスの非常識さを痛感した私だったけれど、なにはともあれ無事に彼と合流する事が出来たのだった。

第191話　情報交換と漢の決闘

ミナさんと合流した僕は、越後屋へと戻ってきた。

そして越後屋さんに頼んでミナさんと共に行動していた雪乃丞という人を休ませてもらう。

「レクス、雪乃丞は大丈夫なの？」

毒を受けた雪乃丞さんは大丈夫なのかとミナさんが心配そうに聞いてきたので、僕は大丈夫だと太鼓判を押す。

「ええ、ミナさんが飲ませた下級万能毒消しがバッチリ効いていますよ」

「そう、よかった」

薬がちゃんと効いていたと分かり、ミナさんがホッと安堵のため息をつく。

そして僕達はお互いが離れていた間の情報を交換し合う事にした。

「成る程、その雪乃丞さんが当主の座に就けない様に上位貴族が裏から手を回していたわけですか」

「そういう事らしいわ。貴族の事情に首を突っ込みたくなかったから、雪乃丞達が伏せておきたたかった事情については聞いてないけどね」

「それが良いですよ。貴族の事情に首を突っ込むと厄介事に巻き込まれますから」

「そうなのよねぇ」

だけどこの問題を解決する事こそが、皆と合流する最短の道だと判断したミナさんは、あえて詳しい事情を聞かずに仕事を受ける事にしたのだという。

そして当主襲名の儀式が行われる場所ではなく、まずは戦力を整える為に居所が判明していた僕と合流する事を優先したみたいだ。

その判断のおかげで魔人との戦いに間に合ったんだから、ミナさんの判断は最適だったと言える。

まぁミナさんの実力ならあの程度の魔人、自力でなんとか出来たと思うけどね。

「それにしても、僕の作った薬がミナさんの役に立っていたとはビックリですね」

毒を受けた雪乃丞さんの治療に僕が作った下級万能毒消しが役に立ったと聞いた時はちょっと驚いたよ。

「それはこっちのセリフよ。まさかこんな所に来てまでレクスの作った物を見るとは思わなかったわよ。でもおかげで雪乃丞を助ける事が出来たわ。ありがとう」

「いえいえ、僕も越後屋さんにお世話になり続けるばかりだと申し訳ないからお手伝いしていただけですから」

そして話は僕の方の事情に移る。

「……成る程ね。目的の店の主を助けた事でお店の人達の協力を得て私達の情報を集めていたと。でもただ待つだけだと気が引けるから、薬やらなんやらを作って店の手伝いをしていた……か」

「ええ、嵐と街道封鎖の影響で、満足に薬の素材が手に入らなくて困っていたみたいなんです。薬の素材以外にも色々なものが届かなくなっているみたいで、越後屋さんの店は大きいからなんとかなっているようですが、他の小さなお店は死活問題みたいですね」

「謎の嵐に加えて雪乃丞の家のお家問題か……いくらなんでも騒ぎが大きすぎよね」

ミナさんの言いたい事は分かる。

いくら貴族のお家問題とはいえ、複数の領地に働きかけて街道を封鎖させるなんて相当な力をもった貴族でないと無理だ。

しかもそれが自分の一族の話ではなく他の貴族の後継者問題に首を突っ込む為っていうんだから、かなりの騒動だ。

ここまで事が大きくなると、その雪乃丞さんの実家は相当な権力の持ち主だろう。

何しろ自分の領地の繁栄を第一に考える貴族達に大きな損をさせてまで言う事を聞かせているんだ。

貴族達もそれ相応のメリットが無ければ言う事を聞いたりなんかしないだろう。

そう考えると、雪乃丞さんの家はそれこそ王家に近いレベルの貴族なんじゃないかな？　あっ、そういえばこの国の将軍が亡くなったって清兵衛さんが言っていたっけ。

もしかして雪乃丞さんのお家騒動って……いやいくらなんでも短慮が過ぎるか。

たまたま上位の貴族の不幸な事故と重なっただけかもしれないしね。

情報が少ない状況で答えを焦るのは危険だ。

今はその可能性もあるとだけ思っておこう。

「じゃあ僕達の今後の行動としては、皆を捜しながら雪乃丞さんの当主襲名の儀式を成功させるって事で良いですか？」

「ええ、勝手に決めちゃって悪いんだけど、協力して欲しいの」

ミナさんは申し訳なさそうに言うけど、同じ立場だったら僕も同様の選択をしただろう。

「いえ、ミナさんの選択は現状ではベストだったと思いますよ」

うん、皆がどこに居るか分からない以上、関所の封鎖を解除する事を優先したのは正しいと思う。

「それに、気になる事があるんですよね」

「気になる事？」

ミナさんが何が気になるのかと首を傾げる。

「ええ、この件に魔人が関わっているという事です」

「……あー、そうね。確かにそうよね」

「人間世界の一貴族のゴタゴタに魔人が関わっているという不自然な状況。それに国全体に影響を及ぼしている謎の嵐。これらが全くの無関係とは思えません」

そう、国全体の海に影響を及ぼすなんて無駄が多いにも程がある行為の目的が分からなかった。

でも相手が魔人ならその理由も分かる。間違いなくこの世界に災いをなす為だろうね。

そう考えると、ミナさんが依頼を受けたのはやっぱり正解だったと思うんだ。

何しろ、国を丸ごと封鎖するような大きな企みの尻尾を掴む事が出来たんだからね。

「そうなると雪乃丞には事情を聞いた方が良いわね」

「ですね。間違いなく雪乃丞さんの家の事情に関係してるでしょうから」

「……はぁ、こうなるのが嫌だったから今まで距離を保って聞かないようにしてたのに」

ミナさんが心底面倒くさそうにため息をつく。

「仕方ないですよ。既に魔人達はこの件に関わった僕達も敵と認識しているでしょうから」

実際の所、今回の件に関わった魔人は先に倒した魔人だけじゃないだろう。

国一つを封鎖するような方法を使っている以上、仲間が居るのは間違いない。

「とりあえず雪乃丞が起きるのを待つしかないわね」

一通りお互いの情報を伝え終わった僕達は、自分達が得た情報をかみ砕く為に一服する事にした。

それにしても魔人か。

本当にアイツ等は何処にでもいるなぁ。

そうしてまったりしていると、部屋の外から足音が近づいてきた。

それと同時に複数の人が会話をする声も聞こえてくる。

「雪乃丞が起きたみたいね」

どうやら雪乃丞さんが目覚めてやって来たらしい。

なんだか慌ててる様な浮足立っている様な足音だなぁ。

「ミナはここか！」

ドアならぬ襖を勢いよく開けて雪乃丞さんが部屋に入ってくる。

僕が見たのは意識を失っている雪乃丞さんだったからどんな人か分からなかったけど、この元気の良さはジャイロ君にちょっと似ているかもね。

「元気そうね」

「うむ！　ミナが薬を用意してくれたそうだな！　おかげで助かったぞ！」

雪乃丞さんはミナさんにお礼を言うと、僕の方を見て首を傾げる。

「む？　この者は何者だ？」

そういえば雪乃丞さんは毒で意識を失っていたから、僕とは初対面になるんだっけ。

「初めまして。僕はレクスと言います」

「レクス……？　はて、どこかで聞いたような……」

「雪乃丞、この人が私が捜していると言った仲間の一人よ」

「む、そう言えばそんな事を言っておったな！」

ミナさんに説明され、雪乃丞さんが思い出したと自分の頭を軽く叩く。

「そうか、そなたがレクスか。よし、では余と戦え！」

「「……え？」」

何故か、突然決闘を申し込まれた。

「って、ええーっ!?」

「ちょっ、アンタ何馬鹿な事を言ってんのよ!?」

ホントだよ！　どうしてそうなるのさ!?

「止めてくれるなミナよ！　これは男としてのメンツの問題だ！」

メンツ!?　なんでここでメンツの問題が出てくるの!?

「レクスとやら。そなたの事はミナからよく聞いておる。なんでもミナが最も頼りにしておる男だそうではないか」

「え？　そうなんですか？」

ミナさんに確認すると、ミナさんは困ったような顔で肯定する。

「いやまぁ確かにそうは言ったけど……」

そっかー、僕って結構頼られていたんだね。

「であろう？　ならば余はミナが最も頼りにしている男を倒さねばならぬ！」

だからどうしてそうなるの!?

「強き者と戦うは武士の本懐！　それが愛する女の想い人となれば尚更のことだ！」

「「愛する女!?」」

突然の愛の告白に僕とミナさんが思わず声を上げてしまう。

「え？　そうだったんですか？」

「ち、違うし！　何でそんな話になってるのよ!?」

僕達が問いかけると、雪乃丞さんは真剣な顔で頷く。

「うむ、ミナはレクスを頼りにしていると言っておった。しかしミナは我が国の精鋭が不覚を取るほどの刺客達を相手に一歩も引かぬどころか互角以上に渡り合う剛の者！　そんなミナが全幅の信頼を寄せる男がただの仲間な訳がない！　きっと特別な想いを抱いているに違いない！」

「え、ええと……」

「ち、違うからね！　別にレクスをそんな目で見た事なんてないんだから！」

ミナさんがはっきり違うと断言する。

そうだよね。寧ろそれなら僕よりももっと相応しい人がミナさんの傍には居る訳だし。

僕達はあくまでただの仲間だ。

なのに何故雪乃丞さんはそう思ってしまったんだろうか？　僕は雪乃丞さんの後ろに控えるお付きの人、確か晴臣さんだっけ。

彼に説明を求める視線を送る。

「……申し訳ありませんレクス殿。若は少々、いえかなり思い込みが激しいお方ですので」

「晴臣、それはどういう意味だ！」

「そのまんまでしょ馬鹿！」

不服そうな雪乃丞さんにミナさんが顔を真っ赤にしてツッコミを入れる。

うーん、それにしても雪乃丞さんってこういう人だったのか。

ジャイロ君に似てると思ったけど、やっぱり違うかも。

「ともあれそんな事は今はどうでも良い！　余と戦えレクスよ！」

……これは説得出来そうにないなぁ。

前世や前々世でもこんな風に人の話を聞かない人達が居たんだよね。

でも一応ミナさんの依頼主だし……どうしたもんかなぁ。

「はぁ～、いいわもう。やっちゃって良いんですか？　やっちゃってレクス」

「え？　やっちゃって良いんですか？」

ミナさんがため息をつきながら戦えと言ってくる。

「どうせこのバカは決着が付くまで諦めないわよ。それならさっさと痛い目を見せて頭を冷やした方が良いでしょ」

「ハハハッ！　さすがはミナだ！　余の事をよく理解しておる！　だが、勝つのは余だぞ！」

ミナさんの言う通り、戦う以外になさそうな空気だけど……

「できれば怪我を負わさない様にして頂けると助かります……はぁ～」

晴臣さんはもう諦めたと大きなため息をついて俯いている。

いやこれは目の前の光景を見ない事で、これから起きる騒動は初めからなかった事にするって言ってるんじゃぁ……

「さぁ表に出るが良いレクスよ！」

そう言う雪乃丞さんは既に庭に出て僕を待ち構えている。

「しょうがないか……」

こうなったら相手をするしかなさそうだ。

庭に下りて雪乃丞さんから少し離れた位置に立つと雪乃丞さんが剣を構えたので、僕もそれに合わせる様に鞘に納めたままの剣を構える。

依頼主を傷つける訳にはいかないからね。

「剣を鞘から抜かずに余に勝つつもりか？」

「そのつもりです」

貴族相手に剣を抜いたら、それが命を奪わない試合であったとしても後で難癖付けられる危険があるんだよね。

なら多少不利でも最初から鞘に納めたままで戦った方が良い。

雪乃丞さんの性格を考えるとそういう事はしてこなさそうだけど、家臣の人達はどうか分からない。

というか前世ではそれが原因で厄介事に巻き込まれた事があるからね。

前世の二の舞いは演じないようにしないと。

「ならばゆくぞ恋敵よ！　たあぁぁぁぁっ!!」

雪乃丞さんが剣を手に突進してくる。

仮にも武術を学んだだけあって、その動きは堂に入っていた。

ただ毒で弱っていた所為か、その動きはとても戦士としての訓練を受けた人間とは思えない程鈍っていた。

「ええと……えいっ！」

弱っていた雪乃丞さんの動きに合わせてカウンターを入れるのは非常に簡単で、僕の一撃は綺麗に雪乃丞さんに命中する。

「ぐわぁぁぁぁぁぁっ!?」

「わ、若ぁぁぁっ！」

完全なカウンターを受けた雪乃丞さんがあっさりと吹っ飛び、それに気づいた晴臣さんが慌てて顔をあげると倒れた雪乃丞さんの介抱に向かう。

「はい勝者レクス～。これでしばらく静かになるわね」

うーん、ここまで綺麗に決まるなんて、せめて毒の影響が完全に抜けるまで待ってあげるべきだったかなぁ。

でも戦いを挑んできたのは向こうだし……

「ええと、本当にこれでよかったんですか？」

なんとも納得いかない決着だった為に、僕は本当に自分の勝ちにしてしまって良いのかと心配になってしまう。

「良いのよ。どんな理由があったとしても、相手の実力を調べもせず戦いの準備もしないで決闘を挑んだんだもの。全部ひっくるめて雪乃丞の落ち度よ。それにレクスは鞘から剣を抜かずに勝ったんだもの。これでゴネたらそれこそ恥晒しってもんよ。プライドだけは高い奴だから、そこは心配しないで良いわ」

ほ、本当にこれでよかった……のかなぁ？

第192話　出航！　儀式の地へ！

「見事！　まことに見事であった！」

あの後日を覚ました雪乃丞さんは、僕の顔を見るなりそう言ってきた。

「レクスよ。そなたの武芸の腕前の凄まじさ、この雪之丞感服したぞ！　うむうむ、確かにこれならばミナが慕うのも無理からぬ事。正に剣聖と呼ぶに相応しい！」

「いや、そんな大したものじゃないですから」

いや剣聖なんて大層な称号、僕には不釣り合いですよ。

何しろ僕の知っている前世の剣聖といったら、魔力も使わずに山を剣で切るようなデタラメな人だったんだから。

しかも特別な魔剣とかじゃなく、普通に数打ちの鉄の剣でやるんだからとんでもないよ。

「謙遜するな。そなたの力は類まれなるもの。晴臣も言っておった。そなたが我等を襲った魔人を退けてくれたのであろう？」

「ええまぁ」

といっても、あの魔人の実力はミナさんならなんとか出来たと思うよ。

あの時は雪乃丞さん達を守るという制約があったから不利だっただけでね。

「伝説に語られる魔人を子供をあしらうかの如く一蹴したと聞く。余も稽古の場で多くの達人を見てきたが、そなたとは比べ物にならぬ。まこと見事！　この雪之丞、感謝するぞ！」

「は、はぁ……」

うーん、ここまで褒められるとなんだか照れくさいよ。

「ちょっと、なんだか雪之丞の様子がおかしくない？　妙に素直っていうか」

「その、若はなんというか、物事を強いか弱いかで判断する傾向があり……つまりまぁ、自分より強いレクス殿を格上として認めたのだ」

僕の後ろでミナさんと晴臣さんが小声で話している。

「仮にも貴族がそんな脳筋な考え方で良いの？」

「まこと申し訳ない……」

◆

「まさか件の嵐に魔人が関わっていたとは……」

雪乃丞さんが落ち着いたところで、僕はミナさんとすり合わせた情報を伝える事にした。

「はい。雪之丞さん達を襲った魔人は全身にマジックアイテムを装備していました。それに以前僕達が受けた仕事でも、魔人が作り出した巨大なマジックアイテムが原因で大きな騒動になったんです。だから今回も同様に魔人がマジックアイテムを使って嵐を起こしているんじゃないかと思うんです」

雪乃丞さんと晴臣さんは国全体に広がっていた嵐の原因が、人為的なものだったと言われ驚きの顔を見せる。

「確かに伝説の魔人が居たのは事実。ならばあの嵐もたまたま船が出る時に合わせて自然現象が偶然起きたと言われるよりは、魔人の起こした災いだったと考えた方がまだ納得出来ますな」

「うむ、そう……だな」

二人はまだ信じられないようだったけれど、それでもただの偶然で嵐が起きていたと言われるよりは信じられると思ったらしく、僕の言葉を信じてくれた。

「でも魔人が意味もなく嵐を起こしたり、人間のお家騒動に乗っかって雪之丞の命を狙うとは思えないのよね」

そこにミナさんが加わって、雪乃丞さん達に事情の説明を促す。

「つまり、余の事情が魔人共の目的に関わっているとそなた達は疑っておるのだな？」

「無礼な！　平民ごときが武家の事情に首を突っ込むつもりか！」

僕達が雪乃丞さんの事情を知りたがっていると気付いた晴臣さんが怒りの声を上げる。

まぁ貴族としては自分達の事情に触れられたくないのも分かるけどね。

でもこの状況ではそうも言っていられない。

雪乃丞さんもそれが分かっているらしく、晴臣さんを止めた。

「静まれ晴臣。ミナ達の懸念は当然の事。寧ろ伝説の存在とばかり思っていた魔人が現実のものであった以上、魔人の企みを明らかにする事は重要であろう。何しろ魔人と言えば我らが伝え聞いたあらゆる伝承において、人にとっての不俱戴天の仇敵であったのだからな」

「それは確かにそうですが……」

個人的な事情よりもこの世界全体の問題だと諭され晴臣さんが怯む。

「どのみちミナ達の協力無くして強大な魔人と筆頭家老には勝てぬ。余には味方が必要なのだ」

「……若がそうお決めになったのなら」

雪乃丞さんの意志は固いと知った晴臣さんは、不承不承といった様子で下がる。

「うむ、ではこれまでミナ達に隠していた余の事情を語ろうか」

一呼吸おいて、雪乃丞さんが語り始める。

「余の父の名は陽蓮夏典。この国の将軍だ」

成る程、雪乃丞さんのお父さんはこの国の将軍だったのか。

あれ？　でも確かこの国で将軍って……

「将軍!?　もしかして!?」

ミナさんも同じ答えに至ったんだろう。

雪乃丞さんに驚きの視線を向けた。

「うむ、そなたらも聞いた事があるかもしれぬが、この国では帝と呼ばれる王と神官達が神事を司り、家臣である我等武家が政を行う政策をとっている。すなわち余の父こそこの国の実質上の最高権力者なのだ」

雪乃丞さんから答えを得て、僕達はおぼろげながら魔人の目的を理解する。

いや、確信を持ったと言う方が良いだろうね。

「成る程、だから……」

「この国の実質的な指導者の襲名が関わっているのなら、魔人が関わるには十分すぎる理由ですね」

具体的に何をするのかは分からないけど、碌な事じゃないのは確かだ。

「であるな。かつて人の世を騒がした魔人ならば、筆頭家老と手を組んでこの国を荒らす事が目的であったとしても不思議はない」

雪乃丞さんも同じ気持ちなんだろう。

真剣な眼差しで僕達を見つめてくる。

「なればこそ、そなた達には力を貸してほしい。余は将軍を襲名し筆頭家老を討伐する。さすれば国も落ち着きを取り戻し、魔人めもそうそう容易く手出しは出来ぬようになろう」

うん、国を安定させる。それが一番堅実な対策だね。

「ええ！　罪もない人達が苦しむのを黙って見ているわけにはいきません！　魔人の野望をなんとしても阻止しないと！」

そうだ。魔人が何を企んでいるのかは分からないけど、僕達がやる事はただ一つ。

魔人の企みを阻止する事だ。

「うむ！　よくぞ言ってくれた！　共に魔人と筆頭家老の野望を退けようぞ！」

と、そこまで言って雪乃丞さんがミナさんの方を見る。

「……」

何かを期待する眼差しを受けて、ミナさんは仕方ないと小さくため息をつきながら言う。

「はいはい、私も協力するわよ」

その言葉を受けて、雪乃丞さんが喜色満面といった顔になる。

「おお！　やはり……」

「ただし協力するのは報酬の分だけね」

「……うむ」

けれどあっさりオチをつけられて、雪乃丞さんはガックリと肩を落としてしまった。

「ええと、それで今後の行動方針なんですが」

雪乃丞さんの事情を聞き協力体制を整えた事で、僕達は今後の方針を決める事にする。

「うむ、まずは余の将軍襲名が最優先だな」

「どこかで儀式を行う必要があるのよね？」

ミナさんから確認を受けて、雪乃丞さんは遥か彼方にそびえ立つ巨大な山を指さした。

「その通りだ。目的地はわが国の象徴たる霊峰アマツカミ山に眠る古代の遺跡。その為にはまず霊峰の麓にある神官の村に向かう」

しかし雪乃丞さんは遺跡に直接向かう事はせず、一度村に寄ると言い出した。

「神官の村ですか？」

「直接遺跡に行かないの？」

ミナさんの疑問に、雪乃丞さんは首を横に振る。

「いや、余の将軍襲名の儀式には神官の同行が必要なのだ。なにせ儀式を行ったとしてもそれを証明する者が必要だからな」

ああ、言われてみれば確かに。

誰も証明してくれる人がいなかったら、儀式を行ったと言っても信じて貰えないかもしれないもんね。

「成る程、だから神官達なのですね」

そして雪乃丞さんの言葉を聞いて、ミナさんが納得の声をあげる。

「どういう事？」

「神官はこの国の神事を司る帝の従者達だ。その役目柄、彼等は我等武家とは距離をおいているのだ」

「つまり特定の勢力に関わる事なく第三者として儀式の襲名を見届ける事も神官達の仕事の一つという訳だ」

「成る程、そういう事なのね」

そして雪乃丞さんは懐から一通の手紙を取り出した。

「そしてこれが神官達の村周辺の土地を管理する藩主あてに叔父上が用意してくれた手紙だ。これを出せば余の将軍襲名の儀式を手伝ってくれる手はずだ」

けれどそんな雪乃丞さんにミナさんが待ったをかける。

「ねぇ、その藩主って信用出来るの？　今までも他の藩主が筆頭家老と手を組んでいたじゃない。だったらその藩主も私達の敵に回る可能性はあるんじゃない？」

ミナさんの懸念はもっともだ。

その藩主がどこまで信用出来るか分からないもんね。

「無論ある。だからこそ、そなた達を雇ったのだ」

「ああ、ちゃんとそこは考えてたのね」

雪乃丞さんのしっかり働いてくれよという笑みに、ミナさんが肩をすくめる。

あはは、さっきの意趣返しをされちゃったね。

「とはいえ、神官の村を抱える藩主一族には神官一族の血が濃く流れておる。それゆえ将軍家と筆頭家老が表立って争う事になっても彼等は帝と神官達を優先するだろう」

だからその心配はないと、雪乃丞さんは断言した。

なるほど、藩主が帝側なら僕等の事情なんかどうでもいいってわけか。

「とはいえ、問題はその前かと」

これで心配事は無くなったかと思った所で、晴臣さんがまだ別の問題があると告げる。

「前ですか？」

「然り。筆頭家老殿も我々の目的は察している筈。なれば領内に入る事が出来ぬよう、大戦力で待ち構えている事でしょう。それも関所どころか領内のどこからも入れぬように」

成る程、確かに向こうからすれば僕達を追うだけじゃなく目的地にも兵を置いているだろうからね。

「となるとまた空を飛んで藩内に入る？　今回はレクスもいるから一度に運べるわよ」

「いや、同じ手が通じるとは思えぬ。我らが空を飛んでいる事がバレれば、矢と魔法でハリネズミにされるだろう。更に言えば、敵も内密に藩内に忍び込んでいるであろうからな」

「でも地上を真正面から行くのも無理よね」

「うーむ」

皆がどうしたモノかと悩みだす。

地上は大戦力でただ藩内に入るだけじゃだめか。

となると……

「あっ、そうだ」

僕はとあるモノがある事を思い出す。

「あの、折角だからミナさんの案を採用しませんか?」

「私の案?」

「ええ、空を飛んでゆく案です。ただし関所を越える為ではなく、神官達の村まで一気にです」

「しかし空の上をずっと飛んでいては見つかる危険が大きいぞ。そこを襲われたらひとたまりもあるまい」

空を飛ぶ案を採用すると聞いて、雪乃丞さん達が不安そうな顔をする。

「大丈夫です。船に乗って行きますから」

「「船?」」

雪乃丞さんと晴臣さんが揃って首を傾げた。

◆

「船はこっちですよ」

僕は皆を港に案内する。

そう、僕達が向かっているのは、あの空を飛ぶように改造した海賊船を利用する為だ。

あれならもう壊れかけだし、地上から攻撃されても神官の村にさえ辿り着くまで保てば十分だからね。

念の為防御魔法の術式を仕込んでおけば、多少は足しになるだろうし。

「まことに船が空を……飛ぶのか？」

海賊船を改造した船で目的地まで飛ぶと聞いた雪乃丞さんが困惑した様子で呟く。

「まぁ信じられないのは分かるけど、レクスのする事だから信じて損はないわよ」

「むぅ、ミナがそう言うならば」

見知った相手であるミナさんから太鼓判を受けて、雪乃丞さんが不承不承頷く。

「いやー、最初は使うのをためらっていたんですけど、雪之丞さんが次期将軍という事なら関所破りを心配する必要もないですし、空の上なら地上で物陰から襲われるよりも攻撃を察知しやすいですしね。こっちに向かって放たれた攻撃を防げば問題ないでしょう」

「こ、攻撃を受ける事を前提で行くのか!?」

雪乃丞さんはそういう戦い方に慣れてないみたいだけど、前世の経験だと下手に隠れるよりも堂々と向かって行って相手の攻撃を読みやすくする方が迎撃が楽なんだよね。

「あとついでに言えば、空を飛ぶ船が目印になれば敵だけじゃなくジャイロ君……僕の仲間達と合流出来る可能性が高くなりますから、戦力アップも狙えます」

「戦力が増える期待よりも敵に襲われる危険の方が大きくないか!?」

そんな事を話しながら港に入った僕達だったけど、ふとその光景に違和感を覚えた。

「……」

「どうした?」

雪乃丞さんは気づいていないみたいだけど、ミナさんと晴臣さんは僕の様子を見て周囲を警戒しだした。

そしてその勘が正しかったとばかりに、剣呑な雰囲気を放つ男達が僕達を囲むよう姿を現す。

「へっへっへっ、この先は行き止まりだぜ」

「尤も、後ろも行き止まりだがな」

やっぱり男達は明らかに僕達を狙っているみたいだ。

「どうやら追手みたいね」

男達は既に武器を抜いていて、隠す事なく殺気を向けてくる。

「おとなしくしてもらおうか小僧共」

「貴様等、浪人者か」

と、晴臣さんが男達を見てそんな事を呟いた。

「浪人?」

「お主等の言葉で言えば、貴族の地位を追われて没落した者達だ」

「元貴族？　それにしては品が無いような気がするんだけど」

確かに。どちらかと言うとごろつきって感じだもんね。

「我が国の貴族は武家でもあるからな。作法よりも強さを優先するところがあるせいで品の無い者が多いのは事実だ」

「品が無くて悪かったなぁー！　ようは勝ちゃいいんだよぉー！」

そう言うや否や、男達が一斉に襲ってきた。

僕は正面から襲ってきた浪人の攻撃を受け流すと、すかさず反撃する。

「ふっ！　せいっ！」

「ぐわぁぁぁぁっ！」

けれどあっさりと浪人に攻撃が通じてしまい、僕は困惑する。

「あれ？　あんまり強くない？」

追っ手は腕利きだったんじゃないの!?

ああ、そういえば晴臣さんも没落した武家って言ってたし、あんまり真面目に武芸に取り組んでなかったんだろうね。

「魔人に比べたら普通の人間なんてそんなモンよね。ストームバースト！」

ミナさんは周囲の積み荷に被害を与えない様、風属性の連射魔法で浪人達を個別に攻撃する。

「「「グワァァァァッ!?」」」

やっぱり他の浪人達も真面目に鍛えていなかったみたいで、ミナさんの魔法を喰らってバタバタと倒れてゆく。

だけどその中に、数人だけ動きの違う浪人達が居た。

「けぇっ！」

浪人達はミナさんの魔法を回避したり、剣で斬り払ったり、中には自分から魔法に突っ込んでいき殆どダメージを受けずに突破する。

「うそっ!?」

どうやら素人同然の浪人達の中に、実力を隠した腕利きが潜んでいたみたいだね。

「くっ！」

ミナさんはすぐに身体強化魔法で浪人達の攻撃を回避すると、後ろに大きく下がりながら牽制の魔法を放つ。

「ぐわぁっ！」

そんな中、腕利きの浪人とぶつかってしまった雪之丞さんが、敵の蹴りを受けて背後にあった積み荷に叩きつけられる。

「若っ!?」

「雪之丞!?」

「貰ったぁ！」

チャンスとばかりに浪人が雪乃丞さんに飛びかかる。

「させないよ！」

けれど僕は即座に雪之丞さんと浪人の間に入ると、その攻撃を受け止め、迎撃する。

「なっ!?　いつの間グワァッ！」

「あれ？」

ふと、浪人の攻撃の軽さに僕は違和感を覚える。

おかしいな、雪乃丞さんを吹き飛ばした様子を見るに、もっと重い攻撃が来ると思っていたんだけど。

「いや、今はそんな時じゃないか。せいっ！」

僕は浪人の剣を叩き斬ると鳩尾《みぞおち》に剣の柄を叩き込んで無力化してゆく。

何人かは犯行の証人として残しておかないとね。

「ぐぼぁっ!?」

周囲を見れば、他の腕利き達もミナさんと晴臣さんによって制圧されていた。

「こ、これに勝てば仕官出来たのに……ガクリ」

そんな事を言いながら、最後の一人が倒れる。

「どうやら仕官を餌に利用されていたみたいだね」

「愚かな。将軍家に楯突けば仕官出来ても意味など無かろうに」

後先考えないで襲ってきたらしい浪人達に対し、晴臣さんが呆れの声をあげる。

「けど何だったのコイツ等？　なんか妙に強いのが混ざってたんだけど」

「言われてみれば確かに。質を問わなかったとしても異常なほど動きが違っていたぞ」

「これだけ強い手下が居たのなら、もっと早く使えばよかったのに」

ミナさんと晴臣さんも浪人達のチグハグな強さが気になったみたいだ。

そして僕はその理由らしきものに気付いた。

「どうやら、これが原因みたいですよ」

僕は浪人達が持っていた武器や奇妙な道具を回収する。

「それは……もしかしてマジックアイテム!?」

さすがミナさん、これの正体にすぐ気が付いたみたいだね。

「ええ、腕利きと思っていた浪人達は皆マジックアイテムを装備していたみたいです」

腕利きが混ざっていた訳じゃなく、実力をマジックアイテムで底上げしていたみたいだ。

「はー。マジックアイテムを持ってるなんて、浪人って随分金持ちなのねぇ」

「馬鹿な！　浪人者が魔道具を持っているだと!?　ありえぬ!?」

関心するミナさんと対照的に、晴臣さんはありえないと驚きの声を上げた。

「え？　そうなの？　でも先祖代々受け継いできた家宝とかだったなら持っていても不思議はない

んじゃない？　没落したとはいえ元貴族なんでしょ？」

「否、浪人全てが元貴族ではない。武家に仕えていた家臣も居る故な。なにより我等侍にとって戦場こそが己が力を示す好機。これほどの力を発揮する魔道具を持っていたのならとうの昔に頭角を現している筈。代々受け継いできた品ならば猶更だ」

「成る程、この国の常識ではそういうものなのね」

どうやらこの国では僕達が暮らす大陸よりも腕っぷしが出世に影響するみたいだ。

あっちだと武芸だけじゃなく、文官の様な知恵を使う仕事も重要視されてるもんね。

「ただまぁ、あんまり出来の良いマジックアイテムじゃないですね。質が良くないから家宝とかじゃなさそうですよ」

せいぜい量産品……ううん、これはそれ以下の粗悪品だね。

「どうも質の差がありすぎて同じ機能を持った品でも性能に大きく差が出るみたいです」

もしかしたら全員このマジックアイテムを装備しているのかもしれないな。

でもあまりにも微弱な魔力しか発揮出来ない品が多かったせいで、彼らがマジックアイテムで強化している事に気付きづらくなっていたみたいだ。

うーん、これを作った人は狙ってやったのかなぁ？

「その中で比較的出来のいい品を使用していた浪人だけが腕利きに見えていたのかもしれませんね」

「それって壊れかけのマジックアイテムが混ざっていたって事？」

「む、そういえば魔道具は元々遺跡から発掘するものだったな。となると確かに壊れかけの品をつかまされる可能性もあるか」

「いえ、このマジックアイテムなんですけど、どうも普通のマジックアイテムじゃないみたいですよ」

「普通じゃない？　それってどういう事？」

「中を見てください。これは普通のマジックアイテムに使う魔法術式じゃありません」

「……ありませんって言われても……そうなの？」

「さっぱり分からん」

二人はマジックアイテムの専門家って訳じゃないから、分からないのも仕方ない。

「マジックアイテムに使う魔法術式は工房によって構造を解析されないように独自の規格を設けたりセキュリティをかける事は珍しくありません」

「そ、そうなんだ……」

「ですがこの魔法術式は根本が違います」

そう、規格とかセキュリティ以前の問題なんだよね。

「ええと、結論から聞いていいかしら？」

「これは人間の使う術式じゃありません」

「人間の使う術式じゃない？」

「ええ、そして僕達は以前これと似たような魔法術式を見た事があります」

「人間の使う術式じゃない。それって……まさか!?」

僕の言葉に、ミナさんはあの島、いや生き物の上で見たモノの事を思い出す。

「ええ、これは魔人の使う魔法術式です」

そう、これは魔人の使うマジックアイテムによく見られる構造だった。

「こいつ等魔人からマジックアイテムを与えられたって事!?」

「はい。多分ですが、粗悪品のマジックアイテムを処分する為に浪人達に持たせたんだと思います。もしかしたらこのマジックアイテムを報酬の一部と言って騙したのかもしれませんね」

粗悪品を本物と思わせて仕事を受けさせる詐欺は前々世でも多かったからなぁ。

ああいう詐欺に多かったのは、全部粗悪品にするんじゃなくて、一部に本物を混ぜるんだよね。

恐らく浪人達の中で動きの良かった連中だけが出来のいいマジックアイテムを与えられ、それに騙された人達が粗悪品をつかまされたんだろう。

「ううむ、魔道具の粗悪品……しかし仮にも魔道具である以上それは詐欺と言ってよいのか……？」

「まぁまぁ、魔人的には上手く人間を騙して利用出来たって事なんでしょ。連中とレクスの考える事は悩むだけ無駄だって」

「そ、そういうものなのか?」

「そういうものよ」

ミナさんが魔人との思考の違いに悩む晴臣さんを慰めているけど、何でそこに僕の名前も入ったのかな?

「ともあれ、追手も倒した事ですし船に行きましょうか」

「ええ、そうね」

「うむ」

「……」

「あれ?　雪之丞?」

とそこで僕達はさっきから雪乃丞さんが会話に加わってこなかった事に気付き、雪乃丞さんを見る。

そこにあったのは、ぐったりとした様子で地面に倒れている雪乃丞さんの姿だった。

「……ゴフッ」

「雪之丞ぉぉーっ!!」

「若ぁーっ!」

「雪之丞さぁーん!」

その時になってようやく僕達は、雪之丞さんが意識を失っていた事に気付いたのだった。

第193話　雪之丞は強くなりたい！

追手を撃退した僕達は、海賊達の船を使ってアマツカミ山の麓にある神官達の村に向かっていた。

ちなみに元々海賊のものだったこの船だけど、海を荒らした海賊達を捕らえた功労者の権利として正式に僕の所有物になった。

まぁ役人さん達の本音としては、廃船にするしかない船の処理が面倒だったからだろうけどね。

事実貰った船を修理がてら調べてみたら、結構な老朽船だった事が分かった。

これじゃあ沖で嵐に遭わなくてもいずれ沈没していたと思うよ。

でもまぁ、せっかく貰った船だから修理がてら色々改造してみる事にした。

幸い、改造用の素材と時間は潤沢にあったからね。

そんな訳で清兵衛さんの所で厄介になっている間、僕はポーションなどを作る片手間に船の修理をしていたから暇を持て余す事は無かった。

「ううむ、よもや本当に船が空を飛ぶとは……異国とはこのようなモノが当たり前のように使われているのか？」

「いやいや、それはレクスの周りだけだから。普通の船は空を飛んだりしないわよ」

「そ、そうか、そうだな」

恐る恐る船の縁から地上を見ながら晴臣さんが恐ろし気に呟き、それを聞いたミナさんが否定する。

「そんな事ないですよ。飛行船なんて探せばそこら中にありますって」

「あるのか!?」

「無いわよ！」

まぁ僕達の暮らしていた国は内陸の国だし、何故か飛行魔法を使おうとしないお国柄だったから、ミナさんが飛行船になじみが無いのも無理はない。

前世でも宗教的な理由や、地理的魔法的な事情から特定の技術を禁止する国は少なからずあった。

それは土地の歴史やさまざまな事情で認められなかったり、その技術が土地の特性で悪い方向に作用して危険だったりする事があるからだ。

だからそうした土地の人にとっては、外の国では当たり前の技術が見た事もない未知に溢れた世界に見えるんだ。

ただ昔の東国じゃそうでもなかったはずなんだよね。

まぁ何かしらの技術が原因で災害が発生した国は、その後特定の技術が禁忌になる事も珍しくないし、きっと前世の僕が死んだ後で東国でも飛行技術による事故が起きたんだろう。

前世でも知り合いの技術者がやらかしたのが原因で一部の技術が永久封印になった国もあったし。

寧ろ世界的に見れば、年一回くらいのペースで大きな事故が起きて危険技術指定されるなんてよくある事だった……よくあったんだよね。

ともあれ、そんな事情もあって特定の技術が禁忌とされた土地の人が外の国に出ると、当たり前の技術が見た事もない未知の技術に見えるなんてのはよくある事だったんだ。

だからミナさんや晴臣さんが知らないだけで、飛行船や飛行魔法は普通に存在しているんだよね。

「この船の速度なら、アマツカミ山へは一日で到着します。それまでは皆さんノンビリ体を休めてください」

「や、休むか……ううむ、休めるだろうか？　……墜ちぬよな？」

「それは大丈夫よ。レクスが作ったものだからね」

まぁ見た目が老朽船だからね。不安になるのも仕方ないかな。

「この国は飛行船がないし目的地は目印があって分かりやすいから、進路を固定すれば舵から手を放しても問題無いのが楽だね」

せっかくだから、アマツカミ山に向かうまでに色々追加の準備をしておこうかな。

敵はこっちが来るのを分かって待ち構えている訳だし、こっちも無策で突っ込む理由は無い。

どうせ襲ってくるんだから、迎撃の準備をしておかなくちゃ！

「……はぁ」

と、そこに地獄の底から響いて来そうなため息が聞こえてきた。

「……はぁ」

うん、雪之丞さんだ。

目を覚ました彼はずっとあの調子でため息をついていた。

正直どう声をかけたものかと迷ったから、皆でそっとしておこうって事にしたんだよね。

「何故余はこうも弱いのだ……」

あっ、語りだした。

「余は次期天峰皇国の将軍であるというのに」

まぁ雪之丞さんは実戦経験が足りないみたいだから、不覚を取るのは仕方ないと思う。

戦闘訓練も触りくらいしかやってないみたいだし。

寧ろ実戦を経験して生きていただけでも儲けものだ。

今後の成長が見込めるという意味では悪い事ばかりじゃないよ。

とはいえ、それは本人が自覚して初めて意味がある。

あまり周りがあれこれ言ったら、雪之丞さんの成長につながらない。

だからああやって迷っている時は、本人が何かしらの決断をするまで放っておくのが戦士達の暗黙の了解だ。

身内である晴臣さんが黙っているところを見ると、今の東国でもそれは変わらないみたいだね。

「これでは亡き父上に申し訳が立たん！　うぉぉぉぉぉぉっ!!」

様子を見る限り、諦めて腐っている感じではないっぽいね。

これならすぐに立ち直るかな？　と思ったら、雪之丞さんは立ち上がると僕の方を向く。

「レクスよ！」

「はい？」

急に何だろう？

「余にそなたの戦いの技を教えてはくれぬか！」

「え？　僕の？」

なんと雪之丞さんは僕に戦闘技術を教えてほしいと頼んできたんだ。

「でも僕よりも東国……この国の腕利きの武人に習った方が良くないですか？　僕の技術は外の国の技術ですし」

一応この国の剣技も前世の知り合いから習った事があるから多少は出来るけど、やっぱり専門家から習った方が良いのは間違いない。

何せ僕の東国剣術は自分の知っている剣技と合わせたアレンジ剣術だし、古い技術だからね。

「いや、そなたは我が国の精鋭でも歯が立たなかった追手を軽々とあしらったミナの師。なればそなたは我が国のいかなる達人よりも強いのは明白！　余はもう足手まといには……否、誰よりも強くなりたいのだ！」

雪之丞さんは、自分の弱さが許せないと僕への師事を頼み込む。

「若！　御身は天峰皇国の次期将軍ですぞ！　いかに強いとはいえ、異国の剣技を学ぶのはどうかと！」

今までは静観していた晴臣さんも、流石にそれはどうかと思うと異を唱える。

けれど雪之丞さんは晴臣さんの言葉に首を横に振る。

「否だ晴臣よ。そなたの言う通り、余は次期将軍。なればこそ、国を統べる者として強さに手段を選んではおれぬ。弱き者に道理はなし。はじめに力を示してこそ、万民に道理を通す事が出来る。それが我が国の武士のありようであろう？」

「それは、おっしゃる通りですが……」

自分の意志を通す為なら国の伝統武術にこだわるよりも、なりふり構わず異国の強い技を学ぶ方が確実だと言われ、晴臣さんが悔しそうに頷く。

うーん、自分達の誇りである伝統武術が否定されたようで良い気分じゃないだろうな。

けど参ったな。雪之丞さんの気持ちも分かるけど、そもそもアマツカミ山まであと一日しかないし、たった一日じゃ出来る事なんて限られてるよ。

「良いんじゃないの？　やらせてみたら？」

と言ってきたのはミナさんだ。

「なんでもいいからやりたい気分なら、まずはやらせてみれば良いのよ。それでだめならすっぱり諦めて別の方法を探せばいいんじゃない？」

「おお！　さすがはミナ！　話が分かるな！」

「神官の村までたった一日なんだし、その程度の時間じゃ大した事は覚えられないわよ」

とそう言われた晴臣さんも、言われてみればその通りだと納得する。

「確かに、言われてみればミナ殿の言う通りですな。私も冷静さを欠いていたようです」

良かった。晴臣さんも落ち着いたみたいだ。

「という訳なんだけど、良いかしらレクス？　たった一日だけでもいいから稽古をつけてやってくれない？　こんなのでも一応依頼主だしね」

「こんなのと一応は余計であろう!?」

ミナさんの非情な一言、いや二言に雪之丞さんが苦情を漏らすけど、当のミナさんはガン無視だ。けど成る程、ミナさんが雪之丞さんの稽古を肯定したのは、この状況で雪之丞さんの気分を和らげるのが目的だったみたいだ。

確かに時間が無い状況であがいても無理だと言われるよりは、何かをしていた方が精神衛生上マシになるだろう。

依頼主の心の安定も考えての発言をするあたり、流石はチームドラゴンスレイヤーズの知恵袋だね！

「分かりました。そういう事なら」

「おお！　感謝するぞレクスよ！」

僕と稽古出来る事になって、雪之丞さんが喜びの声をあげる。

「ありがとうレクス」

「お手数をおかけする」

ミナさんと晴臣さんにお礼を言われた僕は気にする事は無いと告げ、雪之丞さんと甲板の真ん中に立つ。

「では最初は軽く模擬戦といきましょうか」

「うむ！」

「レクスー！　ガツンとやっちゃいなさい！　時間も無いんだし、厳しいくらいでちょうどいいわ！　……殺さない程度にね」

「大丈夫ですよミナさん」

さすがに訓練で大怪我をさせるようなヘマはしないよ。

僕は自分の剣と雪之丞さんの剣に魔法をかける。

「セーフティエフェクト」

魔法が発動すると、お互いの剣が淡く緑色に光る。

「おおっ!?　これはなんだ!?」

「衝撃保護魔法です。これで真剣でもお互いを傷つけずに訓練が出来るんです。模擬戦専用の刃を潰した剣を用意出来ない時や、使い慣れた愛用の武器で訓練したい時用の魔法です」

「なんと！　それは便利だな！」

愛用の武器のまま安全に訓練出来ると聞いて、雪之丞さんがはしゃぐ。

「じゃあ準備は良いですか？」

「うむ！　ミナよ、合図を頼む」

「はいはい。それじゃあ、はじめ！」

ミナさんの気の抜けた合図を聞いて、雪之丞さんが真っすぐ突っ込んでくる。

「たりゃぁぁぁぁぁぁっ!!」

「甘い！」

雪之丞さんが剣を振り上げた所で、僕は一歩で懐まで入り剣を横薙ぎに当てた。

「ぐぼあぁぁぁぁぁぁっ!?」

「って、ええ!?」

そしたらなんと雪之丞さん、何故かダメージの受け流しもしないで攻撃をモロに受けちゃって、船首に向かって吹っ飛んでいったんだ。

いや、これはわざと攻撃を受けて僕の攻撃の威力を後方に下がる為のエネルギーに利用したんだ！

直撃を受けたように見せかけて、骨や内臓へのダメージはゼロと見た！

「ペギャン！」

「あれ？」

と思ったら雪之丞さんは着地する事もせず船首側の船縁にぶつかってそのまま跳ね上がり、水切りの石みたいに跳ねながら衝角の先端に向かって行く。

一体何を企んでいるんだ!?

そして衝角の先端まで到達した雪之丞さんは、そのまま船から落ちていった。

「あぁぁぁぁぁぁぁぁぁぁ〜〜〜〜〜〜っ」

「……って、落ちたぁぁぁぁぁ!?」

「雪之丞っ!?」

「若ぁぁぁぁぁっ!?」

慌てて飛行魔法で追いかけ、僕はぐったりと気絶した雪之丞さんを抱えて船へと戻ってきた。

「いやー、危ない所だったわねぇ」

「危ないで済むか！　危うく我が国の未来は闇に閉ざされるところであったぞ！」

「本当にすみません」

いきなり自分の主が死にかけた事で、晴臣さんに凄い剣幕で叱られてしまった。

さすがに申し訳ない事をしちゃったな。

修行どころじゃなくなってしまったので、とりあえず雪之丞さんに回復魔法をかけて休ませる事にする。

「うーん、これだと修行どころじゃないね。よし、まずは雪之丞さんの安全を守る為のマジックアイテムを用意しよう！」

時間もない事だし、発想を変えて僕は雪之丞さんの身を守る為のマジックアイテムを作る事にした。

「落下防止と解毒、それに身体防御のマジックアイテムを用意して装備して貰おう。まずは安全第一だね！」

そうと決まればさっそく手持ちの材料でマジックアイテムの開発を始める。

本気で作るには素材の質も設備も足りないから不安だけど、最近はそこそこ良い材料も集まってきたし、それなりのものが出来るだろう。

「ヴェノムビートの素材を加工して毒消しの機能を仕込んで、ゴールデンドラゴンの鱗を一度粉末状にしてから固めて金鱗細工のリングにする。あとエンシェントプラントの樹皮をひも状にして
……よし出来た！」

防御用マジックアイテムが完成したので、さっそく眠っている雪之丞さんの腕に装着させる。

「これで何かあっても安全だね！」

うん、これがあればわざわざ保護魔法をかける必要もないから、修行もやりやすくなって一石二鳥だ！

そうこうしている間に、空は赤みを帯び、アマツカミ山がだいぶ近くなってきた。

「夜になったら連中も攻めてくるかな?」

こっちは無防備に空を飛んでいるから、敵からもよく見えている事だろうしね。

「さて、それじゃあ船の改造の再開といこうかな!」

残り短い時間で、どれだけ魔人達の襲撃に対抗する準備が出来るか分からないけど、それでも出来る限りの準備はしておこう!

十五章前半おつかれ座談会・魔物編

ドレルルド海賊団	_(；3」∠)_「招き入れた獲物が猛獣もビックリの災害でした」
パイルシャーク	(；´Д`)「潰れたバナナみたいになりました」
追手第一陣	└(┐Lε:)┘「実は晴臣様と雪之丞様の二人にしたら適当なところで捕まえて、晴臣様を人質に（したフリをして）秘密を聞きだす予定でした」
山賊	_(:3」∠)_「実は偽装山賊でしたがそんなの関係なくやられました」
海の魔物	ヾ(⌒(_'ω')_「折角餌にありつけるかと思ったら、突如空から襲われました」
村を襲っていた巨大な魔物	(´・ω・`)「やられたと思ったら突然ラブコメが始まりました。ちゃんと生贄を食べる日以外は遠慮してたのに」
海の魔物	_(:3)∠)_「意外と理性的」
村を襲っていた巨大な魔物	_(┐「ε:)_「無差別に襲うと大規模な討伐隊が来るからね。生贄って形で向こうも納得するならそれが一番（自分に）被害が少ない」
町中で騒いだ盗賊	(ﾟ ﾛﾟ)「突然痺れて掴まりました」
追手第二陣	_(:3)∠)_「瞬殺されました」
パイルシャーク	(o '∀') ﾉ「今回は人間が多いなぁ」
魔人	(；´Д`)「マジックアイテムで固めて万全だったのに……」
パイルシャーク	(●ﾛ●)「相手は生きた伝説の武器みたいな存在だから……（憐みの目）」
魔人	(；´Д`)「その虚無みたいな目で見るのは止めろー！」
パイルシャーク	(●ﾛ●)「サメですから」
雪之丞	Σ(ﾟДﾟ)「おい、何で私がここに!?」
魔人	ﾍ(´ε`)ﾚ「レクスに戦いを挑んだからじゃないか？」
雪之丞	Σ(ﾟДﾟ)「10巻の魔物の種類が少ないばかりに！」
魔物達	(o '∀') ﾉ「ごめんねー」

第１９４話　待ち受ける者達

◆関所で待ち構える浪人◆

「へへっ、スゲェ数だな」

俺はアマツカミ山の麓にある藩に入る唯一の関所がある場所に居た。

既に関所のまわりには俺以外にも大量の浪人者が集まっている。

目的はここにやってくる一人の小僧を始末する事だ。

暗殺という汚れ仕事だったが、その所為か報酬はかなり良い。

だが俺が仕事を受けた理由はそれだけが理由じゃなかった。

「小僧一人殺せば仕官出来るたぁチョロイ仕事だぜ」

近くに居た浪人がそんな言葉を呟く。

そう、この依頼を受けた本当の理由はそれだ。

この依頼を成功させれば、幕府直轄の部署に仕官させて貰えるという話だった。

その証拠に、依頼主は将軍家に仕える者でなけりゃ使えねぇ紋章を見せてくれたんだ。無断で使えば裁判の余地なく首が飛ぶ紋章を使うと言う事は、依頼主が間違いなく幕府の偉いさんの命令で動いているって事だ。

「早く来ねぇかな標的の小僧」

標的の小僧を殺す為の準備は万端だ。

依頼主から命じられた通り、他の刺客は関所を通る為に並んでいる旅人や商人に扮して小僧が藩内に逃げ込めなくしている。

更に俺達は行列が空くのを待つ振りをして、近くで飯を食ったり休んでいる演技をしながら周囲に散らばっている。

いざ目的の小僧が来た際は、行列に並ぶ振りをして小僧を囲み関所の役人の目をさえぎりながら殺す予定だ。

つまりどうあがいても小僧が藩内に入るのは無理って訳だ。

俺達は標的の小僧が来るのを今か今かと待っていた。

その時だった。

「お、おい、なんだアレ？」

変装して待っていた浪人の一人が空を見上げてそんな声をあげた。

「アレ？」

一体何を見たのかと思って空を見上げると、妙なものが見えた。

それは空には似つかわしくない細長く茶色い形をした何かだった。

「鳥……じゃないな。魔物か？」

「いや、魔物でも翼はあるだろ」

そいつの言う通り、空を飛ぶ生き物なら羽が生えている筈だ。

少しずつソレが近づいてきて、その全貌が明らかになってくる。

「何……だ？　船？」

そう、それはまさしく船だった。

「「って、何だそりゃぁぁぁぁぁっ!?」」

「ふ、船が飛んでる？」

「何で船が空を飛んでるんだ……？　船って水の上にプカプカ浮かぶものだろ!?」

「俺が知るかよ！」

船はかなり近い位置まで近づいてきて、もはやその形を間違える事は無い。

そう、間違いなく船だった。

「な、なんだアレは!?」

「ふ、船だと!?」

俺達だけじゃなく、関所の役人達も空飛ぶ船に驚いている。

そして船は関所の上を越え、アマツカミ山に向かって飛んでいってしまった。

「……何だったんだアレは？」

「俺が知るかよ」

訳の分からない光景に困惑した俺達だったが、気を取り直して標的の小僧を待ち受ける事を思い出して再び周囲に注意を向けた。

だが、結局いつまで経っても標的の小僧はやってこなかったのだった。

◆藩内に潜入した浪人◆

「預かった魔道具に情報が入った。何でも目標は空飛ぶ船に乗ってこちらに向かってきているようだ」

既に藩内に入り込み、神官の村の近くで待機していた俺達に監視役から連絡が入る。

「空飛ぶ船？　なんだそりゃ？」

報告を聞いた一人が訳が分からんと首をひねる。

まぁ気持ちは分かる。

「俺もよく分からんが、恐らく魔道具の類だろうとの事だ」

「船の魔道具!?　そりゃとんでもねぇ魔道具もあったもんだな」

そいつは驚いた声をあげるが、そこまで本気で驚いている様子もない。

実際、俺達の仕事に変わりはないからな。

「なぁ、空飛ぶ魔道具を相手にどうやって攻撃するんだ？　俺は弓は苦手なんだが」

「心配するな。雇い主から魔法を放つ魔道具を借りたろ？」

そう、俺達は依頼主から幾つもの魔道具を貸し与えられていた。

全ては標的の小僧を確実に殺す為。

「おお、そうだった。いやー魔道具を貸してくれるとは太っ腹な雇い主も居たもんだぜ」

「へへ、俺達は関所で待機してるような雑魚とは違うからな」

「ああ、俺達は実力を見込まれて村の周辺で連中を迎え撃つ役目を仰せつかったんだからな」

事実その通りだ。

俺達は依頼主直々に雇われた腕利きの刺客。

誰もかれも幕府の軍に所属していたり、大領地を統べる藩主に仕えていたような確かな実力を持つ家臣だった者達だ。

「たとえ空飛ぶ船だろうと、この魔法の杖で炎の魔法を放てばあっと言う間に火だるまだぜ」

「陽蓮のガキを直接斬る事が出来ないのだけが残念だけどなぁ」

ボソリと、刺客の一人が標的の小僧の名を口にする。

そう、俺は……いやここに居る刺客全員が、標的の正体が将軍の跡継ぎである陽蓮雪之丞本人である事を知っていた。

知っていてなお俺達は暗殺の依頼を受けたのである。

「まったくだ！　陽蓮のガキはぜひともこの手でぶっ殺したかったのによう！」

俺達はかつて将軍家に仕えていた。

ある者は将軍家に仕える重臣の一族であったり、またある者は藩主の一族や家臣だったりした。

そんな俺達が何故こんな所で刺客の真似事をしているのかと言われれば答えは単純だ。

俺達は将軍家によって職を失ったからだ。

大きな失態を犯した事で役職を取り上げられた者、将軍に諫言をした事が原因で睨まれ領地を取り上げられた藩主の家臣など、職を失った理由は様々だ。

ただ一つ言えるのは、全員が将軍家を憎んでいるという事だ。

だから俺達は次期将軍である陽蓮雪之丞を始末する仕事を受けた。

現将軍家を打倒し、依頼主が新たな将軍の座に座る為。

それがなされた暁には、俺達に仕官の道が開けることが約束されている。

領地を奪われた藩主の一族は失った領地を、役職を追われた者は失った役職を取り戻す事を約束されている。

更に現将軍家と懇意の藩主や重臣の役職も俺達に与えてくれると約束してくれた。

憎き将軍家を討ち滅ぼし、新たな将軍家がこの天峰皇国を支配する。

ああ、夢のようだ。

今日までクソ溜めみたいな生活を耐えてきた甲斐があったってもんだ！

「おっ、来たみたいだぜ」

刺客の一人が空を指さすと、青い空に不似合いな茶色い塊が浮かんでいた。

「うぉっ、マジで飛んでやがる。どういうからくりなんだアレ!?」

「知るかよ！　おら死ねっ！」

「くたばれ将軍家！」

さっそく我慢出来なかった奴等が船に向かって魔道具で炎を飛ばす。

船底に魔法の炎が当たり、船が真っ赤に染まる。

「ははははっ！　燃えろ燃えろぉ！」

こんなにあっさりと将軍家が終わるなんてな！　愉快でしょうがないぜ！

「はははは……ん？」

そこでふと違和感を感じた。

おかしい、あの船は魔法の杖の直撃を受けて火が付いた筈。

なのになぜ墜ちない？　何故もっと炎上しない？　何故高さを維持したまま飛び続けている？

「どういう事だ？　何で壊れねぇんだ？」

「ならもう一度ぶちかませば良いだけだ！」

魔道具での攻撃が再開され、他の連中も攻撃に参加し始める。

「そうだな。どうやって耐えたか分からんが、これだけの魔道具の攻撃を集中させればひとたまりもあるまいて！」

大量の魔道具による攻撃が空を飛ぶ船に向かって放たれる。

「くくっ、今度こそ終わりだ！」

だが、終わりだったのは俺達の方だった。

なすすべもなく攻撃を受けていた船が突然光を放ち始めたんだ。

「な？　なんだ？　何をするつもりだ!?」

そして次の瞬間まばゆい光がはじけ、大量の光が地上に降り注いだ。

「うわぁぁぁぁぁぁぁぁぁっ!?」

「ぎゃあぁぁぁぁぁっ！」

光が直撃した連中がなすすべもなく吹き飛ばされてゆく。

「こ、攻撃してきやがった!?」

「ぐわぁぁぁぁっ！　痛ぇ！　痛ぇよ！」

直撃を避けた筈の連中も地面に倒れ伏して痛みにのたうち回っている。

「馬鹿な!?　俺達は依頼主から借り受けた魔道具の防具に守られているんだぞ!?」

だが攻撃を受けた連中は防具など身に着けてないかのように痛みに悶えている。

「ひ、怯むな！　反撃しろ！　俺達の攻撃をまともに受けたんだ。通じてない筈がない！」

そうだ、あれだけの攻撃を喰らって無傷の筈がない！

「死ねやおらぁっ！」

「くたばれクソがぁ！」

無事だった連中が恐怖を怒りと罵倒で堪えながら攻撃を再開する。

だが空を飛ぶ船はこちらの攻撃を全く意に介さず、空から攻撃を繰り広げる。

それはまるで天から降ってくる雨の様で、周囲に居る連中が次々と吹き飛ばされてゆく。

「だ、駄目だ！　全然効かねぇ！」

「ど、どうなってるんだ!?」

もはや地上は地獄絵図だった。

誰もかれもが負傷していて、無傷な奴は一人もいない。

俺もまた空から降ってきた光を喰らい、激痛に襲われていた。

どうなっているんだ!?

防具が何の役にも立っていないぞ!?

まさか不良品をつかまされたのか!?

「くそっ、ガキを殺すだけの簡単な仕事じゃなかったのかよ!?　こんなの聞いてねぇぞ！」

「に、逃げろ！　逃げろぉー！」

比較的軽傷だった連中が慌てて逃げ出し始めるが、既に遅かった。

そもそも相手は空を飛んでいて、こっちは地上を走って逃げるのだから勝負になる訳がない。

「ひぃーっ!?　追ってくるぅーっ!?」

すぐに逃げた連中も追いつかれて光の攻撃に吹き飛ばされた。

「「「ぎゃあぁぁぁぁぁぁぁぁぁぁっ!!」」」

「あ、あんなのどうやって倒せっていうんだよ……」

こうして、圧倒的に有利だった筈の俺達は瞬く間に殲滅されてしまったのだった。

ガクリ。

◆とある神官◆

「さて、陽蓮の若君はいったどり着く事やら」

御美津様の使いから、陽蓮の若君が将軍襲名の儀式を行いに来るとの報告があった。

だが山桜小路殿が反逆を企てたらしく、妨害に遭っているようだ。

「ふむ、山桜小路殿が……だがあの御仁は将軍の地位になど興味はないと思っていたのだが？　いや、人は変わる。長く俗世に浸っていれば、神官の血筋と言えども俗に染まるか」

だが我々神官には関係のない話だ。

誰が将軍になろうとも、我等は我等の役目を果たすのみ。

そして将軍になった者もこの里の真実を知れば、我等の存在を受け入れるしかない。

同時に我らが表舞台に出る気がない理由も理解出来る故、放置が最良と判断する。

そう、今まで将軍の地位を奪った簒奪《さんだつ》者達同様にな。

故に我等は誰が将軍の地位に就こうとも構わなかった。

「な、何だアレはっ!?」

と、誰かが珍しく声を荒らげた。

閉鎖したこの村で子供以外が大きな声を上げる事は珍しい。

一体何事だ？　村の者達が驚きの顔を向けている方向を見れば、そこには……

「「「ふ、船が空を飛んでいる!?」」」

そう、巨大な船が空に浮かんでいた。

って、一体何なのだアレは!?

しかも船はただ浮かんでいるだけではなく、地上に向けて攻撃を始めた。

「うわぁっ!?　攻撃してきたぞ!?」

幸い攻撃は村からだいぶ離れた地上に放たれたが、船はどんどんこちらに近づいてくる。

このままでは村に攻撃が届くぞ!?

「こ、こっちに近づいてくる!?」

「に、逃げろぉぉぉぉぉぉぉぉぉぉぉっっ!!」

村の民が悲鳴を上げながら逃げ惑う。

「お、落ち着くのだ皆の者！　慌てるな！　慌てるでない！」

だがパニックに陥った村の衆はそれどころではない。

誰も彼もがてんでバラバラの方角に向けて逃げ出し始めた。

「こ、この村はどうなってしまうのだ!?」

おお天峰の神々よ！　どうかこの村をお救いください!!

第195話　晴臣の独白と純白の魔影

「いやー、この世の終わりかと思いましたぞ」

浪人達との戦いが終わった後、僕達は神官の村へとやって来た。

でも、村の中はさっきまでの戦いの影響で大パニックになっていた。

僕達と浪人達の戦いで驚かせちゃったみたいで申し訳ないよ。

それをみんなで落ち着かせ、関係者である雪之丞さんと晴臣さんの説明でようやく事情を理解してくれたんだ。

「これまでにも次期将軍の命を狙って藩内で騒動を起こす曲者は居たそうですが、今回のようなトンデモナイ大騒動は間違いなく歴代初でしょうな」

「あはは、すみません……」

幸い神官さん達は村に被害が出なかったから良かったと僕達を許してくれた。

うん、とてもいい人達だよ。

「山桜小路殿の件は御美津様より伺っております。まさかあの方がその様な大それた事をするとは

「……申し訳ございません」

何故か筆頭家老の行いを神官さんが謝る。

「良い、確かに山桜小路には神官の血が流れておるが、それとお主達は関係ない。此度の件はあくまで山桜小路個人が起こした事だ」

「そう言って頂けると我々としても助かります」

なるほど、反乱を起こした筆頭家老はこの村の神官さん達の親戚だったんだね。

それじゃ神官さん達も気が気じゃなかった事だろう。

でも雪之丞さんはそれをあっさりと許した。

筆頭家老は筆頭家老、神官は神官だと言って。

自分の命を狙った相手の親戚をわだかまりも見せずに許すなんて、なかなか出来る事じゃない。

雪之丞さん、結構いい王様になるかもね。

「時間が惜しい。すぐに将軍襲名の儀を行いたい」

「承知いたしました」

休憩は要らないと雪之丞さんが言うと、神官さんは僕達を村の奥にある大きな屋敷へと案内してくれた。

屋敷はかなり大きく、村の三分の一がこの屋敷なんじゃないかって思うほどの広さだ。

この国の屋敷って、庭があるからかとにかく横に広いんだよね。

「では雪之丞様、こちらにお進みください」

「うむ」

雪之丞さんが進み晴臣さんも後に続こうとしたんだけど、それを神官さんが止めた。

「申し訳ございませんがお連れの方々はここでお待ちください」

「何!?　私は若の護衛だぞ！」

雪之丞さんを一人にするなどあり得ないと、晴臣さんが声を荒らげる。

「これは将軍襲名のしきたりでございます。故に次期将軍でなければこの先に入る事は許されません」

「……っ!!」

関係者以外入れるわけにはいかないと言われ、晴臣さんの表情が険しくなる。

「これより先は天峰のまことの主であらせられる帝の領域です。たとえ将軍家の方々と言えどしきたりには従って頂きます」

「……っ！」

帝の名が出た瞬間、晴臣さんの体がこわばる。

そういえばこの国じゃ帝が本当の国王なんだっけ。

その名を出されてはどうしようもないと思ったらしく、晴臣さんは歯を食いしばり、拳を強く握りしめて神官さんの言葉に従った。

「安心せよ晴臣。この地は帝の治める土地ぞ。万が一にも余の身に危険はあるまいて」

「若……」

「安心せよ。すぐに将軍を襲名して戻ってくる」

「承知……しました」

　これ以上何も出来ない自分が不甲斐ないんだろう。

　晴臣さんは大きくため息をついて拳の力を抜くと、膝を突いて雪之丞さんに頭を下げた。

「若、行ってらっしゃいませ」

「うむ！　では行ってまいる。ミナにレクスもここまで護衛してくれて助かった。余が戻るまで村でゆるりと体を休めるが良い」

「頑張りなさいよー」

「はっはっはっ、まかせよ！」

　そう言って雪之丞さんは神官さんと共に建物の奥へと入っていった。

「アイツ、ちょっと空気が変わったかしら？」

　と、ミナさんが去ってゆく雪之丞さんを見ながらそんな事を言う。

「そうですか？」

「うん、私と出会った頃はとにかく落ち着きのない奴だったんだけど、ああレクスと会ってからもそうだったわね。でもこの村に来てからは割と落ち着いているわね」

へぇ、何かあったのかな？

「……若は次期将軍としてこの地に来られた。故に今の若は将軍家の者として自分を律しておられるのだ」

僕達が雪之丞さんの事を話していたら、ボソリと晴臣さんが言葉を発した。

「将軍家の者としてですか？」

「うむ、若は天峰の地を統べる将軍の息子。故に将軍様の名に恥じぬ行いをしなくてはならぬと公式の場ではああして将軍の子に相応しい振る舞いをするよう厳しく躾けられたのだ」

へぇ、貴族の礼儀作法みたいなものなのかな？

「確かに若は次期将軍の子としては立派になられた。此度の旅でも城の中に居ては得られぬ多くの経験をなされた」

「確かに色んな経験が出来たわね。普通なら経験出来ないようなトンデモナイ経験をね」

あのミナさん？　何でそこで僕を見るんですか？

「だがやはり若にはまだ経験が足りぬ。先代様を亡くし、本来教わる筈だった為政者としての知恵と心構えを受け継ぐ事が出来なかった事は痛い」

貴族にとって親の仕事を見るのは大事な勉強だ。

晴臣さんは雪之丞さんがそれを経験出来なかった事を特に懸念しているみたいだね。

商人の息子だって、下働きを始めたばかりの頃に親の仕事を任されたら何も出来ないだろうからね。

「でも、その為に貴方達家臣が居るんでしょう？」

ミナさんの言う通りだ。

こういった時の為に、家臣が主君のサポートをするんだからね。

「然り、だがその家臣の筆頭である山桜小路殿が裏切ったのだ。更に山桜小路殿に従って我らの邪魔をした藩主も多い。将軍の地位を襲名したとしても若の政は厳しいであろう」

なるほど、筆頭家老は今回の件で間違いなく職を取り上げられ、場合によっては爵位や領地を没収される可能性が高い。

更にその手伝いをした藩主達も罰を受けるだろう。

そうなると雪之丞さんは筆頭家老の様な国の政治に関わる高い実績を持った家臣が居ない状況で国を治めないといけなくなる。

つまり手伝う部下も経験不足や実力不足な人ばかりでのスタートになってしまうわけだ。

確かにそれは大変だなぁ。

「更に今回の件で筆頭家老をはじめとした反乱者の家臣達が浪人になる事は間違いない」

そうだね、反乱を起こした相手の部下だから、直接反乱に関わらなかった人達は処刑されないかもしれないけど職を失うのは間違いない。

「そうなれば、将軍家に理不尽な恨みを持つ浪人は更に増える事だろう」

「自業自得と言うべきか、仕えた主が悪かったと言うべきか……」

ミナさんが眉を顰めて唸る。

こういう時、権力者の部下って大変だよね。

上司の命令に逆らえないから。

僕も前世で同じような理由で理不尽な命令に従わざるを得ない騎士達を見た事があるし、僕自身も世界を守る為だからって良いように使われてきたもんなぁ。

「だが恐ろしいのは若自身がその者達と同じ轍を踏まないかという事だ」

「雪之丞さんが？」

え？　それってどういう事？　雪之丞さんはこの国の実質的な最高権力者でしょう？　権力や利権を求めて反乱する相手もいないと思うけど。

唯一の相手は帝だけど、帝は政治には関わらないらしいから、敵対するメリットもない。

「我が国のこれまでの歴史でも実際に有った事だが、将軍が悪辣な家臣の諫言を信じ碌に調べもせずに無実の家臣を処罰した事がある」

ああ、それは僕達の大陸でもよく聞く話だね。

その時の将軍も悪党に上手く利用されちゃったんだろうなぁ。

「最悪なのは、疑心暗鬼に陥って真っ当な意見を言える部下達を遠ざける行為だ。いや遠ざけるだけなら良いが、最悪の場合一族郎党処刑されるという事もあったらしい」

「それは酷い」

いつの時代も小心者の王様はいるもんだなぁ。

「事実、先代様の治世でも将軍自ら重臣を処罰する事件が起きた」

「その時はどうだったの？　本当に悪事を働いていた訳？」

「分からぬ。その件の詳細に関しては箝口令が敷かれておる故にな。私もまだ子供だったので詳しい情報は知る事が出来なかった」

箝口令を敷くなんて相当だね。

よっぽど重大な事件が起きたって事なのかな？

「だが……相手が相手だっただけに、誰が罰せられたのかは隠す事が出来なかったようだ」

「それは誰だったんですか？」

「ふっ、箝口令を敷かれているのだぞ？　既に隠しようのない武家の者ならともかく、異国の民のお主達に教える訳がなかろう？」

あっ、そういえばそうだった。

そうだよね。普通は教えて貰えないよねそんな事。

「ともあれ、そんな訳で若には敵が多い。それゆえに叔父である御美津様に後ろ盾となってもらい、為政者としての心構えを十分に学んでから将軍の地位を襲名してほしかったのだが……そうもいかぬのが世の中のままならぬところよ。全く以て山桜小路は厄介な事をしてくれた」

そこまで言うと晴臣さんは立ち上がって僕達に向き直る。

「私はここで若の帰りを待つ。お主等は若に言われた通り体を休めると良い」

「分かりました。念の為村の中を散策して、浪人達の生き残りが侵入してないか調べてから休みますね」

「うむ」

本当は探査魔法で浪人達が居ない事は分かっているんだけどね。

それでも晴臣さんが安心して待てるように安心出来る要素は作っておかないと。

「じゃあ行きましょうか」

「ええ」

僕達は道行く村の人達に挨拶をしながら村の中をぐるりと回ってゆく。

「神官の村に来た割にはなんというか……」

「うん、凄く普通の村よね」

村を歩きながら、ふと思った感想が口に上る。

そうなんだ。この村、どう見ても普通の村だった。

神官の村だから、もっと僕達の国の神殿みたいな村かと思っていたんだけど……でも格好も一部の人達以外は普通の村人なんだよなぁ。

あの人達なんか鍬《くわ》を持って畑に向かってるし。

そして村の入り口までやってくると、村の入り口を守る門番さん達と猟師らしい人達が難しい顔で話をしていた。

「あの、何かあったんですか?」

僕が声をかけると、門番さん達がこちらを見る。

「アンタ等は……ああ、さっきの凄い客人か」

「あはは、先ほどは驚かせてすみません」

ともあれ門番さんは僕達にも事情を説明してくれた。

「いやな、ちょっと魔物が増え過ぎて危ないから、予定より早く間引きをした方が良いんじゃないかって話になってよ」

「間引きですか?」

「ああ、近頃この辺りの森に見た事もない魔物が住み着いてな。どうもそいつが原因で近隣の魔物が森の中に集まって来たみたいなんだ」

「見た事もない魔物ですか……」

うん、何だろう?　でも魔物達が集まってるって事は、もしかしたら変異種の魔物かもしれない。だとすると放っておくのも危ないね。

「っていうか、たったこれだけの人数で魔物の間引きはないいんじゃない?　もっと大勢集めないと」

確かに、ミナさんの言う通り、これじゃ人手が足りなさすぎる。

門番さんが二人と猟師さんが一人だからね。

「一応藩主様にお願いして魔物討伐の為の人員をよこしてもらう事になってるんだよ。でもその間も魔物は増えているからな。それにお客人にも関係が無い訳じゃないからな」

と、門番さんが気になる事を言った。

「この村に来たって事は、数十年に一度行われる儀式が目的なんだろう？　だがその儀式を行う為には、村の外にある遺跡に行かなきゃいけない。そして遺跡へたどり着く為には森の中を通らないといけないんだ」

ああ成る程。確かにそれは他人事じゃなかったよ。

「それに村の皆が森で採取する為にも、今のうちに一匹でも多く魔物の数を減らしておきたいからな」

確かに、森は多くの恵みをくれる大事な場所だ。

危険だからと近づかないわけにはいかないもんね。

早く問題を解決する為に少しでも魔物の数を減らしたいと思うのは当然だ。

それに雪之丞さんの儀式にも関係あるなら、僕達が関わらない理由もない。

「なら、僕達が手伝いますよ」

「え!?　良いのか!?」

僕達が手伝うと聞いて、猟師さんが驚きの声をあげる。

「僕達は魔物退治を主な生業にしてますからそれなりに戦力になりますよ。攻撃魔法もそれなりに使えますしね」

「それなり、程度じゃないでしょ。でもまぁ私達はこの村に用があったお客さんをここまで護衛してきたわ。それなりに期待して貰っても良いわよ」

と、ミナさんも手伝いを申し出ながらこちらにウインクしてくれた。

うん、何も言わなくても伝わるこの感じ。

仲間って感じがしていいなぁ。

「へぇ、その若さで護衛とは立派なもんだ」

僕達が護衛としてやって来たと聞いて、猟師さんが感心したと声をあげる。

「ただ、アンタ等に払えるような金がねぇんだよなぁ」

けれど僕達に手伝ってもらう為の謝礼が払えないと門番さんが困惑の声を上げた。

「ええと、それはあれです。ここに来た時に皆さんを驚かせてしまいましたから。そのお詫びって事で」

うん、さっきは浪人との戦いで凄く驚かせちゃったもんね。

「あー、アレか。アレは本当にびっくりしたよな」

「ああ、この世の終わりかと思ったぜ」

ええと、本当にごめんなさい。

「けどまぁ、あんなトンデモナイ船の持ち主だもんな。確かに期待出来そうだ！」

「だが本当に手伝って貰って良いのかい？」

「任せてください。どのみち雪之丞さんの用事が終わるまでは暇ですので」

ドンと胸を叩いて任せろと僕は告げる。

こういう時は自信満々に見せる事で相手の不安を取り除くもんだって前世の知り合いが言ってたもんね。

「そうか、そういう事ならぜひ協力してほしい」

「はい、任せてください！」

「本当に助かるよ」

こうして僕達は森に住み着いた魔物を間引く事になった。

「ところで、見た事もない魔物ってどんな奴なんですか？」

念の為、騒動の原因になっている魔物について質問しておく。

変異種の魔物の可能性が高いから、相手の情報は少しでも多い方が良い。

けれど猟師さんは困ったように頭をかく。

「それが、森の中の薄暗い場所だったたし、相手が素早くて危険だったから遠目からしか見ていないんだ」

「それでもかまいません」

「分かった。俺が見た魔物は真っ白な体をしていた。とにかく速くて強くて自分よりも大きな魔物を相手に臆する事なく戦っていたんだ。しかもそいつはこの辺りで一番強い大魔熊を倒したんだ」

大魔熊、この国特有の魔物かな？　名前的に大きくて魔法を使いそうな感じだけど。

それにしても白くて小さいけど、闘争心の強い魔物か。

これだけだと情報が少なくてよく分からないな。

でも、危険な相手なのは確かみたいだ。

「白、小さい……覚えがあるようなないような……」

ミナさんも思い当たるフシはないらしく、魔物の特定は出来ないみたいだった。

まぁ自然界で白なんて、北方の雪国でもない限り自分の居場所を相手に教えているようなものだからね。

「じゃあ行きましょうかミナさん」

「ええ、パパッと倒して雪之丞がさっさと儀式に向かえるようにしましょ！」

◆謎の魔物◆

――グルルルルルルゥゥゥ――

我の眼下には何百という数の魔物達が居た。

魔物達は強き魔物、弱き魔物、特定の能力に秀でた魔物と様々だ。

さらに種族も単一ではない。

多くの種族がおり、敵対する種族同士も居れば、捕食者と被捕食者の関係である種族も居た。

だがそれらの魔物は争う事なく我の前で静かに命令を待っていた。

我の、魔物の王である我の命令を待ってな！　ふ、ふふふっ、ふはははははははっっっ！

そう、我はここに魔物の王国を建国していた。

森に居る魔物だけではない。

山の、川の、平原の、更にここではない別の森の魔物達を下し統率し、我に従う一大軍団を結成したのである！

なお逆らってきた愚か者はサクッと倒して美味しく頂きました。

うーん、この土地の魔物はスパイシーで美味しー。

オリエンタルな味わい！　味良し、強さ良し、忠誠心良しとこの国の魔物は非常に有能だ。

これならば我の命令に忠実に従う精強な軍団となることだろう！　ふふふっ、ご主人も居ないしサイコーッ！

もうご主人に下克上とか考えずに、この森で暮らしちゃおうK・A・N・A！

ドゴォォォォォォォォォォォン!!

そう思った時だった。突然の轟音と共に我が軍団は消滅したのである。

それはもうきれいさっぱり。

木の上から眺めていた我は、消滅した木から落下して更地となった地面にポテリと落ちる。

……はぁぁぁぁぁぁぁっ!?

なになになに!?　何が起きたの今!?

何か周囲が更地になってるんですけど!?　我が居た森はいずこ!?　我の大軍団は!?

精強な部下達はいずこ!?　何が起きたのだ!?

しかしどこを見ても我の部下は毛一本として見当たらなかった。

いや居た！　更地の向こうから二つの影がこちらに近づいてくる。

生き残りが居たの……か!?

ん？　あれ？　魔物じゃ……な……い
「※※※？」

ゲェエエエエエエご主人んんんんんんっ!?

何で!?　何でこんな所にご主人!?

「※※※！」

あわわわわっ、逃げなければいけないのに体が震えて動かない。

まさかバレた!?　魔物の大軍団を結成してこの土地を支配する我の壮大な将来設計が!?

「※※※」

ぎゃあああっ！　捕まったぁぁぁぁぁ！　何故だ!?
ご主人に見つからない様に海沿いから離れて山奥まで逃げてきたのに！
ご主人から逃れる格好のチャンスだと思ったのに！
うん、ご主人があの程度の嵐で死ぬとは思っていなかったよ！　チクショーッ！
「※※※※」
ご主人の手が我の頭に置かれる。
あわわわわっ、我の頭を握りつぶすおつもりですか!?
ご、誤解ですよご主人！　我反逆するつもりなんてこれぽっちもありませんよ！
チョロロロッ
オゥフ、漏れた。

◆ミナ◆

「うわー、凄い数の魔物だ」

探査魔法で件の魔物を探していたレクスが、驚いた声を上げる。

「っていうか、探査魔法を使わなくても分かっちゃったわね」

この辺りの木々は背が高い為、飛行魔法と探査魔法を併用して上空から捜索していたんだけど、

そんな事をする必要もなく、すぐに魔物の居場所は分かった。

何しろ、とんでもない数の魔物が森の一角に集まっていたからだ。

というのも、背の高い木々に隠れていてもなお分かる程大量の魔物の群れが、見えたからだ。

うーん、上空から探していて良かったわ。

地上を歩きながら捜索していたら、何も知らずにあの数の魔物の群れと鉢合わせするところだったわ。

「あれ、この森の魔物どころの数じゃないわよね。一体何匹居るの……？」

背の高い木々の所為で上空からの捜索がしづらいにも関わらず、魔物の群れは森の大部分に広がっているのが確認出来た。

正確な数を知るのが怖いわ……

「うーん、数千体は居ますね」

「数千!?」

何それ!?　この国中の魔物が集まってるんじゃないの!?

「ど、どうするの!?　さすがにその数の魔物が襲ってきたら村を守り切れないわよ!?」

あの村の防壁じゃ籠城は無理ね。

雪之丞達を連れて逃げる事は出来るだろうけど、神官達も守りながら逃げるのは無理だわ。

レクスの空飛ぶ船なら……荷物が無ければぎりぎり全員を乗せられるかしら？

「そうですね。面倒だからこの場で全部討伐しちゃいましょうか」

「討伐!?　全部!?」

「はい、範囲魔法で丸ごと倒しちゃいましょう」

「範囲魔法でって、数千体居るんでしょ!?　あーでもレクスなら出来るの？　でもどうやって？

最初のうちは良いけど、すぐに散っちゃうわよ。魔物を統率しているボスに逃げられたら、次はもっとやりづらくなるわ」

レクスの魔法は凄いけど、流石に数千体の魔物を一度に全部倒すのは無理だと思う。

何十回かに分けて討伐しないと。

となるとまずはボスがどこに居るのかを見極める必要があるわ。

というのも魔物には人間が思う以上に賢いものが存在しているから。

特に大きな群れを従えるボスには力だけでなく知恵でも優れている魔物が多いわ。

「ええ分かっています。ですから……」

レクスもそれは承知していると返してくる。

何か問題を解決する良い策があるのかしら？　そうよね、それがあるからこそ、そんな無茶な事を実行しようとするのよね。

「魔物を丸ごと全部範囲内に収めて一網打尽にします！」

「思った以上に力ずくの作戦だったぁーっ！」

で、出来るの!?　数千の魔物を一度に倒すなんて!?

これまでの記憶でレクスが使った魔法は確かに凄いものばかりだった。

でも数千の魔物を一撃で討伐するようなトンデモナイ魔法はまだ見た事が無い。

そんな神話にでも登場するような魔法、本当にあるの!?

「そ、それにそれだけの魔物を倒すって、森は大丈夫なの!?」

「そうですね。さすがにこれだけの数の魔物を被害なしで倒すのはちょっと面倒です。なのでサクッと森ごと更地にしてから植物魔法と特製肥料で森を促成栽培ならぬ促成再生しちゃいましょう」

解決方法も力ずくだった!?

「あっ、安心してください。人間に被害が出ない様探査魔法はかけますから」

「あ、うん。そうね。それは大事ね」

「せっかく魔物が一ヶ所に固まってくれていますし、今なら周辺の土地の被害も最小限に抑えられますからね」

ああ、一応その辺も考えて一網打尽にしようとしてたのね。

「それに範囲指定でぎりぎりまで殲滅範囲を狭めます」

そう言ってレクスが意識を集中しだすと、彼の周りに濃密な魔力が集まりだす。

ザザザザザッ!!　盗賊の様に気配察知に長けていない私でも、異変を察した森の動物達が慌てて逃げ出すのが分かる。

「これ、魔物にも気づかれない？」

「ここは魔物達の群れから離れているから大丈夫ですよ。一番近い外周の魔物は気づくかもしれませんが、既に魔物達を囲むように結界を張っているので逃げるのは不可能です」

「え!?　いつの間に!?」

魔物を倒すだけじゃなく、逃がさない為の結界まで用意してたの!?

「よし、行きますよ！　インフェルノカントリー！」

レクスの魔法によって現れたのは驚く程普通の炎の玉だった。

炎の玉は地上に向かって放たれるとポンと破裂する。

もしかして失敗した？　そう思った瞬間だった。

ドゴォォォォォォォォォン!!

「っっっっ!?」

爆音と共に一瞬で炎が森中に広がり、巨大でいびつな円が出来あがる。

「なっ!?」

本当に一瞬だった。

あの小さな炎の玉が、一瞬で森に集っていた魔物達を飲み込んだの。

「な、な、何アレ？」

「広範囲殲滅魔法インフェルノカントリーです。フレイムインフェルノは直線を燃やす草むしり用の魔法ですけど、こっちは広範囲の害虫や害獣を殲滅する為の範囲指定型の草むしり魔法なんです」

「範囲指定型草むしり魔法!?」

「はい、いびつな形の土地や畑を綺麗にする為に、術者の指定した区画だけを燃やす事が出来るんです。だからほら、よく見ると範囲内も木々が残っているでしょう？　あの辺りは魔物が居ない場所や木々のある部分なんです」

言われてみれば、確かに範囲内にあるにも関わらず燃えていない木々や場所がある。

「この魔法だけでも大丈夫なんですけど、神官さん達や森の動物達にとっては大事な糧ですからね。さっきの結界魔法で保護しています。ああ、逃げ遅れた普通の獣も被害を受けないように保護してますよ」

「至れり尽くせりすぎない!?」

ちょっ!?　何それ!?

ただもの凄い範囲を攻撃するだけじゃなく、指定した部分は攻撃範囲から外す!?

しかも同じ規模の結界まで一緒に展開して!?　そんなのどうやってやるのよぉー!?

「とはいえ、魔物の足元の植物まではどうしようもないんですけどね」

「十分過ぎるから！」

気遣いの規模が違い過ぎるし！

「あっ、終わりましたね。って、あれ？　一体だけ生き残ってる？」

「え？」

レクスの怪訝そうな声に私はヒヤリとしたものを感じる。

まさかアレを生き延びた魔物がいるの!?

あんな化け物じみた魔法を生き延びる魔物が!?

「行きましょう。恐らくあれが神官さん達が話していた群れのボスです」

「っ……ええ」

レクスの言葉に、私は身体強化魔法を最大限に発動する。

レクスの魔法に耐える魔物、一体どんな化け物との戦いになるのかと、私は内心の恐怖を必死に抑えながらレクスについてゆく。

直接相手の下へと降りず、多少離れた位置で地上に降りる。

レクスが先行し、後衛の私は後ろから離れてついて行く。

「私じゃ大した役には立たないだろうけど、目くらましくらいにはなって見せるわ！」

これから起こる激戦の予感に、我知らず喉を鳴らす。

「あれ？」

と思ったら、レクスが奇妙な声を上げた。

そして無造作に一体だけ残った魔物に近づいていく。

「って、警戒心なさすぎじゃない!?」

けれどレクスは私の心配など感じもしないでどんどん魔物に近づいていく。

逆に魔物の方がレクスの態度に戸惑っているみたいだった。

そしてレクスが魔物と対峙する。

……って、あれ？　レクスと比べてあの魔物随分小さいような……？

「やっぱり、お前モフモフじゃないか！」

「え!?　モフモフ!?」

何!?　噂の魔物ってモフモフだったの!?

「成る程、僕のあげた角輪に込められた防御魔法が発動してインフェルノカントリーから保護されたんだね」

「キュ、キュキュキュゥー……」

レクスの言葉にモフモフがプルプルと震えている。

「そうか、あの魔物達に追いかけられて逃げ回っていたんだね。もう大丈夫だよ」

レクスはモフモフをそっと抱え上げる。

「キュッ!?」

持ち上げられたモフモフが怯えたように声をあげる。

「大丈夫だよモフモフ。怖い奴等は全部追い払ったからね」

「キュフゥ～」

そう言ってレクスは優しくモフモフの頭を撫でると、モフモフは心底安心したのか、脱力したかのような鳴き声をあげ……

チョロチョロチョロ……

お漏らしした。

「うわっ!?　どうしたんだいモフモフ!?」

「うん、そりゃあそうよね。突然周りの魔物が燃え上がって焼け死んだら怖いわよね」

自分も同じ目に遭遇したら、間違いなく漏らすと思ったけど、それは言わずにおいた私なのだった。

◆

「それにしてもモフモフが見つかって良かったよ。ある意味捜すのが一番大変なのがモフモフだったからね」

「キュキュゥ～」

僕達と再会してよっぽど安心したんだろう。

モフモフは僕の腕の中でぐったりと脱力しきっていた。

「そういえばそうね。ジャイロ達なら町で捜したり自分からこっちを捜したりしたでしょうけど、この子じゃそれも無理だものね」

「そうですね。それに最悪の場合魔物だからと人間に襲われたり、見世物にする為に捕まる危険もありましたからね」

「あ、うん、その場合は相手が危険ね」

ともあれ、本当に再会出来て良かったよ。

僕達はモフモフとの再会を喜びながら村へと向かうと、その途中で武装した何人かの村人と遭遇した。

「あれ？　どうしたんですか皆さん？」

村人達の中には、さっき入り口で話をした門番さん達の姿もあった。

「おお、無事だったかアンタ等！　急にデカい音がして心配して助太刀に来たんだよ！」

僕達が無事だったと分かり、門番さんがホッとした顔で安堵の息を吐く。

「ご心配おかけしました。魔物の群れを統率していた魔物は、群れごと討伐しましたのでもう心配ありませんよ」

「なんと!?　もう討伐してくれたのか!?」

「しかも群れごとだって!?」

「はい」

「凄いな君達！」

門番さん達は心底驚いたと興奮しながら僕達を称賛してくる。

「そんなに大した事してませんよ」

「私に至っては何もしてないしね」

「いやいや、謙遜しないでくれ。俺達じゃ一匹か二匹の魔物を追い返すので精いっぱいだったよ。君達のお陰で村の皆も安心して眠る事が出来るよ」

「あはは、そう言って貰えると僕達も頑張った甲斐があります」

「達じゃないから。私は今回何もしてないからね」

門番さん達に魔物の心配がなくなった事を説明した僕達は、そのまま皆で村に戻る事にする。

そろそろ雪之丞さんの将軍襲名儀式も終わった頃だろうからね。

そう思った時だった。

突然村の方角から何かが爆発する音が響いたんだ。

「な、何だ!?」

「見ろ！　村の方から煙が！」

突如あがった黒煙に、村人達が動揺の声を上げる。

「ミナさん！」

「ええ！」

「皆さん、僕達は先に村に戻ります！」

そう言うや否や、僕達は返事も待たずに飛行魔法で村へと急いだ。

そして村が見えてくると、奥まった位置にある屋敷の一角から煙が出ている事に気付く。

「レ、レクス殿！　ミナ殿！」

下を見れば僕達を出迎えてくれた神官さん達がこちらに手を振っていたので、地上に降りて事情を聞く事にする。

「何があったんですか!?」

神官さん達はかなり慌てていて、尋常ではない事件が起きたのは間違いないみたいだ。

「そ、それが大変なのです！　雪之丞様が魔人に襲われ負傷者が出たのです！」

「な、なんですって!?」

こうして、一仕事終えて帰ってきた僕達は、休む間もなく次の事件に巻き込まれたのだった。

第196話　将軍襲名の儀

◆雪之丞◆

「どうぞお入りください」

神官に案内されたのは、屋敷の中ほどにある部屋だった。

「ここで将軍襲名の儀式を行うのか？」

「左様にございます。ささ、どうぞ」

「うむ」

神官に促され部屋に入ってゆく。

だが、部屋の中を見て余は困惑してしまった。

「なんだ？　ただの部屋ではないか？」

そう、神官に案内された部屋はどこにでもありそうな普通の部屋だったのだ。

とても将軍襲名の儀式を行う神聖な場所とは思えぬ。

「おお、来たか」

部屋の奥から聞こえてきたその声に、余は今更ながらに先客が居た事に気付く。

将軍襲名の儀式を執り行う神官が待っていたのかと思ったのだが、その者の姿を見た瞬間余はまたしても困惑してしまった。

「……何だそなたは？」

余がそう言ってしまったのも無理からぬ事。

何しろその男の姿は、とても神官とは思えぬ薄汚れた格好をしていたからだ。

民の様な着流しでもなく、武士の様な装いでもない、あえて言うなら上下の色が揃った異国風の服と言ったところか。

ただ異国の服ではないと感じたのは、その者の着ている服の意匠が天峰風であったからだ。

「はっはっはっ、俺が誰か分からんか」

自分が何者なのか分からないと言われたにも関わらず、男は愉快そうに笑う。

一体何者なのだ？　ここに居たと言う事は将軍襲名の儀式の関係者なのだろうか？　だがそんな疑問も、男が次に発したとんでもない発言で吹き飛んでしまう。

「俺は帝よ。この国を統べる……な」

「はぁ!?」

そう、よりにもよってこの男は自分が帝だと言い出したのだ。

余りにも不敬な発言に、余は思わず素っ頓狂な声をあげてしまう。

「馬鹿を申すな！　帝が貴様の様な薄汚れた男である訳があるまい！」

そうだ、帝はこの国の象徴にして最も貴きお方。

断じてこの様な薄汚れた男などではない。

「ハハハハハッ！　薄汚れた男ときたか！」

しかし男は自分の不敬な発言を恥じる様子もなく笑い続ける。

「帝の名を騙《かた》ろうとは不敬千万！　余自ら処罰してくれる！」

帝に仕える武士として、次期将軍として、この様な不埒者を野放しにしてはおけぬ！

「落ち着かれませ雪之丞様」

だが何故か神官が間に立ちふさがって止めた。

「何故止める!?　この男は帝の名を騙った大罪人ぞ！」

そう、帝の名を騙るなど想像もつかぬ程の大罪ぞ？　だというのに、何故帝にお仕えする神官が止めるのだ!?

「騙っておりませぬ」

「何？」

「この薄汚れたお方こそ我が国の最高権力者であらせられる帝様ご本人でございます」

「はぁ!?」

神官から信じられない様な言葉が飛び出し、余は目を丸くする。

この薄汚れた男が本当に帝だと!?

「そのお気持ちは非常によく分かりますが事実でございます」

「おいおい。お前まで俺を薄汚れたおっさん扱いかよ」

「事実でございます」

「いや……だが……」

信じられん。この薄汚れた格好をしたこの男が、天峰の武士達を束ねる帝様ご本人だと言うのか!?

だが将軍襲名の儀式を執り行う地の神官の言葉。

信じるべき……なのか?

「だから言ったのです帝様。せめて謁見の際にはもう少しマシな格好をするべきだと」

「なーにが帝様だ。どうせそんなものは名ばかりの称号。この坊主もその理由を知ればすぐに俺がこんな格好をしている理由に納得するというものよ」

「理由?」

神官と帝……様の奇妙な会話に余は思わず首を傾げる。

「そうだ坊主。コイツの言う通り俺は本物の帝だ」

「……はっ!? も、申し訳ありません帝! 余は陽蓮夏典が一子陽蓮雪之丞と申します。帝におかれましては……」

未だ目の前の薄汚れたおと……お方が本当に帝なのかは分からぬ。

だが神官が証明する以上本当にこのお方が帝様なのだと信じるしかない。

だとしたら今までの態度は非常に不味い。

寧ろこちらが不敬罪で腹を切らねばならんほどではないか！　余は慌てて膝を突き頭を下げる。

「あーそういうのは良い。お前が夏典の息子って事も御美津からの手紙で知っている」

だが帝様は面倒くさそうに手をパタパタと振ると、どうでも良さそうに止めろとおっしゃった。

「では！」

帝様の言葉に余は叔父上に感謝の気持ちを捧げながら顔を上げる。

「待て待て。まずは話を聞け。大事な話だ。ついでに言うとその話は俺がこんな薄汚れた格好をしている理由でもある」

「意味!?　その格好にでございますか!?」

そういえば先ほどもその様な事を仰っていたような。しかし本当にその格好に意味などあるのか？

「その通り。何故なら帝とはこの国を統べる王の名じゃあない。帝ってのはな、この国を災害から守る魔道具、いやマジックアイテムの管理者の名前なんだよ！」

「魔、魔道具の管理者!?　帝が!?」

帝様が魔道具の管理者!? 一体どういう意味なのだ!?

「おうよ、事は数千年前にさかのぼる。かつてこの世界に繁栄していた古代魔法文明はある事件によって崩壊した。ただまぁ、その事件についてはな、俺達もよく分からなくてな、伝説の魔人との戦いだったとか、大規模な魔法実験の失敗とか、果ては天変地異が原因だったとか色々言われている」

「はぁ」

確かにその話は聞いた事がある。

かつて古の大災害が起こり、世界中が大変な事になったという話は天峰の子供なら誰でも知っておるおとぎ話だからな。

「で、ここからが問題だ。俺達が暮らすこの天峰の地もその大災害の影響をモロに受けちまったんだ。当時は今よりはるかに広かった天峰の地の大部分が海に沈み、空も大地も海もこの世の終わりかというほど荒れ狂ったんだそうだ」

「この世の終わり……」

乳母や爺や達から聞いたおとぎ話ではもう少しぼかした物言いだったが、帝様は災害の規模をはっきりと断言される。

「そんな状態じゃ船に乗って外の大陸に逃げる事も出来やしねえ。だから生き残った古代魔法文明人達は天峰の地の災害を止める為の巨大なマジックアイテムを作り上げた。そのおかげで天峰の地を襲っていた災害は静まり、お前さんも知っている今の天峰の地となった訳だ」

「おお！」

なんと！　天峰の過去にそのような歴史があったとは！

「見事災害を食い止めたマジックアイテムの開発者を人々は英雄と称えた。そして自分達を導く王になって欲しいと頼んだのさ」

「それが帝の一族の始まり……という事ですか？」

「ああ。ただそれに困ったのが俺のご先祖様だ」

だがそこで帝様は困った困ったとため息をつきながら肩をすくめる。

「何故困るのですか？　国を救った英雄が王になるのは自然な成り行きなのでは？」

英雄が国を興すのはよく聞く話だ。異国から伝わって来た物語や建国神話でも同様の話はよく聞く。

「まぁ物語じゃよくある話だよな。けどな、俺のご先祖達はそれじゃいけないと思ったのさ。確かに巨大マジックアイテムのお陰で天峰の地と民は救われた。だがマジックアイテムは道具だ。人が整備しなくちゃならん。いつ調子が悪くなるか、いつ壊れるか分からない品を放っておいて王様ごっこなんてとてもしちゃいられねぇ」

「それは……」

言われてみればそうだ。武具のみならず、日常で使う道具はいつかは壊れる。

魔道具だけが壊れないと言う保証などどこにもない。

「それにな、万が一王位を狙う連中に殺されでもしたらいつかマジックアイテムが壊れた時、この国は為す術もなく滅んじまう。それだけは何とかしなくちゃならねぇ」

むむ、それは確かに。

国を救う為の方法が目の前にあるのに、肝心かなめのそれが壊れていては元も子もない。

「だから俺のご先祖様達は決めたのさ。政治の実権は他の連中に任せて、自分達はお飾りの存在になろうってな」

「それでこの国は将軍が治める事になったのですか？」

「ああ。俺達帝の一族はマジックアイテムの知識と技術を継承し、劣化してゆくマジックアイテムの補修だけを役目としたのさ。そしてその事実を代々の将軍になるヤツにだけ教える事にした。これが将軍襲名の真実って訳だ」

なるほど。確かにそうした事情があるのなら、帝が将軍に政を任せる理由も理解出来る。

「何故将軍だけなのですか？　他の者達にそれを知らせないのは？」

うむ、今の話でそこが気になった。国家存亡の危機になりうる魔道具なら、天峰の民が一丸となって守る必要があるのではないか？

しかしそれを聞いた帝は苦笑しながら頭を掻く。

「あー、まぁなんつーか」

「悪い言い方をすれば、将軍家に盾になってもらう為です」

「盾に？」

「はい。帝の役割の真実を知れば、帝の技術と巨大マジックアイテムを狙う者も現れましょう。そして国内の安寧を盾に服従を迫る危険があります」

「う、それは確かに」

ああ、言われてみればそうだ。国を守る為に使う魔道具なら、それを悪用すれば国を支配する道具としても使えるのは当然の事か。

「もっとも、そんな都合よく魔道具を使う事は出来んがな。不心得者は敵対する者達の藩内の土地だけをマジックアイテムの加護から外せばいいと考えるだろうが、現実には国内と周辺の海全てがマジックアイテムの範囲になっている。脅迫の為に装置を止めた場合、脅迫している自分の住処が一晩で滅ぶ可能性もあるだろうさ」

「それはなんというか、自業自得ですな」

全てを手に入れたつもりになって脅迫したら、自分の藩だけが滅んだなど笑い話にもならん。

「実際昔は本当にそれをやろうとした馬鹿が少なからず居たらしい。結局大失敗に終わってそれ以降は他の藩主達も自分達が巻き込まれたら堪らないと情報の秘匿に協力する事になった訳だ」

「そして今の形になったと」

「そういう訳だ」

なるほど。国を守る為の魔道具はそこまで都合の良い使い方は出来ぬが、それを説明した所で実際に使ってみるまで信じない者も居るだろう。

そもそもそんな都合の良い使い方が出来るのなら、代々の帝や将軍が上手く利用していたか。

それをしなかった事が帝の言葉が正しいと言う証拠なのだろう。

「しかし今の話とその服の関係は一体？」

「そりゃ簡単だ。今言った通り俺は代々受け継がれてきたマジックアイテム技師の後継者なんだ。だから俺は日がな一日国の安寧を守る為の巨大マジックアイテムを整備しているのさ。つまりこれは俺の作業着だ」

「作業着!?」

ああ、言われてみれば異国の服に似ている割にはヒラヒラとした装飾のない服は作業着に見えない事もない。

「せめて謁見の際はまともな服を着て欲しかったのですけどねぇ」

神官が公式の場でくらいちゃんとしてくれと苦言を呈する。

どうやら帝様はかなりズボ……自由な方のようだ。

「ばっか言いなさんな。あんなヒラヒラした服着て朕はマジックアイテム技師であるって言って信じて貰えるかよ」

まぁそれもそうなのだが……

「その格好でも帝と信じて貰えなかったではないですか」

であるなぁ。実際余も信じられなかったし。

「あー良いんだよ。結果としてちゃんと信じただろ！」

「ええ、不本意ですが私が証人となりましょう」

しかし、帝の正体が魔道具の技師だったとは。

信じがたい話だが、わざわざ次期将軍を連れてきて茶番を行うとも思えん。

これまでの話は真実なのであろうな。

「おう。そういう訳だから政はお前に任せた！　これで将軍襲名は完了だな！」

「ええ!?　そんな簡単で良いのですか!?」

さっきまで神官と口論をしていた筈の帝様が、ちょっと用事を告げるようなノリで余を将軍に任命してきた。

「おうよ！　帝である俺が許可するんだから良いんだよ！」

そ、そんなあっさりと……ここに来るまでの苦労はなんだったのだ？

「お待ちください。一番大事な話をしておりません」

とそこで神官が部屋から出ていこうとする帝様を止める。

「あーそうだった。おい坊主。腰の刀を貸せ」

「刀をですか？」

よくは分からぬが、余は言われた通りに刀を差しだす。

そして帝は刀の鞘を掴むと、刃を抜かずに柄を見つめる。

「よしよし、ちゃんと受け継いでいるな」

「受け継ぐ？　それは父より元服の祝いとして頂いたただの刀ですが？」

「ああ、刀身はな。だがこれは違う」

そう言って帝は柄を分解すると、刀身から鍔《つば》を取り出す。

「刀の鍔……ですか？」

「そうだ、コイツが重要なんだ。これこそが国を守る巨大マジックアイテムを起動させる為の鍵なのさ」

「鍔が魔道具の鍵!?」

何だと!?　どういう事だ!?

「おうよ。巨大マジックアイテムを起動させる為の鍵は太刀と脇差の二本の刀の鍔にして代々の帝と将軍が持つ事になっている。帝の持つ鍵は巨大マジックアイテムを常時起動させる為に装置にはめ込んである。お前の鍵はその鍵に何かあった時の為の予備って訳だ」

「この鍔にそんな意味が……」

ま、まさか父上から授かった刀にそんな秘密があったとは……ううむ、城から逃げ出す時に刀を持ちだしていて本当によかった……

「それを持って巨大マジックアイテムまで行くぞ。そこでその鍔にお前を主として登録させればお前の将軍襲名は完……」

「成る程、こんな所に予備の鍵があったのか」

その時だった。

帝が立ち上がろうとした瞬間、突然屋敷の壁が吹き飛んだのだ。

「ぐぁぁっ！」

「三郎っ!?」

爆風に耐えながら悲鳴がした方向に目を向けると、神官が帝を庇って負傷していた。

しかもその背中には痛々しく折れた建材が刺さっているではないか。

「里に侵入する事に成功するだけでなく予備の鍵の存在を知る事まで出来るとは運が良い」

土煙の向こうから、何かを引きずる音と共に見知らぬ男の声が聞こえてきた。

「貴様何者だ！」

「おお、これは失礼した。我が名はザルキュール、魔人ザルキュールという」

そう言って現れたのは、黒褐色の肌に銀の髪、蝙蝠《こうもり》の羽を背中から生やした魔性。

以前余を襲った恐るべき魔人の仲間だった。

「魔人だと!?」

よもやこんな所にまで現れるとは！

「馬鹿な!?　魔人だと!?　この村には悪しき者が入れぬ結界が張ってあるのだぞ!?」

だが帝は余以上に驚きの声をあげる。

というか、この村に結界などが張られていたのか？　だが魔人は結界には何の意味もなかったと笑いながら否定する。

「くくくっ、結界などこの俺には無意味よ。さぁその鍵を寄こせ。この男の様になりたくなければな」

「ううっ」

魔人が土煙の中から片腕を上げると、そこには傷ついた晴臣の姿があった。

「晴臣!?」

「わ、若……お逃げください……」

晴臣が弱々しい声で余に逃げろと告げる。

「貴様、晴臣に何をした!?」

「なに、屋敷の前で犬の様に佇んでいたのでな。ちょっと遊んでやっただけだ」

さもなんでもない事の様に答える魔人に余は怒りで打ち震える。

「貴様ぁっ！」

「さぁそれを渡せ。渡さねばこの男が……」

そう言うと魔人は晴臣の腕を無造作に引っ張ると、着物の袖が破れて悲鳴が上がる。

「ぐあぁぁぁっ！」

「晴臣っ！」

「どうした？　早くしないとこの男の腕が引きちぎれるぞ？」

「がぁあっ！」

魔人が愉快そうな笑みを浮かべながら苦しむ晴臣の姿を見せつけてくる。

「ま、待て！」

「い、いけませぬ。それを渡しては天峰の大地が……」

「黙れ爺い！」

「「うわぁっ!?」」

魔人が腕を振るうと、帝と神官が吹き飛ばされる。

イカン、このままでは晴臣だけでなく帝と神官の命も危ない！

「わ、分かった。鍵はくれてやる。だから晴臣を返せ！」

刀の鍔を魔人に向かって放り投げると、魔人は晴臣から手を放して鍔を受け取る。

「くはははははっ、これで鍵が手に入ったぞ！　そら、コイツは返してやろう！」

「ぐあっ!?」

魔人は愉快そうに笑いながら晴臣を無造作に蹴ってこちらに転がしてくる。

「晴臣！」

余は傷ついた晴臣を抱き上げ無事を確認する。

良かった、傷ついてはいるが、出血も少なく深い傷はなさそうだ。

「も、申し訳ございません。私の所為で鍵が……」

だというのに晴臣はなおも申し訳なさそうに余に謝ってくる。

「構わん！　そなたの命には代えられぬ！」

そうだ。余にとってはよく分からぬ魔道具の鍵よりも大事な家臣である晴臣の方が大切だ。

「若っ!?　なんという……」

それを聞いた晴臣が申し訳なさそうに顔を歪め……

「なんという愚かな男よ！」

突然余を押しのけたと思うと、そのまま余を地面に押し倒して馬乗りになってきた。

「なっ!?　ぐぅっ!?」

「ははははっ、国や民を見捨てて目先の利益に走るとは、やはりお前は将軍の器ではなかったな！」

晴臣が見た事もない笑みを浮かべながら余を罵る。

一体どうしたというのだ!?

「は、晴臣……正気に戻れ」

「っ」

その瞬間、晴臣が動きを止める。

余の言葉が通じたのか!?

「晴臣ではない」

「何?」

「俺の名は晴臣ではない！　俺の本当の名は春鶯《しゅんおう》だ！」

「春……鶯?」

聞いた事もない名前に余は困惑する。

晴臣の本当の名?

「そうだ、季節を告げる春の字を頂いた王の名。貴様の父に奪われた真の名だ！」

奪われた!?　父上に!?

「奪われただと?　よもやお前は由芽の方の子か！」

晴臣の言葉を聞き、帝が動揺した様子で問いかける。

「ほう、知っていたか。さすがは帝様だな」

「由芽の方?　誰だそれは?」

聞いた事もない名だ。いずこの藩主の奥方の名だ?

「はっ、将軍の正室の名も知らぬとはな」

父上の正室?　いや違う。父上の正室は……

「父上の正室は余の母上だぞ?　何を言っておるのだ晴臣!?」

そうだ。父上の正室は余の母上である小衣の方だ。

由芽の方などという女では断じてない。

「何も教えられていないようだな。忌々しいっ！　俺から全てを奪っておきながら！」

だが晴臣は余が知らないのだと言う。

本当に父上には母上以外の正室が居たと言うのか？　だから帝はああも驚かれたと言うのか？

「どういう事だ!?　余が教えられていないとは何の話なのだ!?」

「ふん、本当なら全てを教えてから絶望の内に殺してやりたいところだが、あの小僧達がいつ戻ってくるとも限らん。お前は何も分からぬまま死ぬがいいっ！」

晴臣は剣を抜くと、余に向かって刃を突き刺した。

「なっ!?」

だが痛みの代わりに聞こえてきたのは晴臣の驚きの声だった。

そして晴臣の刃が光の壁によって弾き飛ばされる。

「これは一体!?」

「何だこれは!?」

「光が陽蓮の坊主を守っている？　アレは一体？」

帝もこれが何なのか分からぬと驚きの声を上げている。

では一体誰が余を守っているのだ!?

「ふん、何を遊んでいる。たかが人間ごとき！」

魔人の手の上に赤黒くも邪悪な輝きが集まり、余に向かって放たれる。

「ちっ！」

晴臣が巻き込まれてはたまらないと慌てて飛び退く。

イカン、余も逃げねば！　だが魔人の攻撃は余が立ち上がる間もなく襲ってきた。

「うわぁっ!?」

爆音が鳴り響き、余の体が粉々に消し飛……消し飛……ん？

「な、何だと!?」

眼を開ければ、見えたのは驚愕の表情の魔人と晴臣。

そして余の前には先ほどの光の壁だった。

やはりこの壁が余を守ってくれたのか？

「ええい！　小賢しい！　これならどうだ！」

魔人は赤黒い光を大量に生み出すと、その全てを余に向けて放つ。

「ドラゴンとて耐えられぬ攻撃の弾幕だ！　消し飛べっ！」

いかん！　さすがにこれは不味い!?

だが室内では避ける隙もっ!?

外に逃げ……

「っ!?　いかん！」

逃げ出そうとした余だったが、すぐそばに帝様達が居る事を思い出す。

このまま余だけが逃げ出せば、代わりに帝様達が殺されてしまう！

「くっ！」

余は覚悟してその場に残る。

頼むぞ光の壁よ！　余と帝様達を守ってくれ！　そして視界の全てが赤黒い爆発に飲み込まれた。

「うぉぉぉぉぉぉっ!?」

頼むっ！　耐えてくれ！

「くははははははっ！　塵一つ残さず消えるが良い！」

魔人の哄笑と爆音が世界を支配する。

凄まじい振動が大地を揺るがし、世界が壊れるのではないかと言うほどの衝撃が荒れ狂う。

「ふっ、俺とした事が、ムキになって少々やり過ぎたか」

「まったくだ。危うく俺まで巻き添えを喰らうところだったぞ」

「ふはははっ、そう言うな。さて、お前の憎き敵が肉塊になった姿を見てやろうではないか……か」

土煙が晴れ、お互いの視線が交差する。

「……ええと、生きておるぞ」

うむ、余、生きてた。

あと帝様達も生きておられる。

気絶しそうな顔しておられるが。

「な、何で生きてるんだぁぁぁぁぁぁぁぁっっっ!?」

余が生きていた事で、魔人と晴臣が叫び声をあげる。

あーうん、耐えてくれとは願ったが、本当に耐えて余も驚いた。

本当になんなのだ、この光の壁？

「くぅ！　どこまでもしぶとい忌々しい奴め！」

晴臣が余を睨みながら、恨みのこもった言葉を紡ぐ。

「晴臣……」

何故だ。何故そこまで余を憎むのだ……

「ぐぅっ！」

その時だった。

帝様を庇った神官が痛みに苦しむ声が部屋に響く。

「いかん！　早く医者に見せねば！」

そうだ。このままでは神官が死んでしまう！

「むっ？　なるほどな。おい、あの二人だ。あの二人を直接狙えばあの妙な光の壁は現れん」

「ほう？」

晴臣の言葉を聞いて、魔人が愉快そうな笑みを浮かべる。

「何を言う晴臣!?　このお方は帝様ぞ！」

この国をお守りしていらっしゃる帝様を殺そうなど、とんでもない大罪だぞ！

「それがどうした！　俺を見殺しにした帝など知った事か！　寧ろコイツ等を殺す事で貴様が苦しむ姿を見れるなら喜んで殺してやる！」

「なんという事を！」

「こいつ等を守りたいならお前が守ってやればいい！　だがその妙な壁がいつまでもつかな？」

「くっ！」

確かにこの光の壁が何故余を守ってくれるのか分からん。

もしかしたら今にもこの壁は力を失って消えてしまうかもしれん。

だが……

「だが、見捨てるわけにもいかん！」

余は帝様達から敵の気をそらす為、刀を構えて向かってゆく。

「今のうちに神官を連れて逃げてくだされ帝様！　魔道具を直す事の出来る貴方様を死なせる訳にはいきませぬ！」

余はこの国を守護する次期将軍！　たとえ死んでも帝様は守る！

「はぁぁぁぁぁっ！」

「おっと、お前の相手は俺だ！」

魔人に向かって攻撃しようとした余に、晴臣が立ちふさがる。

「晴臣！」

ちぃ！　鍔を外す為に分解されて刀身だけになっておるからしっかり力が入らん！

「さぁやってしまえ！」

「くくっ、同族同士で憎みあうとは、人間とは本当に愚かな連中よな」

魔人の掲げた光が帝様達に向かって放たれる。

だが重傷を負った神官を抱えた帝様ではとても回避出来そうもない。

「帝様！」

余は帝様を守ろうと踏み出すが、それを晴臣が阻止する。

「ははは っ！　させんと言った！」

「晴臣ぃ！」

駄目だ！　間に合わん！

「大丈夫よっ！」

その時だった。

戦場となった部屋に若き女の声が響き渡った。

同時に、魔人が放った赤黒い輝きに何かがぶつかり破裂する。

「うぉっっ!?」

「ロックウォール！」

更に帝様達の前の地面が盛り上がり、破裂した赤黒い輝きから帝様達を守る。

「おおっ!?　こ、これは!?」

「なにが起きたっ!?」

魔人も事情が分からないらしく困惑の声が聞こえてくる。

「何で魔人が居るのかよく分からないけど、私達が来たからには好きに出来るとは思わない事ね」

混乱する余達を無視する様に、先ほど聞こえた声と共に一人の若い女が姿を現す。

「貴様何者だ!?」

魔人が警戒の声をあげながら女に先ほどの赤黒い光を放とうとする。

だが魔人の後ろからもう一つの影が現れた。

「リリエラだけじゃない」

「ぐぉっ!?　くっ、新手か!?」

魔人に背後から切りかかったのは、同じく若い女だった。

「そ、そなた等は一体……!?」

「ノルブ、そっちのおじさん達の治療よろしくね」

「分かりました。安心してください。すぐに治療しますので」

三人目の声に振り返ると、見知らぬ若者が神官に治癒魔法をかけているところだった。

若者の治癒魔法はかなりの腕らしく、重症だった神官の傷が見る間にふさがっていった。

「お、おお!? 痛みが!?」

「三郎! 良かった……」

その光景に安堵した余は、再び魔人と対峙する女達の方に視線を戻す。

「その姿、貴様等も異国の民か！」

晴臣の言葉に余はハッとなる。

そうだ。あの姿、あの衣装、確かに異国の者の姿。

「まさかそなた等、ミナの仲間か!?」

「あら、ミナを知ってるの？」

ミナの名を聞いた女がこちらを振り向く。

だがそれがいけなかった。

魔人と晴臣が目をそらした女に向けて襲い掛かったのだ。

「「かぁっ!!」」

「いかん！」

何という事だ！ 戦いの最中に集中力を切らせてしまうとは！ 余は急ぎ晴臣に追いつこうとす

るが、ここからでは到底間に合わん！

「おっとさせない」

だがその攻撃をもう一人の女が妨害し、その際に生まれた隙を活かして攻撃を完全に回避していた。

「ちぃっ！」

「そっちはこの国の人間みたいだけど、貴方も魔人の仲間なのかしら？」

襲われた女は慌てる様子もなく、魔人と共に襲ってくる晴臣を怪訝そうな目で見つめる。

「くっ」

「まぁ良い。目当てのモノは頂いたのだ。引くぞ」

「……承知した」

撤退を促す魔人の言葉に晴臣も引き下がる。

「待て晴臣！」

だが余は晴臣を止める。

まだ晴臣の真意を聞いていないのだ！

「……俺の名は春鶯だ！　貴様の臣などではない！」

晴臣からの拒絶の言葉に思わず体が硬直する。

それと同時に魔人達の背後に黒く大きな球体が生まれる。

「あれは……まさか転移ゲート!?」

助太刀してくれた女の一人が初めて慌てた声をあげる。

その中に魔人が入り、晴臣も入ってゆく。

だが完全に体が沈む前に、晴臣が口を開いた。

「雪之丞、俺達はこれからこの国を亡ぼす。俺から全てを奪ったこの国の全てをな！」

「何故だ晴臣！」

「止めたければ魔道具の下に来るが良い！」

「晴臣！」

「さらばだ雪之丞！」

「待っっ」

晴臣の体が全て黒い球体に沈むと、球体は一瞬で小さくなり、消滅した。

その跡には魔人も、晴臣の姿も無くなっていた。

「あちゃー、逃げられちゃった」

「入らなくて良かった。魔人のゲートになんて入ったらどこに飛ばされるか分からない」

助太刀してくれた者達が何かを話していたが、余の耳にその言葉は入ってこなかった。

そんな事よりも、余は晴臣が居なくなった事の方が重大だったからだ。

「何故だ。何故だ晴臣、晴臣ぃぃぃぃぃぃ!!」

問いに答える者の居ない憤りを胸に、余は地面に拳を振り下ろすしかないのだった……

第197話　再会と依頼

神官さんから雪之丞さんが襲撃されたと聞いた僕達は、急ぎ村に戻って来た。

そして村の奥にある屋敷で予想外の人達と再会したんだ。

「リリエラさん!?　それにメグリさんにノルブさんも!?」

そう、そこに居たのは嵐で離ればなれになったリリエラさん達だったんだ！

「久しぶりねレクスさん。町の外に船が浮いてたからもしかしたらと思ったけど、やっぱりレクスさんだったのね」

「おひさ」

「お久しぶりですレクスさん、ミナさん！」

リリエラさん、メグリさん、ノルブさん達は落ち着いた様子で僕達に再会の挨拶をしてくる。

どうやら僕が改造した元海賊船を見て僕が居るのではと思ったらしい。

やっぱりあの船を目印に使って正解だったね！

あとはジャイロ君だけだ！

「キュウ！」

懐かしさに感動していたら、モフモフがノルブさんの足をポカポカと叩く。

「あっ、はい。お久しぶりです。モフモフさん」

「キュウ！」

ノルブさんから挨拶され、モフモフが満足気に頷く。

はははっ、仲間外れにされたと思って怒ってたんだね。

「久しぶりね」

「ミナも元気そう」

久々の再会に皆が笑顔になる。

「でも皆どうしてここに？」

元海賊船を追ってきたにしても、ここは内陸の地だ。

あの嵐から無事上陸した皆が行くとしたら、まずは海沿いの町や村だと思うんだよね。

「あー、それについてはこれから話すところだったのよ。この人達にね」

とリリエラさんが何故かうなだれている雪之丞さんと知らないおじさんを指さす。

「ええと、貴方は？」

僕が首を傾げながら聞くと、そのおじさんはあっ、と声をあげる。

「そーいや、お前等とはまだ挨拶してなかったな」

おじさんはよっこらしょと言いながら立ち上がると、自己紹介をしてきた。

「俺がこの国の帝だ。よろしくな異国の坊主達。お前さん達のお陰で色々と助かったぜ」

「おじ、貴方がこの国の帝!?」

この人が帝!?

将軍に政を任せて国を守る為の儀式をしているっていう?

「うっわ、全然そんな凄い人に見えないわ」

「どう見てもただの薄汚れた工房のおじさん」

「こらメグリ、本当の事でも言っちゃ駄目でしょ!」

「いや、そっちの方がひどくないですか?」

驚いたのは僕だけではなかったみたいで、皆も思わず帝を見た感想を口にしてしまっていた。

「はっはっはっ、ちげぇねぇ！　俺も帝なんてガラじゃねぇからなぁ！」

幸いにも帝は気さくな人だったらしく、僕達の失礼な発言を笑って許してくれた。

「あはは……すみません」

「気にすんな。とはいえ、ノンビリ世間話をしている暇もねぇ。お互いに知っている事を教え合おうじゃねぇか」

「あっ、はい」

改めて挨拶が終わると、僕達は腰を落ち着けて互いに挨拶を始める。

なぜか雪之丞さんはぼーっとしたままだったので、帝が代わりにコイツは将軍の息子だって紹介していた。

そして僕達はお互いが離れていた間の出来事を説明する。

ミナさんが雪之丞さんを助けた事、そして筆頭家老が裏切り雪之丞さんが次期将軍として襲名する為の儀式を受けにこの村に来た事を説明した。

「で、この村の近くで暴れる魔物達を退治していたらモフモフとも再会したって訳だよ」

「キュ、キュウー！」

モフモフもそうそうと興奮気味に頷いている。

僕達と離れ離れになってさみしかったんだね。

ヨシヨシ、もうさみしくないよ。

もう大丈夫だよと伝える為にモフモフを抱き上げ、頭を撫でてやる。

「キュ、キュウウウウ!?」

するとモフモフが目を大きく見開いて体を震わせ……

チョロチョロチョロ～

「あっ」

モフモフが弛緩しきった顔でオシッコを漏らしてしまった。

どうやら森の中に一人で暮らすのは相当に心細かったみたいだね。

これは暫くの間スキンシップを密にしてあげないといけないね。

そして僕達が村を出ていた間に起きた事を帝が話してくれた。

「って事があって晴臣が魔人と手を組んでいた事が分かったわけだ」

「っ！」

晴臣さんが魔人と手を組んでいたと言われ、雪之丞さんが肩を震わせる。

そうか、晴臣さんの姿が見えないと思ったらそんな事が起きていたんだね。

「しかし参ったぜ。魔人が入ってこれない様に結界が張ってあったってのに侵入を許しちまうとはな。しかもマジックアイテムの鍵まで奪われちまった」

帝は情けねぇと言いながら乱暴に頭を掻く。

大切な鍵を奪われた事がよほど悔しいみたいだ。

「じゃあ次は私達ね」

話題を変える意味も込めて、リリエラさん達がこれまでの事を話し始めた。

「私とメグリはこの国で商人の護衛や賞金稼ぎみたいな事をしながら皆を捜していたんだけど、その途中で盗賊に襲われているこの国の貴族を助けたのよ」

「貴族ですか？」

「ええ、その人は自分の事をこの国の筆頭家老と名乗ったわ」

あれ？　筆頭家老って確か……

「貴様等山桜小路の手の者かっ!?」

すると筆頭家老という言葉に反応して呆けていた雪之丞さんが復活した。

ああそうそう、そんな名前だったよね。

確か将軍を殺して雪之丞さんを狙っている人の筈だ。

まさかリリエラさん達がそんな人と接触していたなんて驚きだよ。

「貴様等も余の命が狙いか！」

雪之丞さんは後ろに飛び退くと、剣を抜いて鬼気迫った表情で構える。

「落ち着きなさいって。私達は貴方の命の恩人なのよ」

「どうせ余を油断させる為の罠なのだろう！」

リリエラさんは敵じゃないと言うけれど、今まで追手に襲われ続けてきた雪之丞さんは信じられないみたいだ。

僕達はリリエラさん達がそんな事をする人じゃないと知っているけど、それでもどんな事情で筆頭家老側に付いたのかは気になるところだ。

「落ち着け雪之丞。お前を殺すつもりならあの魔人共と手を組んで襲ってきた筈だ」

「そ、それは……」

そんな風に興奮していた雪之丞さんだったけど、帝に窘《たしな》められて僅かに切っ先が下がる。

「悪かったな嬢ちゃん。続きを話してくれるか？」

「冷静な人が居て助かったわ」

帝に促されリリエラさんが続きを話しはじめる。

「貴方狙われてるって言ったけど、筆頭家老、山桜小路さんの話じゃそれ誤解みたいよ」

「誤解だと？　余を襲っておきながらか!?」

これまで襲われ続けてきたのに、それが誤解だと言われて雪之丞さんが再び怒りを見せるが、それをミナさんが窘める。

「だから落ち着きなさいって。最後まで聞いてから判断しなさいよ」

「む、むぅ……分かった」

「じゃあ続けるわね。さっきも言ったけど、山桜小路さんは私達が通りかかった時に盗賊に襲われていたの。でもそれは盗賊に扮した刺客だったのよ」

「刺客ですか？」

「そう。影武者を経験した事のある私には本物の盗賊とそれに変装した刺客の違いが分かる」

とメグリさんが実体験から盗賊の正体が刺客だったと太鼓判を押す。

「ま、待て！　山桜小路が刺客に襲われていた!?　どういう事だ!?　襲ってきたのは奴の方だぞ!?」

しかしリリエラさんは雪之丞さんの説明を求める言葉を無視して言葉を続ける。

「山桜小路さんは命の恩人である私達に礼をしたいと言って屋敷に招待してくれたわ。そして仕事を頼んできたの。この国の次期将軍である陽蓮雪之丞って人の護衛を」

「余の護衛だと!?」

敵だと思っていた相手が刺客に襲われていて、更に自分の護衛を依頼していたと聞いて雪之丞さんがパニックを起こす。

部外者の僕達でも混乱するんだから、騒動に巻き込まれている本人である雪之丞さんはもっと訳が分からないよね。

「あのオジさんはこう言ってた。将軍を襲った賊の狙いはこの国の将軍を襲名する為の鍵。それが何かを知っているのは将軍と帝のみ。筆頭家老である自分を頼らず逃げると言う事は賊は貴方が自分よりも信頼する人間の可能性が高い。そして貴方とオジさんを分断し将軍襲名の瞬間を狙って鍵を奪うつもりだろうって」

メグリさんが雪之丞さんを狙う真犯人は雪之丞さんの身内だと告げる。

そしてここまで生き残った雪之丞さんの仲間はたった一人。

つまりは晴臣さんの事だ。

「まさか、余を襲った刺客も晴臣の仕業だったと言うのか!?」

雪之丞さんが信じられない、いや信じたくないと体を震わせながら叫ぶ。

でも晴臣さんが魔人と手を組んでいたのなら、それは事実なんだろう。

「山桜小路さんは自分達が助けに行きたかったみたいなんだけど、刺客が強すぎて自分達の身を守るので精いっぱいだと言ってたわ。何人か腕利きの護衛を貴方に送ったみたいだけど、その人達は全員合流する前に全滅したんですって」

「それで刺客をあっさり倒した私達に貴方の護衛をしてほしいと頼まれた」

「で、私達がこの村にやってきたら丁度貴方が魔人に襲われてたって訳」

これで話はおしまいとリリエラさん達は説明を終えた。

「成る程ねぇ、それは凄いタイミングにやってきたもんだわ」

本当にギリギリのタイミングで合流出来た事に、ミナさんが軽くため息をつく。

晴臣さんは僕達が雪之丞さんから離れる機会を窺っていたんだろう。

そして魔物を退治する為に村から離れた瞬間を狙って雪之丞さんを襲った。

「多分魔人が村に入る事が出来たのは、晴臣さんが何らかのマジックアイテムで手引きしたんだと思います」

多分それが正解だろう。

結界がいかに強固でも、中に入ればそれを崩す方法が無い訳じゃない。

リリエラさん達の到着が間に合わなかったら、本当に大変な事になっていた所だよ。

「ところでノルブの方は？」

と、話が一段落した所で今度はノルブさんに何故ここに来たのかとミナさんが問う。

「あっ、はい。僕は海沿いの町にたどり着いたので、とりあえず助けた海賊は町の衛兵に任せて皆を捜す事にしました。道中情報収集を兼ねて傷ついた人や病で苦しむ人を救いながら移動していたんです」

なるほど、僧侶のノルブさんらしいね。

人助けをしながら情報収集というのは上手いやり方だと思うよ。

「そうやって治療を続けていたら名前が広まったらしく、この藩を治める藩主様から娘さんの治療を頼まれたんですよ」

「「「娘さんの治療？」」」

そしたら何故かミナさん達が声を揃えて首を傾げた。

「え？　あ、はい。そうですが」

なぜか女性陣が集まってボソボソと話しているけど、どうしたんだろう？

「娘ねぇ」

「なんか誰かを思い出す」

「そういやあのバカどこほっつき歩いてるのよ」

「え、ええと、それでですね、藩主様の娘さんを助けた褒美として皆さんを捜す手伝いをしてもらえる事になったんですけど、自分の治めるこの村が魔物の群れの襲撃で負傷者が多い為、治療を頼みたいと依頼を受けたんです」

ああ、僕達が討伐した魔物の件だね。

あの魔物のお陰でモフモフとも合流出来たし、意外とあの魔物の群れは僕達に幸運を運んできてくれたのかもしれないね。

「それでこの村にやって来たと」

「そういう事です」

「まさかこうも都合よく人が集まるなんてねぇ」

「まだ一人合流してないけど」

あっ、そういえばジャイロ君がまだ合流してないんだよね。

一体今頃どこにいる事やら。

◆ジャイロ◆

「じゃあなお姫さん」

とある城のお姫さんを狙っていた魔物をぶっ倒した俺は、兄貴達と合流する為に城を出ようとする。

だがそんな俺の背中にお姫さんが抱き着いてきて、行かないで欲しいと懇願してきた。

「お待ちをジャイロ様！　どうかこの城に残ってはくださいませんか？　あの恐ろしい魔物をたった一人で討伐したジャイロ様はこの国の英雄です。私の家臣に、いえ私と共に生きて欲しいのです！」

俺はそっとお姫さんの頭を撫でると、なるべく優しく聞こえるように告げる。

「悪いな。俺には仲間が居るんだ。ここには留まれねぇよ」

それに兄貴達に繋がる情報も手に入れたから、のんびりしていられねぇしな。

早く行かなきゃ別の場所に行っちまうかもしれねぇ。

「そんな……」

「大丈夫だって。もうアンタを襲う悪党は居ねぇ。もしそんな奴が居たら、また俺がぶっ飛ばしてやるよ！」

「また、守ってくださるのですか？」

「ああ、任せな！」

ポンポンと頭を撫でてやると、ようやくお姫さんは納得したのかそっと手を離した。

「きっと私では貴方を独占する事なんて出来ないのでしょうね。お引き止めして申し訳ありませんでしたジャイロ様」

「じゃあなお姫さん！」

「うっ……お気を付けて、ジャイロ様……」

城を出た俺は城下町を進み次の町へ向かう。

「ジャイロ様！」

「魔獣殺しのジャイロだ！」

「たった一人で一〇〇〇体の魔物を返り討ちにしたジャイロだ！」

町を歩くと、そこかしこから知り合った連中が声をかけてきた。

この町に滞在してた時に助けた奴等が俺の顔を見て外に出て来る。

つーか一〇〇〇体は言い過ぎだって。

「そんな荷物持ってどこ行くのよジャイロさん!?」

馴染みの茶屋のねーちゃんが荷物を背負って歩く俺に目を丸くしながら聞いてきた。

「おう、お姫さんを狙うクソッたれの魔物はぶっ飛ばしたかんな、そろそろ旅に戻るわ！」

「そんな！　行かないでジャイロさん！」

「そうよ、この町で暮らせばいいじゃない！」

「この町の人間は皆アンタに助けられたんだ。アンタが異人でも誰も気にしたりしねぇよ！」

俺が旅に戻ると聞いて、町の連中が引き留めてくる。

へへっ、こういうのも悪い気分じゃねぇな。

けど俺にはまだやる事がわんさかある。

仲間と合流して依頼をこなし、Sランク冒険者になって兄貴に追いつかねぇといけねぇからな！

「悪ぃな！　やる事があるんだわ！　じゃあな皆！」

「「「ジャイロ様～！」」」

皆が涙を浮かべながら俺を見送ってくれる。

まったくこの町の連中は涙もろくていけねぇ。

俺までしんみりしちまうじゃねーか。

「……たった数日居ただけなのに、なんでこんなに女の子を助ける事が出来るんですかねぇ、この坊ちゃんは」

なぜか子分になった海賊がそんな事を言いながらため息をつく。

「つーか坊ちゃんはやめろって」

◆

「……なんかあのバカはもう戻ってこなくていい気がしたわ」

「え？　何です急に？」

突然ミナさんが不機嫌な顔をして奇妙な事を言い出したので僕等はびっくりしてしまった。

ジャイロ君が心配過ぎて不安なのかな？

第198話　棄てられた名と災厄の目覚め

「帝様……由芽の方とは一体誰なのですか？」

再会した仲間達と一通りの事情説明が終わった後で、雪之丞さんがそんな事を呟いた。

「む、ああ……」

けれどそれを聞かれた帝はなんとも言いづらそうな感じだ。

「晴臣が言っていた正妻とはどういう意味です？　父上の正妻は余の母上ではないのですか!?」

雪之丞さんの切実な声に、帝が唸る。

「……はぁ、これも将軍家の業って奴か」

大きくため息をつくと、帝は観念したように事情を話し始めた。

「この国の将軍であった陽蓮夏典にはな、かつて由芽の方という正妻が居たんだ」

「居た？　つまり昔の話なの？」

僕達が感じた疑問をミナさんが代表して聞くと、帝は静かに頷いた。

「そうだ。由芽の方の名はある事件が原因で彼女が輿入れしてきた東郷家の名と共にこの国の歴史から抹消された」

「歴史から抹消された!?」

いきなり物騒な話になって、僕達は困惑する。

貴族の家が歴史から抹消されるだなんて、そうとうな大事じゃないの!?

「そして将軍と由芽の方との間には一人の子が居た。それが雪之丞、お前の兄陽蓮春鶯だ」

「晴臣が、余の兄!?」

立て続けに明かされる真実に、雪之丞さんが動揺の声を上げる。

「ま、まことに晴臣が余の兄なのですか!?」

「事実だ。奴の本当の名、春鶯の名には将軍の直系の子だけが名乗る事を許される季節の名が入っているだろう?」

確かに、晴臣さんの本名は春鶯、春の名前が入っているね。

でもこの国の名づけにそんなルールがあったなんて知らなかったよ。

「晴臣が本当に余の兄……で、ですが何故晴臣は余を裏切ったのです!?　そもそも父の正妻は余の母上の筈!　何故名を消されたのですか!?」

帝は知らないままでいた方が良い事もあるんだがなぁと言いながら、ゆっくりと事情を話し始めた。

「それはな、東郷家が謀反を行ったからだ」

「謀反!?」

まさかの謀反発言に、雪之丞さんが目を丸くする。

とはいえ、謀反は僕の前世や前々世でもそれなりにあった。

間違っても家の名が消されるような事じゃない。

一体何が起きてそんな事になったんだろう？

「そ、そんなまさか!?　わが国ではここ数百年将軍家に反旗を翻すような争いは起きてない筈です！」

数百年も!?　それは凄い！　普通数百年もあれば、謀反の一つや二つ起こるものだと思うんだけど。

というか、下手したら国が滅びていてもおかしくない年数だよね。

それがそんなに長い間起きないなんて、この国はよっぽど平和な国なんだなぁ。

「表向きはな。だが実際には謀反は一度や二度じゃなく起きているんだ」

と思ったら、どうやらそうではないみたいだった。

「この国にとって最も重要なのは、マジックアイテムを使って天峰の地を安定させる事だ。その為魔道具運用の不安要素になりかねない出来事は可能な限り減らしたい。だから国を揺るがすような事件には絶対に関わりたくないと思わせるような厳罰が必要だったんだよ」

「それが名を消すって事？」

「そうだ。この国の武家だけじゃなく、他国の貴族にとっても家を残す事は最も優先するべき事柄だ。爵位を没収されるような事態に陥ったとしても、家の名と一族の血さえ残っていれば、いつか家を復興させる事が出来る」

しかし、と帝は言葉を切る。

「この国で反乱を行った場合はそんなもんじゃすまない。反乱を行った家の者は直接参加していなかったとしても、一族全て処刑され、家の名も国の歴史から削除される。運よく一族の生き残りが居たとしてもソイツはどんな大手柄を立ててもお家の再興は許されない。何しろ歴史から消された家だからな。無い家の復興は出来ないって寸法だ。もちろん一から新しい家を興す事も許されない」

なるほど、確かに一族を残す事を最も大切に考える貴族からすれば恐ろしい罰だね。

失敗イコール未来永劫一族の名が抹消されて再興を望めないなら、よほどの自信が無い限り反乱を行う事は出来ないだろう。

そんな事情があるなら、他の貴族、弱小だけでなく中堅貴族でも反乱に手を貸す可能性は少なくなる。

場合によってはこれ幸いと協力するフリをして情報だけを得れば邪魔な他家を消す事だって出来る。

貴族の数が減れば、その貴族が担当していた役職や領地に空きが出るしね。

「将軍と由芽の方の間に子が生まれてしばらくした頃、東郷家が将軍家に反旗を翻す準備をしていると言う情報が入った。それを聞いた将軍は不自然に思いながらもまずは調査をする事にした。何しろ東郷家は自分が送り込んだ娘が将軍の正妻に収まり、更に子供まで生まれたんだ。まともな人間なら反乱など起こす訳がない」

「それは確かに」

皆がそれはそうだと頷く。

送り込んだ娘が次期将軍の母になるなら、その家は天峰の国にとって重要な家になるのは間違いない。

その辺りは僕達の国も同じだからね。

だからこそ将軍も不可解な謀反に首を傾げたんだろうね。

「で、では、東郷家が潰されたという事は、実際に反乱が起きたのですか？」

雪之丞さんの質問に対して、何故か帝は首を横に振る。

「いや、反乱は起きなかった。正しくは反乱が起きる前に証拠の品が見つかったんだ」

「証拠の品？」

「そうだ。密告された東郷藩内にある幾つもの倉庫や廃墟から大量の戦闘用マジックアイテムが見つかったんだ」

「「「魔道具「マジックアイテム」が!?」」」

「ああ、平時ならありえない量のマジックアイテムは、東郷家が反乱を画策している確たる証拠となった。どうやら相当量のマジックアイテムが揃えられていたらしくてな、とても道楽で集められるような量じゃなかったそうだ。どう考えても戦の為に集められたとしか思えない量。だが数百年もの間戦が起きていないこの国で行うなら、それは反乱以外にありえんと将軍と家老達は判断し、東郷家の抹消を決めるに至った訳だ」

そこまで言い終えると、帝は大きくため息をついた。

なるほどね。確かに隣国との戦争の心配のない島国の一領主がそれだけ大量のマジックアイテムを持っていたら疑われて当然だ。

しかも一領主が国を相手取って勝ち目がある程の性能となれば謀反の情報はほぼ真実と思われるだろう。

なにせ前世でもたった一個のマジックアイテムが国をひっくり返しかねない大惨事を引き起こした事もあったもんなぁ。

あっ、僕の作ったマジックアイテムの話じゃないからね！

「そうした事情があって、由芽の方は名を消され雪之丞の母が正妻になったという訳だ」

「そんな事が……」

自分の母親の前に将軍の正妻が居た事実と、その人が歴史から抹消された真相を知って雪之丞さんは何とも言えない顔になる。

「あれ？　でも反乱を起こしたら直接反乱を起こした人間でなくても関係者なら処刑されるんですよね？　その晴臣という方は何故生き延びる事が出来たんですか？」

ふと疑問に思ったらしいノルブさんが晴臣さんは何故生きているのかと首を傾げる。

確かにそうだ。

帝の言う通りなら晴臣さんは今頃生きていない筈。

「まぁ実際、周りからも殺すべきだと散々家臣達に言われたみたいだぜ。生かせば悪しき前例を作るってな。実際の所は自分の娘を正妻にねじ込んで、新たな次期将軍の母にしたいっていう打算からだろうが、それでもこの国の安寧を守る将軍家として家臣に弱みを見せるわけにはいかん。上が決まりを守らにゃ部下に示しがつかんからな」

あーやだやだ、と言いながら帝がこの国の武家達のドロドロとした話に嫌そうな顔をする。

本当にこの人は政治に興味がないんだなぁ。

「とはいえ、将軍も人の子だ。我が子を殺すのは忍びなかったんだろうさ。同じ時期に死んだ赤子を自分の子の身代わりとして墓に埋め、密かに我が子を逃したんだよ。次期将軍として与えられた春の鶯（王）の名を晴（春）臣と変えてな」

「だから晴臣は余の臣ではないと言ったのか……」

晴臣さんに何か言われたんだろう。

雪之丞さんが彼から言われた言葉の真意を知ってまたうなだれる。

「でもなんでそんなに詳しいんですか？　歴史から抹消するような出来事だったんですよね？」

うん、そうなんだよね。

何でこの人はこんな僻地に住んでいるのにこんなに事情に詳しいんだろう？

「ああそりゃ簡単だ。将軍の野郎から直接聞いたからな」

「父上から直接!?」

「おう。アイツはこの国の実質的な王だからな。下手な奴に弱音は吐けねぇ。だがこの国の象徴にして政治とは切り離された帝の俺なら、アイツも安心して愚痴を言う事が出来るって訳だ。適当に将軍の責務をでっち上げて来ちゃあよく愚痴を聞かされたもんだぜ」

なるほど、直接本人に教えて貰ったから知っていたんだね。

「だが晴臣の奴はどこでそれを聞いたのやら。将軍はあの件について箝口令を敷いたと言っていたし、赤子もこの村を介して複数の人の手を通し最終的に縁遠い家に預けた。だから将軍の子とは気づけない筈なんだがな。まぁ人の口に戸は立てられん。誰かが晴臣が生きている事を察して執念深く追い続けたんだろうさ」

そしてその情報を魔人が利用したんだろうと帝は言う。

「さて、晴臣の話はそれで終わりだ。寧ろ俺達としてはここからが本題だ」

「……マジックアイテムの事ですね」

「そうだ。晴臣と魔人はもう一つの鍵を持ってアマツカミ山に向かった。鍵は登録者が死ぬとロックが解除され次の主と契約出来るようになる。つまり将軍が死んだ今、晴臣でも契約は可能って訳だ」

「魔人が契約する可能性もあるんじゃない？」

「その心配はない。魔人の存在が当然だった時代のマジックアイテムだ。悪用されないように人間にしか使えないようになっている」

なるほど、それなら最悪の事態は避けられそうだね。

でもそれこそが魔人が晴臣さんと手を組んだ理由なのかもしれない。

自分では動かすことが出来ないから、晴臣さんを介して国を守っていたマジックアイテムを制御したいと。

「マジックアイテムはアマツカミ山の火山エネルギーと霊脈のエネルギーの二つを利用して動いている。あそこは活火山と霊脈が交差するこの国で一番危険な場所だが、エネルギーを確保する上では一番理想的な場所でもあった訳だ」

「なるほど、災害のエネルギーを別の災害を抑える為のエネルギーとして利用しているんですね」

「そういうこった。逆に言えば、国一つを幾多の災害から守る為にはそれだけの膨大な力が必要だったって事でもあるんだがな」

へぇ、面白い考え方だなぁ。僕だったら原因を解決するか、災害そのものを直接消す方向で考えたと思う。

恐らく帝のご先祖様はエネルギーの再利用に重点を置く技術者だったんじゃないかな。

将来子孫がこのマジックアイテムをさらに国の発展の為に活用してくれる事を期待して。

「だがまぁ、近頃はマジックアイテムも不安定でな。整備は定期的に行っていたが、それでもこの国では手に入らん素材や、起動したままじゃ修理出来ない箇所があったんだ。それに加えて大量の魔物が村の周辺をうろついていた事でここ最近は整備も滞っていた。おまけに魔人に鍵が奪われたとあっちゃあ何時何が起きてもおかしくない」

帝が苛立たし気に頭を掻きながら悔しそうに言う。

「マジックアイテムももう寿命が近いのかもしれん。いままではなんとか出来る事をやって来たが、道具はいつか壊れるもんだ。だがせめて取り返しがつかなくなる前になんとかもう一度メンテナンスをして海の災害を鎮めたい。そして一人でも多くの天峰の民を国外に逃がしてやりたいんだ」

帝が真剣なまなざしで僕達を見る。

そうか、帝の望みは国民の脱出だったんだね。

でもそれはとても大変な事だ。

国を失った人達が新たな故郷を得るには相当な苦労が待っている。

でもそうしなければいけないのがこの国の実情なんだろう。

「頼む、マジックアイテムの鍵を取り戻してくれ。マジックアイテムが魔人に壊される前にもう一度メンテナンスをしたいんだ」

「分かりました！　僕達に任せてください！」

僕が答えると、皆も力強く頷いてくれる。

「さすがにここで抜けるのは後味が悪いしね」

「ええ、このままですと大勢の人が危険に晒されます。神に仕える者として見過ごせません」

「私達は筆頭家老のおじさんの依頼を受けているから、力を貸す」

「そうね、まぁ依頼を受けてないとしても、レクスさんが動くなら私も動くけど」

「キュッキュウ！」

モフモフも自分に任せろって言ってるみたいだ。暫く会わない内に頼もしくなったね！　よし、それじゃあさっそく出発だ！

と思って立ち上がったんだけど、そんな中雪之丞さんだけは無言でうなだれていた。

理由は……聞くまでもないよね。

敵に襲撃された中で最後まで守ってくれた晴臣さんこそが実は敵だったんだから。

しかも晴臣さんは雪之丞さんの実のお兄さん。

さらに言えばその実家は謀反を起こして歴史から抹消された家となれば、雪之丞さんがどうしたらいいのか分からなくなっても当然と言えば当然だ。

帝もその気持ちが分かるのか、どう慰めたものかと手を宙に漂わせていた。

皆も事情を聞いた事で雪之丞さんに無責任に声をかける事は出来ないとためらっている。

「ほらどうしたのよ雪之丞、アンタも来ないとマジックアイテムと契約出来ないわよ。将軍になるんでしょ！」

けれどミナさんだけはいつものように雪之丞さんをペチペチと叩きながら声をかけたんだ。

「いや、余は行かぬ方が良いのかもしれぬ」

「何言ってるのよ！　アンタがいかないとマジックアイテムが晴臣さんの物になっちゃうのよ！」

「……それで良いのではないか？」

「は？　何言ってんのよアンタ！」

うなだれたまま、雪之丞さんは吐き出すように言葉を紡ぐ。

「もともと晴臣が次期将軍だったのだ。それを余が奪ったにすぎん」

「しょうがないじゃない。あの人の実家が謀反を起こしちゃったんだから」

「だがそれは晴臣の罪ではない！　寧ろ幼子だった晴臣は被害者だ！」

それが一番胸を貫いた事だと言わんばかりに雪之丞さんが声を荒らげる。

「そもそも余はこの旅で何も出来なかった！　ただただ姫のように守られていただけだ！　将軍になりたいと言う思いも、将軍になる事が将軍の子である余の使命だと思っていたからに過ぎぬ！余はただ漫然と将軍になろうとしていたに過ぎぬのだ！　……そんな余が、兄から全てを奪った余がのうのうと将軍になれる筈がない……」

罪悪感、それが雪之丞さんを絶望させたものの正体だった。

自分の兄の家族を奪ったのが実のお父さんで、何の罪もないお兄さんから全てを奪ったのは自分だからと。

「そんな余などよりも、晴臣が将軍になった方がこの国は良くなるかもしれん」

そう、雪之丞さんは自嘲気味に笑う。

「それが！　どうしたぁぁぁぁぁぁぁっ!!」

そんな雪之丞さんに対し、ミナさんが思いっきり背中を叩いた。

「うごぁっ!?」

ドパァン！　と凄い音がして雪之丞さんが吹っ飛びながら地面に倒れる。

「なーにが晴臣が将軍になった方がこの国は良くなるかもしれん、よ!!　馬鹿な事言ってんじゃないわよ！　アンタ忘れてるんじゃない？」

「な、何をだ？」

「言われたんでしょ晴臣さんに。この国を亡ぼすって。自分から全てを奪ったこの国の全てをって。それってつまり、あの人はこの国を滅茶苦茶にしようとしてるって事よ！　そんな人が王様になって国民が幸せになれるとでも思ってるの!?」

「うっ」

あまりにも当然な言い分に雪之丞さんだけでなく帝も目を丸くしていた。

リリエラさんもちょっと驚いているけど、ノルブさんとメグリさんはちょっと嬉しそうと言うか楽しそうな感じで見ているような？

「良い？　アンタと晴臣さんの間に因縁があったのは仕方がないわ。でもそれは親同士のやった事よ。アンタ達には直接関係ないわ。そして晴臣さんはそれを怨んで復讐しようとしている。しかもこの国の人達全てを巻き込んで！　現にアンタの護衛や城の人達が襲われたのよ！」

「そ、それはしかし……」

「しかしもへったくれもないわ！　あの人は今悪い事をしているの！　そしてマジックアイテムを手に入れたらもっと多くの被害が出るわ！　だからあえて言うわ。将軍の子でも、春鶯から全てを奪った弟でもない、アンタ自身はどうしたいの？　何もかも見捨てて投げ出して国が亡ぶのを見たいの？　大勢の人が死ぬのを黙って見ているだけ？　アンタがなりたいって言った将軍ってのはそんな事を許しちゃうような王様なの？」

ミナさんは愚痴なんて聞かないと言わんばかりに雪之丞さんに畳みかける。

「答えなさい幸貴！　ただの一人の男として、アンタが信じる天峰の武人ってヤツの心意気を！」

そこで何故かミナさんは雪之丞さんを違う名前で呼んだ。

「っ!?」

けれどその名で呼ばれた事に何かを感じたのか、雪之丞さんが目を大きく見開いた。

「余は……余は……」

雪之丞さんが迷いを払うように顔を上げる。

「余の理想とする武士の姿は……この国の民の為に心を砕いてきた父上だ。将軍陽蓮夏典の姿だ」

ゆっくりと、けれど決意を込めた眼で立ち上がる。

「ミナよ、余は幸貴ではない。将軍陽蓮夏典の息子、陽蓮雪之丞だ。そして余は晴臣の、兄の凶行を許す訳にはいかん！　次期将軍として、この国の民を守るのが余の務めだ！」

肉親の情や罪悪感よりも、自分の受け継いだ役割を全うすると雪之丞さんははっきりと口にした。

「そう、ならそれでいいんじゃない？　アンタが自分の意思で決めた事ならね」

「うむ、しかしそなたは厳しいな。落ち込む暇もない」

と、憑き物が取れたように雪之丞さんが笑う。

「さすが村一番のガキ大将をぶっ飛ばしてお説教をしたミナ。相手の事情なんてお構いなし」

「ええ、お父上を亡くされてやけになっていた時のジャイロ君も、あんな感じで張り倒されていましたからね」

「おかげでジャイロはミナに頭が上がらない」

とメグリさん達が笑い声をあげる。

もしかしてミナさんって昔からこんな感じの姉御肌だったの？

「よーし、それじゃ魔人をぶっ飛ばしてマジックアイテムの鍵を奪い返したら、晴臣さんをとっつかまえてお説教するわよ！」

「うむ！　晴臣には罪を償わせる！　そのうえで余は晴臣に弟として向き合おう」

「ええ、頑張りなさい」

決意を新たにした雪之丞さんを見るミナさんの目は優しく、彼の言葉を後押しする様に囁いたのだった。

◆春鶯◆

「おお、これがこの国を支配する魔道具か！」

目の前に鎮座する巨大魔道具を見上げながら、俺は我知らず笑みを浮かべる。

ここはアマツカミ山の麓にある洞窟の中。

結界によって守られたこの国の真の中枢部。

「鍵のおかげでようやくここまで来れたぞ」

共にやって来た魔人が鍵を手に魔道具に近づく。

だが魔道具に触れようとした瞬間、魔人の手が激しくはじかれた。

「ぐわぁっ!?」

魔人の腕がズタズタに引き裂かれ、その腕から大量の血が流れる。

「くっ、入り口だけでなく、魔道具そのものにもこれほどの対策がされていたか！」

魔人は忌々しそうに魔道具を睨むと、自分の腕に治療薬を振りかける。

そして手に持っていた鍵を俺に投げてきた。

「やはりお前の力が必要なようだ」

「うむ」

俺は鍵を手に再び魔道具を見上げる。

「ああ、遂にここまでやって来た」

鍵を握りしめながら、俺は初めて魔人と出会ったあの日を思い出す。

俺はとある貧乏武士の子として育った。

ただし実子ではない、どこかから連れてこられた得体のしれない子供として育てられた。

当然そんな子供を歓迎する家族はいない。

俺は義母と義兄に辛く当たられた。

義父も俺を育てる義理こそあれ、義母達の振る舞いを直そうとはしなかった。

何故俺だけがこんな目に、と下男の様な生活を強いられながら俺は鬱屈とした日々を送っていた。

そんな時だった。

俺の本当の父親を知ると言う男が訪ねてきた。

男の正体は人間に化けた魔人だった。

俺は驚いた。物語にしか存在しない魔人が実在していたのだから。

そして魔人は俺に全てを教えてくれた。

「お前はこの国の将軍の息子だ。だが政争に負け、お前を残して一族は滅んだ」

更に魔人は言った。俺には腹違いの弟がいると。

そしてソイツは俺が得る筈だった全てを与えられヌクヌクと暮らしていると。

許せない。そう思った。

まともな教育を受けられなかった俺には政争という言葉の意味も分からなかったが、それでも自分は虐げられ、血の繋がった弟が全てを与えられたという事は理解出来たからだ。

「お前が復讐を望むのなら手伝ってやろう。そして全てを手に入れ……いや取り戻すが良い。本当ならお前が手に入れる筈だったモノをな」

魔人の言葉がどこまで信じられるのか分からない。

何しろコイツ等は我等人の敵だ。

それが善意で真実を教えてくれたとは思えぬ。

何か裏があるに決まっている。

だがそれでも、魔人の言葉は俺にとって希望だった。

なにせ今の俺には何もないのだから。

金も、飯も、温かな愛情も、何もない。

あるのはただ厄介者を厭う蔑みの目だけだ。

「力をくれ。お前達が何を企んでいようが知った事じゃない。俺が奪われた全てを取り戻し、俺から奪った奴らの全てを奪う為に！」

ニィと魔人が笑みを浮かべる。

「それでいい。俺達を信じる必要はない。俺達はお互いに利用し合えばいいのだ」

こうして俺は国を捨て、魔人と手を組んだ。

そして魔人によって義理の家族は家ごと焼き払われ、俺は魔人の伝手でとある高位武士の養子となった。

そしてその家で俺は今まで学ぶ事が許されなかった武士としての教育を受けた。

それは苦しく厳しい日々だった。

他の武家の子がもっと幼いころから学ぶ教育を、まだ成人前だったとはいえ成長した後で受けたのだから。

だが俺は歯を食いしばってその教育に耐えた。

全ては将軍家に復讐する為。

そして俺を押しのけて全てを手に入れた雪之丞に絶望を与える為に！　そして鍵を手に入れる為、魔人の伝手を利用して城に仕官した。

ここまで事が上手くいったのも、魔人が今日という日の為に変身魔道具で人間に化けて伝手や弱みを握って来たからだという。

ある意味では俺もその伝手の一つになる訳だが、どうせ利用しているのはお互い様だ。

せいぜい利用させてもらおう。

先行して城に潜り込ませた密偵と魔人の用意した魔道具があれば将軍の暗殺は容易だった。

だが鍵の正体が分からない為、目的を将軍の息子である雪之丞に絞った。

護衛役となる事で雪之丞の信頼を得ながら、鍵が渡されるであろう成人の時を待つ。

そして雪之丞の日々の生活を将軍に報告しながら辛抱強く鍵を与えたのかどうかの情報を探った。

正直俺を捨てた男と俺から全てを奪った男の間を取り持つ役目は、ハラワタが煮えくり返る思いだった。

今すぐにでもコイツ等を殺してやりたいと思いながら、俺は耐え続けた。

幸か不幸か、そんな辛抱の日々を続けた事で将軍は俺を信用した様だった。

お陰で雪之丞の事を聞く際には護衛の数が目に見えて減っていったのだ。

代わりに今度は将軍から親として振舞えぬ難しさなどという忌々しい話を延々と聞かされ続ける事になったのは本当に苦痛だったが。

しかしその甲斐はあった。

ある日遂に将軍が口を滑らせたのだ。

将軍襲名の為に必要なモノは息子に与えた。これでいつ自分が死んでも大丈夫だと。

ようやく望む言葉が聞けた俺は、その日の晩に将軍を暗殺した。

将軍を殺した罪を筆頭家老に押し付け、雪之丞には逃げるように促した。

俺を信じ切っていた雪之丞はあっさりと信用した。

正直楽しくて仕方がなかった。

これまでの憎しみが全て報われた瞬間だった。

俺は内心で雪之丞の愚かさを嗤いながら、追手に偽装した部下達に雪之丞の護衛を殺させた。

途中妙な連中の邪魔が入ったが、結果を見れば上々の出来だ。

転移魔道具で魔人を村の中に引き入れ、魔道具の鍵を奪う事が出来たのだからな。

欲を言えばあの場で雪之丞を殺せなかった事が惜しいくらいか。

「さぁ魔道具よ！　俺を将軍として認めろ！」

鍵をかざしながら、俺は魔道具に触れる。

「おお!?」

すると魔道具と鍵が淡く輝きながら、互いを光の線で繋いだ。

更に鍵の光が俺の体を包みこんでゆく。

「こ、これは？」

「心配はいらん。魔道具と鍵がリンクし、お前を主として登録しているのだ」

「遂に、遂に俺が魔道具の主になるのか！」

光が俺の全身を完全に包み込み終えると、鍵と魔道具は輝きを薄れさせ、互いを繋いでいた光の線が途切れた。

「登録が完了したようだな」

「おお、これで俺がこの国の真の王となったのだな！」

「さぁ、魔道具を操作してみろ。ふむ、ここまで強固な使用者登録をする魔道具だ。スイッチやレバーが見あたらない事から言っても使い手の思念で動かすものだろうよ。そこの大きな宝玉に触れて念じて見ろ」

「よ、よし。やってみよう」

俺は魔人の言う通り、魔道具の表面に見える宝玉に触れて念じる。

「愚かな者達よ、真の王が誰かを教えてやろう！　魔道具よ、その働きを弱めよ！　愚か者共に災害の恐怖を与えるのだ！」

そう念じると、魔道具から発せられていた光が弱まっていく。

そして同時に足元から鈍い震動が響いてきた。

そして震動は次第に大きくなってゆく。

「う、うぉぉ!?」

「どうやら魔道具の力が止まった事で、封じられた災害が蘇ったようだな」

やった！　魔道具が俺の言う事を聞いたぞ！

「ふはははははははっ！　遂にだ！　遂にこの時が来た！」

こみ上げる笑いを我慢する事が出来ず、俺は天に向かって叫ぶ。

「俺を捨てた事を後悔しろ将軍！　俺から全てを奪った報いを受けろ雪之丞！　俺を救わなかった全てよ！　お前達から全てを奪い取ってくれる！　真の将軍が誰か、思い知るがいいっ!!　はははははははははっ!!」

◆

雪之丞さんがやる気を取り戻し、さぁ出発だと外に出たその時だった。

凄まじい轟音と共に、アマツカミ山から真っ赤な火柱が上がったんだ。

「アマツカミ山が!?」

「「「ひぃぃぃぃぃぃぃっ!!」」」

突然の噴火に村の人達が悲鳴をあげる。

「なんてこった……アマツカミ山が噴火しちまった……」

「そ、そんな。アマツカミ山の火山の力は魔道具を運用する事で消費させていたのに……」

「間に合わなかったか……」

帝や神官さん達が絶望を顔に張り付かせて崩れ落ちる。

「終わりです、アマツカミ山が噴火してしまったら、もう魔道具を再起動させても……」

事情を知っている神官さん達はもうダメだと頭を抱えながら震える。

「いえ、まだです！　まだ間に合います！」

そう、まだだ。

まだ諦めるには早い！

「駄目だ、もうアマツカミ山は噴火しちまったんだ。こうなっちゃ魔道具を再起動させてももう間に合わん。かつての魔道具ならともかく、劣化した今の魔道具じゃ噴火している最中の火山の力を止める事は出来ない。静まっている時に力を吸い取るのと、暴れまわるのを抑えるのじゃ訳が違う」

「いいえ！　まだ火山が噴火しただけです！　だからそれを止めればいいだけです！」

「「は!?」」

事は一刻を争う。

僕は説明を後回しにして魔力を集中し、立て続けに魔法を発動させてゆく。

「ストリームコントロール！」

まず気流操作魔法で空に舞い上がった火山灰と岩石を一か所に集め地上にそっと下ろす。

「ボルカニックファンネル！」

次いで魔力で作った漏斗《じょうご》で火山内部のマグマ流を誘導する事で、アマツカミ山内のマグマがこれ以上外に出ないようにして噴火を止める。

「「お、おおおっ!?」」

「ブリザードコキュートス！」

更に広範囲極寒魔法で流れ出たマグマと火口のマグマを急速冷凍してマグマの流出と火砕流と森の火事を同時に阻止する。

「「「な、ななな!?」」」

「ウェザーコントロール！」

そして天候操作魔法で嵐を鎮め、天候を落ち着かせる。

「「「はぁーーーーーーー!?」」」

「グランドカルム！」

最後に大地を操作する事で近隣の地震を鎮めた。

「じ、地震が収まった!?」

「な、何が起きているんだ!?」

よし、これで応急処置は完了だね！　一通りの対処が終わった事で、僕はへたり込んでいる村の人達に応急処置を終えた事を告げる。

「とりあえずこれで火山の噴火は阻止しました。とはいえ一時的な処置なので、今のうちに環境保護マジックアイテムを魔人の手から取り戻す必要があります」

「「「は、はぁ……」」」

「そ、そうね、これでしばらく大丈夫そうだし、さっさと遺跡を取り返すとしましょうか！」

「……ん、魔人をやっつける」

「そ、そう！　大丈夫です。僕らにはレクスさんが居ますから！」

「……ま、待て、一体何が起きたのだ？　ど、どうやって災害を……？」

「いいからいいから。まずはやる事をやりに行くわよ！」

「う、うむ……？」

詳しい事情を聞きたがった雪之丞さんをミナさんが窘める。

うん、今はこの問題を解決するのが先だからね。

それにこれはごく普通の緊急避難用の一時的な災害鎮静化魔法だ。

恒久的に問題を解決する魔法じゃない。

「よ、よろしく頼むぞお前達……」

「ええ、任せてください！　じゃあ行こうか皆！」

「「「おおーっ!!」」」

「お、おおー？」

こうして、僕達は魔人との決戦の舞台へと向かうのだった。

「……正直今回は久しぶりにビビッたわ」

「ええ、レクスのとんでもなさにはすっかり慣れた気でいたけど、まさか自然災害まであっさり止めちゃうなんてねぇ……」

何だろう？　皆の様子がおかしいような？　この国を一大事から守る為の戦いに緊張しているのかな？

でも大丈夫だよ。皆は確実に強くなっている。

魔人がどんな卑怯な手段を取ろうとも、何とか出来るだけの力は備わっているよ！

◆帝◆

将軍の倅達が魔道具の安置されたアマツカミ山に向かって行く姿を、俺達は呆然としながら見送っていた。

「一体何者なんだあの坊主は!?」

噴火したアマツカミ山だけでなく嵐と地震まで鎮まっちまった。

実際にあの光景を見た今でも信じられん。

あくまで一時的な事だと言っていたが、人にあんな事が出来るものなのか……？

「まさか、あの方々は天峰を守護する神々の化身なのでは……」

傍で控えていた三郎の言葉にまさかと思いつつも、しかし俺はその言葉を否定する事は出来なかった。

何しろただの人間に火山の噴火を止め、空に舞い上がった噴煙を消し去り、あまつさえ大地の怒りを鎮めるなど出来る筈がないからだ。

「……」

あの坊主、いやあの少年達が何者なのかは分からない。

だが俺達は彼等が去っていった方角を見つめながら、自然と神々への祈りの姿勢をとり、深く感謝の念を捧げていたのだった。

第199話　聖域での戦い

「ここが魔道具の設置された聖域だね……」

村を出てアマツカミ山の麓へと向かった僕達は、魔道具の設置された聖域と呼ばれる場所へやってきた。

聖域の入り口はどちらかというと鉱山の入り口のようになっていて、入り口部分の壁には不思議な形をした赤い枠の様なものが半分埋まっている。

たしかこの国の神聖な場所に建てられる鳥居っていうシンボルだっけ。

「よし、行こう！」

坑道の奥へと進んでゆくと、そう時間を置かずに大きな広間へと出る。

飾り気のないその空間には濃密な魔力が満ち、その下には巨大なマジックアイテムが鎮座していた。

「あれがこの国を災害から守っているマジックアイテム」

あまりの巨大さに思わず声が漏れてしまう。

古代の東国の技術者達は、こんな大掛かりなものまで作ってこの国を守ろうとしていたんだね。

「晴臣……」

雪之丞さんの声に我に返れば、マジックアイテムの傍に見覚えのある二人の姿が。

晴臣さんと魔人の二人だ。

「ははははっ、遅かったではないか雪之丞」

二人は悪意を感じる笑みを浮かべていて、その表情からもマジックアイテムは既に彼等の支配下に置かれている事が察せられた。

「晴臣……」

雪之丞さんが一歩前に出て、晴臣さんに語り掛ける。

「お前は、何を求めて鍵を奪ったのだ！」

「何を……だと？　今更だな。お前に言った通り、復讐の為だとも。俺を捨てた将軍に、俺を救わなかった全てに。そして俺から全てを奪ったお前に絶望を味わわせる為だ！」

晴臣さんが憎しみのこもった眼差しを雪之丞さんに向ける。

晴臣さんの目的は徹頭徹尾、国と雪之丞さんへの復讐に向けられているみたいだ。

「既に魔道具は俺の意のままだ。手始めに魔道具の力を弱めてやった。早く俺を止めないと国中で災害が起こるぞ」

「晴臣、お主なんという事を！」

「ははははっ！　そうだ。その顔が見たかった！　お前の驚愕と絶望の表情がな！　だが言ったはずだ。俺の名は晴臣ではない。春鶯だ！」

晴臣さんがマジックアイテムに手をかざすと、マジックアイテムから発せられていたであろう濃密な魔力が弱まっていく。

そして遂に魔道具から完全に光が失われると同時に、魔力もまた霧散してしまった。

「これで魔道具は完全に機能を停止した。喜べ雪之丞。お前が来るのを待っていたのだぞ？　この国が取り返しのつかない災厄によって破滅する瞬間を見せてやる為にな！」

まるでその言葉に応えるかの様に地面が揺れ始め、獣の雄叫びの様な轟音と共に大地に亀裂が走る。

「な、なんという事を！」

揺れは次第に大きくなり、天井からもパラパラと土や石の欠片が降ってくる。

「ちょっ、このままだと生き埋めになるわよ！」

どうも聖域の内部は僕達の予想以上に脆かったみたいで、このままだとリリエラさんの言う通り崩壊してしまうかもしれない。

「すぐに魔道具を起動させろ晴臣！　このままでは共倒れだぞ！　それに魔道具が埋まれば再び起動させる事は出来なくなる！　そうなれば魔道具を使ってこの国を支配する事も出来なくなるぞ！」

雪之丞さんの言う通りだ。操作する事が出来なくなってしまえば、マジックアイテムを使って人々を従わせるどころか自らの命すら危なくなってしまう。

「はっ、貴様の指図など受けん！　それに困るのは貴様等だけだ」

「なんだと!?」

「魔道具は離れた場所に居ようと問題なく俺の命令を聞くように出来ているのだ。つまり魔道具が埋まってしまえば、俺を殺しても新たな主となる為の契約が出来なくなる！　しかも常に災害に襲われる状況ではたとえ聖域を掘り起こしても再び災害で落盤するのが関の山よ！　魔道具までたどり着くには何年かかる事だろうな？　それまでに何人の民が死ぬと思う？」

晴臣さんの言葉に魔人がニヤリと笑みを浮かべる。

どうやら魔人の入れ知恵みたいだね。

ただ魔人の言う事だ。その入れ知恵も本当かどうか分からない。

ならここは……

「貴様、民を人質に取るなどそれでも武士か！」

「その武士が俺をこんな立場に追いやったのだ！　さぁ、これ以上民に犠牲を出したくないのなら、跪いて命乞いを……」

けれど僕は最後までその言葉を聞く事無く魔法を発動させる。

「グランドカルム！」

「「むっ!?」」

攻撃をされたのかと思った晴臣さん達が身構えるけれど、何も起きない事に困惑している。

そう、何も起きないんだよ。

「地震は僕の魔法で鎮めたよ。お前達の野望はこれまでだ！」

「「……な、なにぃーっ!?」」

◆雪之丞◆

「「はぁーっ!?」」

「ば、馬鹿な！　人の身で災害を止めるだと!?　それも魔法で!?　ありえん！」

起こる筈だった災害がレクスの魔法によって鎮められたと言われ、晴臣達が驚愕の表情を浮かべる。

分かるぞ、余も驚いたからな。

だがお陰で安心して戦いに挑む事が出来るというものだ。

「さぁ、これでアンタ達の野望もこれまでね！　おとなしく捕まりなさい！」

ミナ達が武器を構えると、晴臣もまた剣を構える。

「待ってくれミナ！」

だが余はミナ達を制止する。

「雪之丞？」

「頼む、晴臣とは余に任せてくれ」

そうだ、晴臣とは余が決着を付けねばならん。

これは将軍家に生まれた余の使命なのだ。

「……ちゃんと責任とるのよ？」

余の頼みを聞いたミナはわずかに逡巡したが、結局は何も聞かずに受け入れてくれた。

まったくなんと良い女だろう。

将軍の子である余に臆する事なく意見を述べ、時にこちらを立ててくれる気遣い。

やはり余は彼女に惹かれておるのだろうな。

「……感謝する」

だが今は戦いの時、余計な事に気を取られている余裕はない。

すぐに意識を切り替えると、余は晴臣に向けて鍔を失った刀を突きつけた。

「晴臣！　決闘だ！」

「な、何っ？」

動揺しているところに突然決闘を申し込まれた晴臣が眉を顰める。

「余と決闘しろ晴臣」

「貴様、何を……言っている？」

「余が憎いのだろう？　ならば魔道具などに頼らず余と直接戦え！　戦って己の信念を貫いて見せよ！」

これは賭けだ。

一対一で戦う事で、晴臣の心を目覚めさせる為の！

「今まで俺に一度も勝てた事が無いくせに……良いだろう。その挑戦受けてくれる」

乗ってくれた！

やはり晴臣も武士であったか！

「余が勝ったら魔道具の鍵を返してもらう！　お主が勝ったならば余の命でも将軍の座でも好きにするが良い！」

「ほざいたな！　その言葉後悔させてやる!!」

晴臣が獰猛な笑みを浮かべる。

その顔には余を実力で叩き伏せる事が出来ると言う喜びに満ちていた。

だがそうはいかぬぞ！

「魔人よ、雪之丞は俺が殺す。貴様はあの異人共をやれ。特にあの小僧が死ねば災害を封じる手段も無くなるはずだ！」

晴臣もまた魔人に手出し無用と告げると剣を抜いて余と対峙する。

だがその戦いが始まる事は無かった。

「……いや、その必要はない」

「何？」

言葉を発したのは魔人だ。

「連中を真面目に相手にせずとも、こうすれば俺の勝ちは確定だっ！」

そう言って魔人が手にしていた小さな宝玉をかざすと、宝玉から強い光を発する。

「いけない！」

それを見たレクスが珍しく焦った声をあげる。

同時に魔道具から次々と爆発が起こる。

「なっ!?」

「やられた！　マジックアイテムに使い捨ての爆破用マジックアイテムを設置していたんだ！」

「その通りだ！　俺が何もせずお前達が来るのを待っていたとでも思ったか？　このチャンスを狙って爆破マジックアイテムを設置していたのだよ！　いかに外敵からの防衛能力が高くとも、機能を停止してしまえば身を守る術は無いからな！」

魔人による破壊はすさまじく、魔道具は無残に破壊されてしまった。

「ああっ！　マジックアイテムが！」

ああ、なんという事だ！　我が国を守って来た偉大な魔道具が……

「き、貴様何を……ぐふっ!?」

更に決闘に水を差された晴臣が怒りの声をあげようとした時、その腹を黒鉄色の腕が貫いた。

「は、晴臣ぃぃーっ!!」

晴臣の体が魔人によって貫かれ、真っ赤な血を吹き出しながら痙攣する。

「カハッ！」

「ははははははっ!!　魔道具さえ壊してしまえば、もう災害を止める事は出来ん！　小僧、貴様の魔法には驚かされたが、いかにその規格外の魔法といえど、災害を封じていられるのは一時的なものだろう？　永遠に災害を鎮め続ける事は不可能な筈だ！　だからこそこの国の人間共はここまで巨大なマジックアイテムを創り出したのだからな!!」

◆

なんて事だろう。魔人は晴臣さんを裏切ってマジックアイテムまで破壊してしまった。

魔人の狙いは最初から魔道具を奪う事じゃなく破壊する事だったのか！

「アンタ！　晴臣さんは仲間なんでしょ！」

ミナさんが魔人に向けて怒りの感情を向けるけれど、当の魔人はどこ吹く風で、愉快そうに笑みを浮かべる。

「ああその通りだ。この地の結界を無力化する為、そしてマジックアイテムの支配権を手に入れる為にわざわざ将軍家縁《ゆかり》の人間を陥れた甲斐があったというものだ」

「陥れた？　それってどういう……？」

「もしかして、東郷家が反乱を起こしたのは……！」

「察したか。その通り、東郷家の藩内にマジックアイテムを運び込んだのはこの俺だ！」

「なっ!?　東郷家の謀反が魔人の策略!?」

やっぱり。おかしいと思ったんだ。

あれだけ有利な状況で政争を勝ち進んでいた東郷家が、わざわざ反乱なんて起こすメリットは無いんだから。

「そして将軍の息子が生まれた時期を見計らってその情報を幕府に流したのだ。お陰で将軍は東郷家が反乱を行っていると勘違いし、東郷家を滅ぼした。たった一人の息子を残してな」

「なっ、お前が、俺の家族を……？」

衝撃の事実を聞かされた晴臣さんが、驚きに顔を歪ませる。

「そうとも。更に言えばお前があの家に押し付けられるようにしたのも俺の手はずだ。おかげでお前は良い感じに世の中を怨みながら育ってくれた。人類の敵である俺と手を組む事を厭わぬ程にならぁ！」

「外道……っ！」

メグリさんが不快感を隠しもせず顔を忌々し気に歪ませる。

「はははははっ！　だが約束は守ったぞ。この国を亡ぼす手伝いをするという約束はなぁっ！」

魔人が腹を貫いた手を引き抜くと、晴臣さんがドサリと地面に倒れる。

「この！」

「おっと」

リリエラさんとメグリさんが魔人に切りかかると、魔人はあざ笑うかのような軽やかな身のこなしで後ろに下がる。

「晴臣！　しっかりしろ晴臣！」

倒れた晴臣さんに雪之丞さんが縋りつく。

「僕が治療します！」

我に返ったノルブさんが急ぎ晴臣さんの治療に入る。

「くっ、傷が深い！　でも必ず僕がっ！」

僕も治療を手伝いたいけど……今はもっと優先しないといけない事がある。

「皆、僕はマジックアイテムを修理するから魔人をお願い！　ノルブさん、このポーションを治療の補助に！」

「任せて！」

「ええ、ぶっ飛ばしてやるわ！」

「仲間を裏切るのは許せない」

「助かりますレクスさん！」

僕の指示を受けた皆が、僕と魔人の間に立ちふさがる。

「マジックアイテムを修理するだと!?　そんな真似をさせるか！」

魔人がその手にいつもの赤黒い魔力光を集中させるけど、その前にミナさんの魔法が炸裂した。

「邪魔させはしないわよ！　ライトニングバンカー！」

あれはついこの間僕が教えた魔法だね。

高密度の魔力はたとえ魔人の肉体と言えど容易に貫くよ！

「ふっ」

けれど魔人はミナさんの魔法を避けるそぶりも見せずその身で受ける。

その刹那、魔人の鎧の胸元が開き巨大で真っ赤な目玉が姿を現したんだ。

「あれは！」

そして魔法が不気味な目玉にぶつかると、なんとそのまま目玉の中に吸い込まれてしまった。

「なっ!?　魔法が!?」

「ふふふ、ふははははははっ!!」

魔人が愉快そうに笑い声をあげる。

「驚いたか人間よ！　これぞ我がロストアイテムの力！」

「まさかこいつも全身にロストアイテムを!?」

「その通りだ！　同胞を倒した貴様等の戦いは見ていたぞ！　これは貴様等の魔法を無力化する封魔装備なのだよ！」

「封魔装備!?」

「ふはははは っ！　魔法を封じられれば人間など脆弱な肉の塊でしかない！　だが俺は同胞の様に油断はしない。ロストアイテムで肉体を限界まで強化し貴様等を確実に滅ぼしてくれるわ！」

「さぁ、今度はこちらの番だ！　そらそらそらそらっ!!」

いけない、魔人は皆の魔法を封じて僕らを一網打尽にするつもりだ。

強力な魔人がマジックアイテムの力で肉体を強化すればそれはかなりの脅威だ。

早くマジックアイテムを修理して僕も戦いに参加しないと！

「でもマジックアイテムの損傷が激しいし、これは修理に時間がかかるぞ」

魔人が設置した爆破マジックアイテムの場所はかなりいやらしく、的確にマジックアイテムの重要な部分を破壊していた。

「設計図もないから修理は無理か。となると一から作るしかないけど、そんな時間もない」

このまま災害が広がれば、この国が滅茶苦茶になるのが先だ。

今はまだ僕の魔法で土地を鎮静化しているけれど、この魔法は魔人が言った様にあくまで緊急避難用であって長くは保たない。

「だったら……！」

僕は意を決して作業の方向性を変える。

「完全な修理が無理なら、このマジックアイテムの残骸を流用して一時的に土地を鎮静化するマジックアイテムを作る！　これなら数日は保つ様になるからその間に魔人を倒して帝さんと一緒に改めて修理をする余裕が出来る筈！　何より、これなら術式を作るのに大した時間はかからない！」

すぐに魔法の袋から必要な素材を取り出し、加工していく。

更に部品の削り出しをしながら術式を同時進行で刻んでいく。

ちょっと仕事が粗くなるけど、それは後で治せばいい。

「よし後はここの術式を組んで……完成！　動けっ！」

魔力を込めて修理ならぬ改造を施したマジックアイテムを起動させる。

マジックアイテムが鈍い光を放ち、むき出しになったままの術式回路が動き出すと同時に、坑道内の揺れが収まって来た。

「よし、なんとかなった！　あとは魔人を……って、あれ？」

急いで皆の援護に向かおうと思ったのだけれど、そこで繰り広げられていた予想外の光景に僕は目を丸くしたのだった。

第２００話　男の決意

◆雪之丞◆

「ぅ……」

「晴臣！　しっかりしろ晴臣！」

どんどん血の気が失せていく晴臣に、余は必死で声をかける。

死ぬな！　こんな所で死ぬな晴臣！

「うぅ……」

ノルブの治療が功を奏したのか、晴臣が薄く目を開ける。

「晴臣！」

「俺は……？」

晴臣は何が起きたのか分からない様子で、周囲に視線をさ迷わせていたが、その目が破壊された魔道具を見た瞬間焦点が定まってゆく。

「ふ、ふはは……情けない……なんというザマだ……」

何が起きたのかを察したらしく、晴臣は壊れたように笑いだす。

「ようやく魔道具の支配権を手に入れ、俺から全てを奪った者達に復讐しようとした矢先にこの有様とは……利用しようとして利用されただけで終わったか」

「晴臣……」

余の声に気付いた晴臣が不思議そうな顔でこちらを見る。

「何故そんな顔をしている……？　何故そんな泣きそうな顔をしている？」

「分からん！　分からんのだ！」

「何……だと？」

「俺は……お前の父を殺した仇だぞ？　お前を殺そうとした敵なのだぞ……？」

「分かっている……分かっているが、分からんのだ……」

「大丈夫ですよ」

ミナの仲間のノルブと呼ばれていた男が、晴臣の傷口に治癒魔術の光を当てながら言う。

「貴方のお兄さんは僕が責任をもって治療します。だから、心配しないでください」

村で見た自信なげな振る舞いとは打って変わり、目の前の男は熟練の名医と見まごうような力強い眼差しで余に断言した。

「……っ、そうか。そうだったのか」

その言葉を聞いて、余はようやく自分の感情が何なのかを理解した。

全く以て察しが悪い。我ながら嫌になるくらい愚鈍な男だ。

なら余は何をしている?

武家の家に生まれた身にも関わらず、戦いもせず子供の様に騒ぎ立てていた。

これが、武士の振る舞いなのか?

「違う、余は武士だ」

己のやる事を思い出した余は、心に芯を通し立ち上がる。

「ノルブよ、晴臣の事を頼んだぞ!」

「はい、任せてください」

静かに、しかし力強い言葉でノルブが応える。ふふ、これが名医というヤツか。

心から安心したぞ!　そして晴臣に告げた。

「晴臣よ、分かったぞ」

「分かった……?」

「何故こんな気持ちになったのか、だ。単純な話よ。余はお主を『心配』していたのだ」

「な……んだと?」

晴臣が目を丸くして驚く。

ふふ、こ奴でもこのような顔をするのだな。

「そう、『心配』だ。理解してみれば実に単純な事よ」

「馬鹿か……俺はお前の親を……」

殺したのだぞと、そう言いたいのだろう。

「そうだ、仇だ。だが同時に血を分けた兄弟でもある！」

「……っ！」

「家族ならば……家族ならば間違いを正す事も、そして許す事も家族の役目だ！」

「っ！　……家族……だと？　俺と……お前が？」

晴臣は信じられない、信じたくないと驚きと拒絶の入り混じった複雑な顔になる。

「お主は認めたくないだろうが、それでも余にとっては血を分けた兄上なのだ。父上はお間違えになった。偽りの反乱を信じてしまい兄上から名を、家族を奪って追放した。だが家族なら、父ならば幼い兄上を遠ざけず抱きしめるべきだったのだ。たとえそれが兄上の身を案じての事だったとしても、家族であるのならそばにいて守ってやるべきだったのだ！」

ああ、言葉にすると実感出来る。

「それに晴臣だった頃からお主は余にとって兄のような存在だったのだぞ？　心配するのは当然であろう」

そうだ、忙しく中々会えぬ父よりも、余の護衛として傍で仕える事になった晴臣を……少なくとも余の方は最も近しい人間として見ておったのだ。

「もう遅いのかもしれぬ。取り返しがつかないのかもしれぬ。だが、それでも余はお主を守りたい。晴臣、いや春鶯よ、余がお主と父の罪と間違いを背負おうぞ！」

鍔を無くした刀を手に、余は魔人との戦いへと身を投じる。

「余は将軍を継ぐ者！　陽蓮雪之丞だ！　覚悟せよ魔人っ！」

「グワァァァァァァァッ!!」

「え？」

だが戦場へ足を踏み入れた余が見たのは、ミナ達の手でタコ殴りにされ宙を舞う魔人の姿だった。

「え、え？」

「魔法が通じないのなら、身体強化魔法で肉体を強化してぶん殴ればいいのよね！」

「マジックアイテムの魔法効果が通じなくてもレクス特製のマジックアイテムは凄く切れ味が良いから普通に切ればいい」

「私達は元々魔法が使えなかった訳だし、自身への攻撃補助である身体強化は普通に使えるんだから別に不利になった訳じゃないのよね」

「『そういう事』」

そんなおかしな理屈を言いながら、ミナ達が魔人を空高く舞い上げる。

「そ、そんなバカなぁぁぁぁぁ!!」

魔人の絶叫は、余の内心の声を代弁しているかのようでもあった。

三人の途切れる事ない連撃で魔人の脳天が天井へと叩きつけられる。

「グボァッ！」

ドサァッ‼　まるでボロ雑巾のような有様で地面へと墜落した魔人が、無残な姿で痙攣する。

「キュウ！」

さらにトドメとばかりに真っ白で奇妙な生き物がノシノシと魔人の背中に登り、その羽をモシャモシャと齧りだした。

「えー……」

父の死の原因であり、実の兄を陥れた憎き仇であるにも関わらず、そのあまりにも哀れな姿は、余の内に渦巻いていた怒りと憎しみをそっと鎮めていった。鎮めないと意気込んで戦いに赴こうとした余の方が挫けそうだった。

「……哀れな」

うむ、なんというか、相手が悪かったのだなコレは。

「ふぅ」

戦いともいえぬ圧倒的な蹂躙を終えたミナが、大きく息を吐いて残心を行っていた。

「ミ、ミナ」

余に呼ばれた事でこちらに気付いたミナが振り返る。

「雪之丞？　晴臣さんは大丈夫なの？」

「う、うむ。ノルブが治療してくれているのでな。余もミナ達の戦いに助太刀しようと思っていたのだが……」

「あー」

ミナは気まずそうな声を上げながら、ちらりと魔人に視線を向ける。

「もう倒しちゃったのよね」

「そ、そうだな」

よくよく考えればミナ達は余などよりはるかに強い。

そんな者達の戦いに首を突っ込めば余など足手まといにしかならぬのは分かっていたが、それにしてもこれは足手まとい以前の問題であったな。

我ながら何とも情けない事よ。

「ま、まぁ魔人も倒したし、ノルブが居れば晴臣さんもちゃんと治療してくれるわよ」

「そ、そうだな」

なんとも気まずい雰囲気で余達は会話をする。

だがそれが油断を招いた。

「っ!?」

ミナの背後で、魔人が立ち上がったのだ。

魔人の足元には何かの薬品が入っていただろう容器が転がっている。

あれは治療薬か！

「いかんミナ！」

魔人がこちらに向かって飛ぶように跳ね、ミナに向かって手刀を突きだしてくる。

「え？」

余の体が無意識に動き、ミナの肩を摑んで引き寄せ横に突き飛ばしたのだ。

これでミナは助かる筈。

「ちぃ！　だが貴様を殺せばこの国は滅茶苦茶になる！　次期将軍である貴様を殺せばな！」

ミナへの不意打ちに失敗した魔人が忌々し気に舌打ちするが、標的を余へと移してそのまま向かってくる。

「魔人!?　生きていたの!?」

回避は無理だな。慌ててミナを突き飛ばした事で余は体勢を崩している。

「やめっ！」

ミナが手を伸ばすが、その手が余を摑む事は無い。

だがこれでよいのだ。絶望の淵にあった余の背中を、何度でも叩いて前に押しだしてくれた人よ。

お主を守って死ぬのなら余に悔いはない！　好いた女を守って死ぬは武士の、いや男の誉れよ！

そして済まぬ。そなた等に後始末を任せる事になる。

叶うならば晴臣を、兄上の事を頼む！

「死ねぇ！」

魔人が余を殺すべくその凶刃を振るう。

「お前がなっ！」

だが、その刃が余に振るわれる事は無かった。

突如、魔人の背後から見知らぬ男の声が聞こえてきたのだ。

「てりゃぁぁぁぁ!!」

「ぐわぁぁぁっ!?」

そして何者かによる背後からの一撃を受け、魔人が絶叫をあげる。

「な、何が……!?」

「よう、危ない所だったな」

今度こそ地に倒れ伏した魔人の背後から、見知らぬ男が軽い言葉と共に姿を現す。

天峰の民ではないその衣装。もしやこの者も異国の民か？

「ア、アンタ……!?　ジャイロっ！」

「よう、久しぶりだな皆！」

ミナが声を上げる。どうやらこの男はミナ達の知り合い、恐らくは捜していた最後の仲間の様だ。

「アンタ今までどこほっつき歩いてたのよ！」

「ん？　いやー、お前等を捜して色々歩き回ってたんだよ」

ミナが怒りも露わにジャイロと呼ばれた男を問い詰めるが、当の本人は飄々としたものだ。

「色々じゃないですよ。坊ちゃんたら、困ってる女の子を見るとあっちへ行ったりこっちへ行ったりして、どんどん内陸の方に入って行っちまうんですから。皆さんは海沿いの町で坊ちゃんを捜している筈だって何度も言ったのに」

そしてジャイロの言葉に文句を言うように、まるで賊の様な身なりの男が姿を現す。

「いやーだってさぁ。困ってるヤツが居たら助けないわけにもいかねぇじゃん？」

「女の子？」

女を救っていたと聞き、ミナが眉尻をあげる。

「ちょっとアンタ、一体何やってたのよ！　吐きなさい！　全部吐きなさい！」

「ん？　別に大した事してねぇよ。ちょっと困ってる連中が居たから助けてただけだって」

「ありゃあちょっととか言うレベルじゃねぇですよ。行く先々で綺麗な女の子と仲良くなるんですから」

ジャイロの言葉に呆れたようにため息をつく男。

うーむ、何やら苦労していたと見える。

「アンタ本当に何やってんのよ！」

ミナはジャイロの胸元を掴み詰め寄る。

「おいおい、何だよ一体」

「ほんっとにアンタはいつも心配ばっかりさせて！　本当に……」

怒っていた筈のミナの声がだんだん小さくなってゆく。

「あー、わりぃ」

ジャイロもさすがに悪いと思ったのか、目を細めて謝りながらミナの頭を撫でる。

これはもしや……

「もっと落ち着きなさいよね」

「まぁ気を付けるわ」

その姿を見て、余は察する。

「ああ、そういう事か」

なんという事だ。ミナの心は最初から決まっていたのか。

我ながらなんと滑稽な。

「最初から舞台にすら上がっておらなんだか」

当然か。ミナは良い女だ。

ならば相手が居ない方がおかしいと言うものよ。

寧ろ、思いを告げる前でよかったと思おう。

「よう、お前結構やるじゃねぇか！」

「な、何？」

内心で落ち込んでいたら、当のジャイロが突然話しかけてきた。

というか、一体何の話だ？

「お前、魔人が生きてたのを見てすぐにミナを守る為に動いてくれただろ？　失敗したら死んでたかもしれねーのによ。勇気あるなお前！」

「う、うむ」

あの時は無我夢中だった。助かる算段など微塵も考えていなかった。

だと言うのに、この男の無邪気なまでの称賛を聞いた余は、ただただ嬉しさを感じていたのだ。

将軍の息子に対する下心を隠した世辞でも、後継者として足りぬ者への叱責でもなく、ただの雪之丞を褒める言葉に、余は不覚にも感動してしまったのである。

ああ、やはり勝てぬ。

この様な気持ちの良い男だからこそ、ミナも惹かれているのであろうな。

最後の最後にとんだ大敗北だ。

だが、不思議と悪い気はせんものだ。

「お主も、見事な一撃であったぞ」

◆

強力なマジックアイテムに身を包んだ魔人との戦いは、リリエラさん達、それに最後に現れたジャイロ君によって見事討伐された。

皆、昔はあんなに魔人やドラゴンと戦うなんて無理なんて言ってたのに、立派になったなぁ。

元々皆才能はあったんだよね。

足りなかったのは自分の実力に対する正当な評価だけだったんだよ。

でもこれで皆も自分の実力を正しく理解しただろうから、これからは臆する事なくその力を発揮していく事だろう。

「マジックアイテムの応急修理も完了したし、とりあえずはこれで一件落着かな」

そう思った時だった。

突然地の底から凄まじい獣の雄叫びが聞こえてきたんだ。

「今のは何!?」

皆はここにきて魔物の襲撃かと警戒する。

でも異変はそれだけじゃなかった。

遺跡の洞窟が再び激しく揺れだし、大地が裂け始めたんだ！

「また地震!?」

「レクスが何とかしてくれたんじゃないの!?」

「いやこれは違う！」

これは地震じゃない。何かもっと別の……

「何!?　明るい!?」

「それに何ですかこの熱さは!?」

大地の裂け目からはオレンジの光と共に熱気が噴き出してくる。

「もしかしてこれは！」

僕は裂け目に落ちない様に気を付けながら奥を覗き込む。

するとそこには僕の予想通り、オレンジ色に輝くドロリとした液体が見えた。

「やっぱり溶岩だ！」

そう、裂け目の底に流れていたのは溶岩だ。

でもそれだけじゃない。

深い裂け目の底、溶岩の中から何か巨大な物体が這い上がろうとしていたんだ。

「生き物!?　あんな場所に!?」

「フ、フハハハハハハッ!!」

その時だった。ジャイロ君の一撃を受けて倒された魔人が、壊れた様な笑い声をあげたんだ。

「その通りだ！　この溶岩の底、地脈と霊脈の交差する地に奴は眠っていたのだ！」

「ヤツ!?」

「そう！　この国を襲う災害の元凶たる大魔獣がなぁ！」

「大魔獣だって!?」

勝利に沸いていた僕達をあざ笑うかの様に、魔人は衝撃の事実を告げたのだった。

第201話　炎の大魔獣

「そう！　この国を襲う災害の元凶たる大魔獣がなぁ！」

戦いに勝利したと思っていた僕達だったけど、そこで魔人がとんでもない重大発言を発したんだ。

「大魔獣だって!?」

何それ、そんなのがこの国の災害の元凶だったの!?

「人間共はマジックアイテムによって災害を鎮静化させたと思っていたようだが、実際に封じられていたのはあ奴よ！」

「あの魔獣を!?」

「この地はこの国の地脈と霊脈が交わる土地の生命と魔力の流れを司る重要な霊域！　だがそれは刺激を与えれば容易に災害を招く危険極まりない場所でもあるのだよ！」

確かに、地脈は大地の生命力の流れを司り、霊脈は魔力の流れを司る。

普通はそんな重要な場所が重なるなんて事は無いんだけど。この国ではそれが起きてしまった。

そりゃあ霊域として崇められる訳だよ。

「って、まさか！」

「そうだ！　奴はこの場に満ちる力を自らの餌とする為に、長年にわたって地脈と霊脈を刺激する事で食事をしてきたのだ。その結果、この国が絶えず災害に襲われる事になろうとも構わずにな！」

「なんてはた迷惑な魔物なの!?」

本当だよ。

自分の為に災害を引き起こしていたなんてとんでもない生き物だ！

「さて、そんな最高に空腹な状態で目覚めた奴はどうすると思う？　そうさっそく食事としゃれこむだろうさ！　最高のご馳走を口にする為に、これまでとは比でない程の刺激を地脈と霊脈に叩き込むぞ！　それによって引き起こされる災害は封印から漏れ出た災害など比べ物にならん！　この国を滅ぼすどころか大地を海に沈めてしまうかもな！」

魔人は血を流しながら楽しそうに笑う。

自分がもう長くないと分かっているからこそ、全てを道連れにしてしまおうとしているのか！

「それだけではない！　解き放たれた大魔獣は新たな餌を求めて世界中の地脈と霊脈を刺激して回るだろう！　終わりだ！　この世界は終わりを迎えるのだ！」

なんて恐ろしい魔獣なんだ！　もしかしてコイツは古代魔法文明を崩壊に導いた白い災厄に関係する魔物なんじゃ……

「火山大亀甲の二つ名を持つ大魔獣、ボルカニックタートルによってな！」

魔人が恐れおののけと言わんばかりに大魔獣の名を僕達に告げる。

「……って、ボルカニックタートル？」

んん？　どういう事？

「そうだ！　数々の国を滅ぼした邪悪な魔獣ボルカニックタートルだ！」

うーん、聞き間違えじゃないっぽいな。

「なーんだボルカニックタートルかー」

「……何？」

「ビックリしたー。地脈と霊脈が交差する火山の中に封じられた世界を滅ぼす大魔獣なんて言うから、てっきりボルカニックタイガーあたりが封印されているのかと思ったよ」

さんざん脅すからどんな恐ろしい魔物が出て来るのかと思ったら、普通にそこら辺に居る火属性の魔物じゃないか。

あービックリして損した。

「い、いや、待て。ボルカニックタートルだぞ？　山ほどある巨大な魔物だぞ？　その背中の甲羅からは火山の如く溶岩弾を打ち出しいくつもの国を滅ぼした大魔獣だぞ！　強がりもいい加減にしろ！」

「ボルカニックタートルがいくつもの国を滅ぼした？」

んん？　どういう意味だろう？　確かにボルカニックタートルは大きいけど、そこまで脅威度の高い魔獣って訳でもない。

それなりに腕の良い水属性か氷属性、何なら地属性の魔法使いでも倒せるんだけど？　というか知り合いは普通に剣で切ってたしなぁ。

あっ、もしかして魔人の世界のボルカニックタートルが僕達の世界のソレよりも危険な魔物なのかも！

魔物って土地によって同じ種類の魔物でも危険度が変わる事もあるし、魔人にとっては本当に恐ろしい魔物って認識なんじゃないかな？

例えば魔人達の世界で生まれた魔物なら、こちらの世界の魔物でも違いが出て来るかもしれない。

それか以前戦ったヴェノムビートの様に特殊な力を持った変異種なのかもしれない。

うーん、そう考えると油断は出来ないね！

「とはいえ、このまま考えていても仕方ないね。ちょっと退治してきます。よっと」

僕は地割れの底に見えるボルカニックタートルをめがけて飛び降りる。

「ちょっ！　レクスさん!?」

「ボァァァァァァァァッ!!」

するとち地割れの底の溶岩に浮かんでいたボルカニックタートルがこちらを見つめながら雄叫びを上げてきた。

それは僕の存在を察しての事なのか、それとも単に自由になれる出口を見つけたからなのか。

そんな事を考えていたら、ボルカニックタートルの甲羅の火口から、轟音と共に大量の溶岩弾と溶岩が射出された。

あっ、こちらの事を認識してるっぽいね。

「リフレクトフィールド！」

上に居る皆が被害を受けないように、僕は手前の空間に反射魔法を発動させる。

すると魔法が発動された領域に入った溶岩弾と溶岩は、まるで壁に当たった様にボルカニックタートルへと跳ね返っていった。

リフレクトフィールド、この魔法は発動した空間に入った物質や魔法を侵入してきた方向へ向かって跳ね返すお手軽迎撃魔法だ。

同一属性の攻撃を無効化するタイプの敵じゃない限り大抵の敵にダメージを与えられるのが良いね。

「ボアァァァァッ!?」

まさか自分の放った攻撃が戻ってくるとは思っていなかったみたいで、ボルカニックタートルから驚きの声が上がる。

うーん、普通に攻撃を反射出来たし、やっぱり僕の知ってるボルカニックタートルとそう大差ない感じがするなぁ。

とはいえ、元々溶岩の中で暮らす魔物だけあって、溶岩弾を反射しただけじゃ大したダメージにはならなかったみたいだ。

甲羅だけでなく皮膚もけっこう硬いんだよねアイツ。

「さて、どうやって倒そうかな。下手な攻撃をして地脈の溶岩が噴き出しても不味いし、ここはやっぱり氷属性の攻撃で倒しちゃおう！」

僕は混乱から回復してないボルカニックタートルに向けて必殺の魔法を放つ。

下は溶岩で熱いし、ここは氷属性の魔法が定番かなぁ？　でも氷属性の魔法って解凍がちょっと面倒なんだよね。

「よし、熱いからこっちに引き寄せよう！　ハイエリアアポーツ！」

僕は溶岩の上に浮かぶボルカニックタートルに座標を合わせ魔法で空間ごとこちらに引き寄せる。

するとボルカニックタートルが丁度僕の目の前へと現れた。

「ボアッ!?」

ボルカニックタートルからすれば、僕が突然目の前に現れたように見えるんだろうね。

驚いているところ悪いけど、このまま狩らせて貰うよ！

「メタルスライサー！」

僕は金属の様に硬い皮膚や甲羅を持った魔物を切り裂く切断付与魔法を剣にかけ、ボルカニックタートルの首を斬りつけた。

するりと剣がバターを切る様に滑らかにボルカニックタートルの首に食い込み、更に斬撃波が伸びて剣の刀身より太く大きい首が切れてゆく。

そして僕が剣を振り下ろした時には、大木どころか塔ほどもある太い首が胴体から綺麗に切り離されていた。

「ボア？」

未だ自分の首が切られた事に気付かないボルカニックタートルが首を傾げようとして首が動かない事を訝しむ。

同時に一緒に引き寄せた溶岩が地下へと戻る様に落ちてゆく。

「おっと、こっちは回収だよ！」

僕は一緒に落ちてゆくボルカニックタートルの胴体を魔法の袋に収納し、次いでようやく事切れた頭部を回収した。

炎属性で重装甲の魔物だし、武器にも防具にも使えそうだ。

それにジャイロ君が炎属性だから、彼の装備強化にも役立ちそうだね。

「よし、回収完了っと」

「「な、なにぃぃぃぃぃぃっ!?」」

上の方から魔人や雪之丞さん達の驚いた様な声が聞こえてくる。

うーん、この程度の強さなのにあの驚き様。

やっぱりあの魔人、名前が似ているボルカニックタイガーと間違えてたんじゃないかな？

「ああそうだ。地脈と霊脈もなんとかしないとね」

地脈と霊脈を暴走させていた災害の原因は取り除いた訳だけど、このままだとどちらも荒れたままだから僕の魔法の効果が切れたら災害が再発してしまう。

でも自然に土地が直るには何百年もかかるだろうから、土地を癒す為の仕込みをしておいた方が良さそうだね。

「まずはっと、カームウェイブ!!」

僕は沈静化と癒しの波動を地脈と霊脈に放つ。

この魔法は術者を中心とした一定範囲内に癒しの魔力を放射する魔法だけど、それを地脈と霊脈の流れに注ぎ込む事で、力の流れに乗って本来届かない土地へと届ける事が出来る。

まぁこんな事は地脈と霊脈の両方が重なっているこの土地くらいでないと出来ないだろうけどね。

でもお陰でここで魔力を大量に注ぎ込めば、いちいち災害が起こっている現地まで行って土地を鎮める必要が無いから楽なんだよね。

「よし、鎮まった。あとは災害を封じていたマジックアイテムを改造して、長期的に土地に癒しの波動を送って治療する機能を盛り込んでおこう」

霊脈越しに無事遠方の土地まで癒された事を確認した僕は、その後の事を考える。

この土地はかなり特殊な霊域だし、またボルカニックタートルみたいな魔物に目を付けられないとも限らない。

　普通の霊脈や地脈ならボルカニックタートルが関わってもここまで大ごとにはならなかったんだろうけど、運が悪かったんだろうね。

　だからこれまで通りの災害封印の能力だけでなく、土地の治療と魔物を寄せ付けない機能を付与しておかないと。

　地割れから戻った僕は、大地の安定化に成功したと皆に告げる。

「ま、まことか!?　し、信じられん……長年天峰の地を悩ませてきた災害を、魔道具の力も借りずにたった一人で解決してしまったとは……」

　雪之丞さんの驚きの声が聞こえてくるけど、封印されていた魔物の正体が大した事ない相手だったお陰なんだよね。

「ば、馬鹿な……俺の二段構えの策が……ガクッ」

「あっ、死んだ」

　とこれまでの一部始終を見ていた魔人がとうとう力尽きたのかガクリと倒れ、脈を測りに行ったメグリさんが両腕を頭の上で交差させて魔人が完全に息絶えたと告げてくる。

「キュウ!　ケプッ」

　そして倒れた魔人の羽を食べ終えたモフモフが、満足気なゲップをしていた。

第202話　さらば東の果ての国、そしていつもの光景

◆晴臣◆

「これより、陽蓮雪之丞の将軍襲名の儀を執り行う」

厳かな空気と共に、将軍襲名の儀式が行われる。

儀式を執り行うのは神官の村より出てきた帝様。

そして儀式を受けるのは俺の弟である雪之丞だ。

「今日よりそなたは陽蓮冬陣《とうじん》を名乗るが良い」

「ははっ！」

帝より、季節の名である冬を授かる雪之丞。

本来なら元服と共に授かる筈だった名だが、魔人の術によって海が荒れた為に各地の藩主が儀式に参加する事が出来ず、先延ばしになっていたのだ。

だが魔人が討伐された事でその問題も解決し、先代将軍の葬儀と共に将軍襲名の儀式が行われる

事になった。
「冬陣よ、兄の春鶯と共に国の為に尽くすのだぞ」
「ははーっ！」
帝の言葉に周囲の家臣達の目が俺に向く。
だがそれは将軍を殺害し、魔人と手を結んだ反逆者を見る目ではない。
処刑された東郷家の血筋の者が生きていた事に対する困惑と好奇の視線だ。
あの後、俺は父を殺した罪を雪之丞と帝に許された。
俺が父を殺すに至った理由が、魔人によって捻じ曲げられたものだったからだ。
帝としては東郷家が取り潰された事に対する負い目もあったようだが。
全ての責任は死んだ魔人達になすりつけられた。
まぁ原因である事には変わらんのだがな。
だが父を殺し、あまつさえ弟をも亡きものにしようとしたのは間違いない事実だ。
その罪から逃げるつもりはない。
だが弟はこう言った。
「己の行いを罪だと思うのなら、世を騒がせた罪を余の力となる事で償うのだ」と。
まったく我が弟ながら甘すぎる。
だが、だからこそ放ってはおけんのも事実ではある。

弟も弟なら、俺も俺という事か。

そして俺は東郷家の謀反の裏にある陰謀を察した先代将軍によって身柄を保護され、真犯人を捜す為に将軍家の名を捨ててお家の為に身を擲《なげう》って活動していたという事にされた。

その証として、俺が知っている魔人と裏で手を結んでいた藩主や大店の商人達の情報を幕府に提供したので、重臣達も俺の活動が事実だと納得せざるを得なかった。

連中としても政敵が減る利益を得る事が出来たからな。

ともあれ、弟と帝の尽力もあって俺は次期将軍と共に魔人を討伐した英雄となり、東郷家は名を取り戻した。

そして俺も将軍家の一員として再び春鶯の名を名乗る事を許された。

ただ既に弟が次期将軍となる事は決まっている為、俺は再興した東郷家の当主となるという筋書きで後継者争いを回避する事になった訳だ。

とはいえ、未だに東郷家の領地は他の藩に併合され、財産も没収されて今更全額返す事は出来ない状況。

それに対する賠償として、俺は将軍の御側役としての役職を頂く事となった。

あまりにも出来過ぎた待遇から、元々そうする予定だったんじゃないかと口さがない連中に噂されているが、実際は俺に仕事を手伝わせたい弟の我が儘だ。

結局のところ、やる事は弟が将軍を襲名する前と大差ないがな。

だがまぁ、己の手を肉親の血で汚して将軍の地位を奪うよりは多少なりともマシな未来か。

「出来の悪い弟だが、アンタの代わりに守ってやるよ父上」

◆

「これが頼まれていた品です」

雪之丞さんの将軍襲名が無事に終わって越後屋さんへ戻ってくると、清兵衛さんからちょうど依頼の品が届いたと連絡があった。

「いやー、お上からもう嵐の心配はないとお触れが出たおかげでようやく船が来るようになりましたよ」

仕入れて貰った荷物を確認していると、清兵衛さんが嬉しそうに船が港にやってくるようになったと喜びの声をあげる。

災害の原因だったボルカニックタートルを討伐した事で、ちゃんと海の災害も鎮まったみたいだね。

「じゃあ無事に荷物も受け取りましたし、僕達は国に帰ります」

「え？　ですがまだ船が大陸に向かう予定はありませんよ。嵐が起きなくなったとはいえ、大陸に向かうとなると万が一の事があっては大変ですから。暫くは近海を行き来して完全に嵐の心配がなくなってからでないと船乗り達も遠洋には出ませんよ」

そう清兵衛さんが船乗り達の事情を僕達に教えてくれる。

「あっ、それなら大丈夫です。帰りのアテはありますから」

「なんと!? もうどこかの船乗りと話を付けられたのですか!?」

「あはは、まぁそんなところです」

荷物を魔法の袋に収納すると、外で待っている皆と合流する為に店を出る。

「あれ?」

店の外に出た僕だったんだけど、なんだか妙な事になっていた。

というのも……

「そうか、もう帰ってしまうのかミナよ」

「ええ、用事も終わったしね」

なんと雪之丞さんが来ていたんだ。大勢のお供の人達と一緒に。

「な、なぁ。あのお武家様の御付きが掲げてる旗って将軍家の紋章じゃねぇの?」

「だ、だよな。っていう事はあのお方が新しい将軍様!?」

「「「ひ、ひえぇぇぇぇぇ!!」」」

周囲で遠巻きにしていた人達が慌てて地面にひれ伏す。

「よいよい。今日はお忍びで来たのだ。楽にして構わん」

お忍びって、そんな明らかに貴族と分かる格好でお供を沢山引き連れても説得力が……

「いやアンタ、そんなお供を沢山引き連れてたらバレバレでしょうが」

「「「ひぃっ!?」」」

ミナさんの不敬な発言に周囲の人達が悲鳴をあげる。

「うん？　ああ、それは仕方があるまい。余が出ると言ったら護衛が必要だと言ってゾロゾロついて来たのだ。護衛は兄上だけで良いのだがなぁ」

「いやいやいや。そんな訳にはいきませぬ」

と、晴臣さん……じゃなかった、春鶯さんが苦々し気に声を上げる。

「御身はこの天峰の指導者なのです。護衛の数は相応に必要です」

「兄上は堅いな。まぁそんな訳だ。それよりもミナよ。もっとゆっくりしても良いのではないか？　余としては国と家族の恩人であるそなた達は国を挙げて歓待したいのだが」

「そういうのは性分じゃないのよ。それに私達は仕事で来ているんだもの。頼まれた荷を渡す責任があるのよ」

「なんなら余が家臣に命じて運ばせるが？」

「馬鹿言ってんじゃないわよ！」

「駄目か」

「あったりまえでしょ！」

ミナさんに叱られると、雪之丞さんは残念そうに肩をすくめる。

でもその姿は本気で残念がっている感じには見えなかった。

「やはり余ではダメか……なぁミナよ」

「何？」

「お主とそこのジャイロはどのような関係なのだ？」

「へっ!?　な、何よいきなり!?」

「ん？　俺が何だー？」

「うむ、その反応でよく分かった」

突然の質問にミナさんが驚くと、雪之丞さんは納得がいったと小さく笑う。

「ならば余はこれ以上恥を晒さぬように諦めるとしよう」

「何なのよ一体！　勝手に完結してるんじゃないわよ！」

「だがなミナよ」

「何よ」

「そ奴に愛想を尽かしたなら、余の下に来るが良い。正室の座を空けておく故、いつでも余の妃になると良い」

「「「「はぁーーーっ!?」」」」

雪之丞さんのトンデモ発言に、ミナさんだけじゃなく周囲に居る人達が皆驚きの声をあげる。

「え⁉　えぇー⁉　将軍様あの子が好きなの⁉」

「そ、それはまことですか上様⁉」

「ああもう、将軍になったというのにお前というヤツは！」

騒然となる場の中、一人春鶯さんだけが頭を抱えてため息をついていた。

「えーっと、どうしようコレ？」

「もう帰っても良いんじゃないかしら？」

どうしたものかとリリエラさんに相談すると、彼女は我関せずと言った様子で肩をすくめる。

う、うーん、確かに依頼の品は受け取ったしなぁ。

と考えていたら、ここで更に騒動が起こる。

「見つけましたわ！　ジャイロ様ぁー！」

「ジャイロさーん！　約束通り美味しいご飯を作りに来たわよー！」

「ジャイロ様！　両親を説得してきました！　貴方のお嫁さんにしてください！」

なんと何十人もの女の子がジャイロ君の名前を呼びながら駆け寄って来たんだ。

「うえっ⁉　お前等なんで⁉」

どうやら知り合いだったらしく、ジャイロ君が驚きの声をあげる。

「私、やっぱりジャイロ様を諦める事が出来なくて！」

「そうよ！　だから決めたの！　ジャイロさんが町に残れないのなら、私がジャイロさんのところに行けばいいんだって！」

「え？　マジかよ!?」

「ちょっとジャイロ、どういう事よ!?」

ジャイロ君が困惑していると、凄い形相になったミナさんが彼の肩を掴んで問い詰める。

「なぁミナよ。やはり余の方が良いのではないか？」

「雪、いや上様、これ以上バカ騒ぎに首を突っ込むのはおやめください」

もう色んな人達でしっちゃかめっちゃかになって、通りは大騒ぎだ。

「うわー、これは凄い事になっちゃったな」

「もうさっさと帰った方が良いんじゃないかしら？」

そうだね。これ以上ここに居たらまた新しい騒動に巻き込まれちゃいそうだ。

リリエラさんの提案を採用した僕は、皆に声をかける。

「よ、よーし。皆！　帰るよー！」

「お、おう！」

「はいはい」

「え？　ええ、分かったわ」

「いやー、この状況で帰るのもなかなか派手なんじゃないですか？」

「どのみち誰かが驚くのはいつもの事」

「キュウ！」

皆は周囲の人の波に飲み込まれる事無く迅速に集まって来る。

よし、転移術式起動だ。

「じゃあ皆さん、さようなら！」

「じゃあねー」

その言葉と共に転移魔法が発動し、僕達は東国の地を後にした。

◆雪之丞◆

「……は？」

別れの言葉と共に、ミナ達の姿が消えた。

まるで最初から誰も居なかったかのように。

『消えたぁぁぁぁぁぁぁぁ!?』

衆人環視の中、突然人が消えたと驚く民達。

いや民だけではない。余も、兄上も、家臣達もそろって驚きの声を上げている。

どこを見回してもミナ達の姿はないのだ。

「い、一体どこへ!?」

また魔法で空を飛んだのかと思ったが、空にもミナ達の姿はない。

本当に姿を消してしまったのだ。

「……ま。まさか最後の最後で消えてしまうとは、本当にあの者達はこの世の者だったのか？」

兄上が頭を抱えてフラつくのを支える。

「まったくだ、何をするにも人を驚かせておきながらまだ驚かせ足りぬとはな……」

正直余もいまだ驚きが抜けぬ。

「だが、案外本当にこの世の者ではなかったのかもな」

「何？」

「もしかしたら、あの者達はこの天峰の地を守るべく遣わされた神々の使いだったのかもしれぬぞ」

「いやまさかそんな……まさか」

そんな筈はないと否定しようとしながらも、しかしもしかしたらと否定が出来ないでいる兄上の姿に笑みがこぼれる。

「ははっ、本当に神の御使いでなくとも構わぬ。あの者達は余と兄上を救ってくれたのだからな」

「……そう……だな」

余の言葉に兄上が苦笑しながら頷く。

「我らにとっては、どちらでも同じ……か」

なおも騒動の中にある通りの様子に苦笑しながら、余と兄上は笑って空を見上げるのだった。

なお、この騒動が原因でミナ達が神の使いとして信仰され、巷では空を駆ける天駆の武士ジャイロの冒険活劇と、余と天女であるミナとの恋物語が流行る事になるのだが、二つ目の方は流石に恥ずかしいので止めて欲しいと思わずにはいられなかったのだった。

あっこら兄上。また新しい天女物語を買って来たのか！

いい加減恥ずかしいから見つけるたびに買ってくるのは止めてくれ！

◆？？？◆

「くくく、遂にこの時が来たぞ」

長年をかけて修復してきた侵略兵器が遂に復活した。

技術的問題、そして入手出来る材料の質の問題もあって本来の性能の三割程度の力しか発揮出来ないのが問題ではあるが、それでも今の人間共を蹂躙するには十分過ぎる力だ。

「唯一の懸念だったSランク冒険者も俺の偽装依頼を受けて遥か海の向こう。今からでは絶対に戻ってはこれん」

そう、計画に影響を与えかねないイレギュラーであるSランク冒険者は全員が俺の策にはまり、この国から遠い土地に出向いている。

消息を絶った同胞達が作戦行動を行っていたとされる土地では、人間共がSランク冒険者と呼ぶ猛者の姿が確認されていた。

人間共が我等を相手に互角に戦う事が出来るとは到底思えんが、作戦が失敗している以上は人間共にもそれなりの力を持つ者が居ると言う事だろう。

「人間共には古代のマジックアイテムを所持している者も居るからな。油断している所を不意打ちされたのだろう」

まったく我が同胞ながら間抜けな連中だ。

だがそんな切り札もここに居なければそれを使う事も出来んという訳だ。

「この国の、いや今の時代の人間共の軍の能力も既に把握している。連中に復活させた兵器をどうにかする手段はない」

完璧だ。まさに完璧だ！

「くくくくっ、恐れ慄くがいい人間共よ！　今日この日からお前達の時代は終わり、我等魔人の名が再び世界に恐怖を刻むのだ！」

人間共に最高の恐怖を刻み込む為、人間共がAランクと恐れる魔物を使って国の上層部に宣戦布告の声明を送った。

お陰で人間共の城は大騒ぎだ。ただ魔物に書状を送らせただけだと言うのにな。

はっはっはっ！　俺の侵略兵器が王都へ近づいてゆくと、王都から小さなアリのごとき集団が向かってくる。

人間共の騎士団だ。

騎士団は上空を飛ぶ俺の侵略兵器に対して弓や魔法で迎撃を行う。

だが高々度を飛ぶ俺の侵略兵器には弓など届かん。

魔法も届きはするがここまで届かせる為に魔力を使ってしまったのだろう。

こちらの装甲を貫くには至らなかった。

「はははははっ！　完璧だなっ！」

あまりに圧倒的な光景に、俺は笑いが止まらなかった。

「さて、ではまず貴様等からだ。人間共よ、貴様等の拠り所たる騎士団が壊滅しても平気でいられるかな？　ふはははっ、人族の滅びを彩る悲鳴をあげ……」

その時だった。彼方から眩い光が俺を貫いたのだ。

「っ!?」

その光を浴びた俺は意識を、いや命を永遠に失ったのだった。

◆

「あれは一体何だったんだろ？　そこら中に魔力波を放って危なかったからつい壊しちゃったけ

ど」

転移ゲートを使って王都の屋敷に戻ってきた僕達は、さっそく冒険者ギルドに依頼の品を届けるべく外に出た……んだけど、なんだか町の様子がおかしかったんだよね。

それで何が起きているのかと思って飛行魔法で空に上がったら、なんだか変な形をした巨大マジックアイテムが王都に向かって攻撃？　をしてきたから、つい受け止めて威力を増幅しつつ跳ね返しちゃったんだけど壊して大丈夫だったのかな？　あんな大きなマジックアイテムが攻撃してきたら、騎士団や宮廷魔術師達がとっくに迎撃してる筈だよね？　もしかして何かの実験をしてる最中だったのかな？　都市防衛用の新型防御結界の実験とか。

「別に良いんじゃねぇの？　こっちは攻撃された訳だしよ。いきなり襲われたんだから反撃したって文句は言われねぇって」

「うーん……ま、それもそうだね」

仮にアレが国家防衛の為の実験だったとしても、通りすがりの冒険者に撃退されましたなんて素直に報告したら、担当者が上司から「民間人に無力化される兵器があるか！」って大目玉を喰らうだろうし、向こうも黙っていてくれるよね。

まぁ前世じゃ軍事兵器を破壊出来る民間人という名の武人がザラにいたから、担当部署の始末書が凄い事になっていたけど。

うん、今世の僕は冒険者でよかった。

ジャイロ君の言葉に納得すると、僕達は何も見なかった事にして冒険者ギルドへとやって来た。

「はい依頼の品を承りました。ではこちらは冒険者ギルドが責任をもって依頼主にお渡ししますね。いやーレクスさんにやって貰えて本当に助かりました。まさかこんなに早く依頼を達成して貰えるなんて！」

依頼達成の報告を受け、受付の人が嬉しそうに感謝の言葉を告げてくる。

うん、そんなに素直に喜ばれると僕も嬉しいよ。

「あはは、たまたま船の風向きが良かったんですよ」

ところで背後で他の職員さん達が「王都を攻めてきた敵が何かに破壊されたぞー！」「急いで原因を究明しろ！」とか凄い形相で叫んでいるけど良いのかな？

「ではこちらが報酬です」

報酬を受け取った僕達は、なおも嵐の様に職員さん達が走り回るギルドを出る。

「これでようやく依頼達成だね」

「今回は目的地までが遠かった分、長い旅だったわね」

本当にね。まさか嵐に遭遇したり、王位継承争いや魔人の暗躍に遭遇するとは思わなかったよ。

「まぁ帰りは一瞬だったけど」

「だな。帰りの道のりで疲れたって感じがねぇよな」

転移ゲートのマーカーさえ置いちゃえば帰りは一瞬だもんね。

「でもやっぱり王都に戻ってくると帰って来たという感じがしますね」

と、ノルブさんが見慣れた町の光景は安心すると柔らかな笑みを浮かべる。

「分かる。特に飯だよ飯。向こうのメシも美味かったけどさ。やっぱ食い慣れた味の飯が食いてぇよ」

するとジャイロ君がお腹をさすってご飯が食べたいと声を上げた。

朝食を食べてそんなに時間が経ってないと思うんだけど。

「屋台で色々買っていく！」

「良いんじゃない？」

「よーし、それじゃあ今日は屋台料理をお昼ご飯にしよう！」

「「「「さんせーい！」」」」

こうして東国への旅は終わった。

ただ、一つだけ不思議な事があったんだよね。

というのも、僕達がギルドに預けた依頼の荷物なんだけど、何故かいつまで経っても依頼主が受け取りに現れないんだって。

おかげでギルドの倉庫には受け取り主待ちの荷物がいつまでも残り、のちにギルド七不思議事件の一つとして語られる事になったんだとか……

第203話　新春SS　輝ける初日の出と新年の挨拶

「古代の町の遺跡が見つかったんですって」

年の瀬に冒険者ギルドから帰ってきたリリエラさんが、新しい遺跡が発見されたと言うニュースを持って帰ってきたんだ。

「へぇ、何か珍しい物は見つかったの？」

「キュウ～」

既に今年の仕事を納めたミナさんは珍しくまったりムードだ。

モフモフも暖房付き絨毯の上で魚の開きみたいにだらーっとしてる。

「本当に普通の町だったみたいで、大した物は無かったみたいよ」

「なーんだ残念」

「でもね、代わりに当時の社会風俗の研究資料になりそうな本が沢山見つかったんですって」

「社会風俗ってなんだ？」

「分かりやすく言うと、その時代の常識やしきたり、それに流行などですね」

聞き覚えのない言葉にジャイロ君が首を傾げると、ノルブさんがお茶を注ぎながら答える。

「うん、それでさっそく研究者の人がその中の資料の一部を翻訳したんだけどね、その中に面白い情報が見つかったのよ」

「「「「面白い情報？」」」」

リリエラさんの言葉に僕達が食いつくと、彼女はしてやったりと笑みを浮かべる。

「そう。なんとその本は当時の新年の儀式について書かれていた本だったのよ！」

「新年の儀式!?」

「それはまた、凄いタイミングね」

「ですね。年の瀬に古代の新年の儀式の話だなんて」

「それで、どんな儀式？」

大掃除も年越しの準備も終わってるから、皆リリエラさんの話に夢中だね。

「なんでも、シコクの山っていう山に登って初日の出を見に行く事で新年の幸運を占うというものらしいわ」

「初日の出を見て占い？」

「山を登るという事は、教会の聖地の様な信仰の対象になっている場所という事でしょうか？」

「ああ、そこならここから飛行魔法で二、三時間くらいで着きますよ」

「あら、意外に近いのね……って、え？」

「知ってるのかよ兄貴!?」

「うん、デスマ初日の出の事だと思うよそれ」

「「「「デスマ初日の出!?」」」」

「へー、面白そうじゃん。行ってみようぜ！」

と、ジャイロ君が初日の出に行きたいと言い出した。

「えー、面倒くさい。家でのんびりしましょうよ」

「きゅう～」

けれどミナさんとモフモフはノンビリしたいみたいだね。

「運試し、いい結果が出たら今年もお金に縁が出来る！」

「新年を清廉な気持ちで迎えるのもいいかもしれませんね」

でもメグリさんとノルブさんは乗り気みたいだ。これで三対二だね。

「リリエラさんはどうしますか？」

残るは僕とリリエラさんだ。

「そうねぇ、私は帰って来たばかりだからのんびりしたいけれど……どっちでも良いわ」

リリエラさんはどちらでも良い派か。

「というか、どちらを選んでも面倒な事が起きそうな気がするのよね」

「はい？　何か言いましたか？」

「ううん、何でもないわ。レクスさんはどうしたいの？」

「そうですね、僕は……」

デスマ初日の出か……前世では話に聞いてはいたものの、英雄としての仕事が忙しくて無縁だったんだよね。

というか、世界の平和の為には休んでいる時間はないっていうのは流石に酷い話だったと思うんだよねー。

……うん、決めた！

今世ではノンビリ暮らすって決めたし、僕もデスマ初日の出行くぞ！　これも冒険者らしい新年の行事だもんね！

「よし、行こう！」

「「やったー！」」

「えー？」

「キュゥ～」

喜ぶジャイロ君達と残念がるミナさんとモフモフ。

「はいはい、じゃあ出発の準備をしましょうか」

そして粛々と出かける準備を始めるリリエラさん。

◆

「何で反対しなかったの私!!」

山を登っていたら、リリエラさんが突然そんな事を叫びだしたんだ。

「どうしたんですかリリエラさん？」

「どうしたんですか？　じゃないわよ！　何で吹雪く山の中を登って行かなくちゃいけないのよっ!?」

「だって死酷の山を登る初詣ですから」

「単語が不穏過ぎるんだけど!?」

「正確には死の山脈、通称デスマウンテンですね」

そう、デスマはデスマウンテンの略の事なんだ。

「もっと直接的に危険な単語来た!?」

「とはいえ、流石にこれは危険すぎませんか？　吹雪も危険ですけど、さっきから魔物がやたらと強いんですが……飛行魔法で空を飛んでいった方がよくないですか？」

と、ノルブさんが襲ってくる魔物の攻撃に耐えながら空を飛んで山頂に行こうと言ってくる。

「いえ、空を飛ぶ事は出来ないんです」

「出来ないってなんで？」

「吹雪で視界が悪いというのもあるんですけど、デスマウンテンの空には魔法を暴走させる魔力嵐というのが吹き荒れているんです」

「魔力嵐!?　何それ!?」

そうなんだよね。これがあるからデスマウンテンを突っ切って反対側の土地に行く事が出来ないから、わざわざ迂回しないと行けないいんだよねー。

それを利用して近隣の領主達が通行税を取ったりして色々トラブルが絶えなかったから、そういう意味でもデス（戦争的な意味で）マウンテンって呼ばれてたんだよね。

「皆の装備には防寒対策もしてあるから、寒さはだいぶカバーしてる筈だよ。あと水中呼吸機能があるから、万が一雪崩に巻き込まれても窒息はしないから安心して」

「「「「全然安心出来ない!!」」」」

「さっ、それじゃあ夜明け前に山頂に急ぐよ！」

「やっぱり帰りたぁーい!!」

◆

「や、やっと着いた……」

僕達は何とか夜明け前にデスマウンテンの山頂へとやってきた。

途中変異種の魔物の群れに襲われたり、変異種達が雪崩を引き起こしたりと色々あったんだよね。

「はー、疲れたぁー」

皆が地面にへたり込んで大きく息を吐く。

「はいお疲れ様」

僕は魔法の袋から取り出したホットポーションを皆に差し出す。

「ありがと」

「はー、あったかーい」

皆がホッとした顔でホットポーションを飲んでいる。

「あとは太陽が昇るのを待つだけねー」

「キュウー」

ミナさんがモフモフをマフラーの様に首に巻いて近くの岩に座り込む。

「ええ、あとはアイツが来るのを待つだけですね」

「「「「アイツ？」」」」

「キュ？」

皆がえ？　なんの事？　て顔で見てくる。

「うん、初詣と言えばアイツが来ないと始まらないからね」

「ねぇ、アイツって誰？　誰か来るの？」

あっ、皆にはアイツの事を説明してなかったっけ。

「それはですね……」

僕がアイツの事を説明しようとしたその時だった。

突然眩い光が僕達を照らしたんだ。

「え？　夜明け？」

「でもその割には妙に眩しくない？」

「というか、随分と日の光を近くに感じるんですが……山の上だからそう感じるんでしょうか？」

「……そこ、何か光ってるのが居る」

皆が朝が来たのかと驚く中、メグリさんがそうじゃないと僕達の前に現れたソレを指摘する。

「年に一度、新年の日にだけ魔力嵐が止み、その瞬間を狙って精霊界からやってくる大精霊。その名もライジングエレメンタル、通称初日の出の精霊。それがアイツです」

「初日の出の精霊!?」

実際には太陽の光にそっくりな光の精霊なんだけどね。

「アイツを倒して今年最初の素材を手に入れるのが、当時の冒険者達の間で流行っていた新年初素材狩りだよ！」

「「「何それぇぇぇぇぇぇっ!!」」」

「面白れぇ！　新年初素材狩り、やってやろうじゃねぇか！」

さっそくやる気満々のジャイロ君がライジングエレメンタルに突撃する。

彼は得意の炎の属性強化を活かして正面から最大加速最大威力で勝負を仕掛けた。

「くらいやがれべぽぉ!?」

「ジャイロォォォォォ!?」

「ああっ、ジャイロ君がカウンターを喰らって吹き飛ばされましたよ!?」

「凄い、スライムみたいにポンポン跳ねながら山の斜面を転がり落ちていった」

「ジャイロォォォォ!!」

メグリさん達が解説をしていると、ミナさんが慌ててジャイロ君を回収に走っていく。

「あっ、そうそう。ライジングエレメンタルは大精霊だから結構強いよ。属性強化は全力で使ってね」

「「「そういう事は先に言ってぇーーーっ!!」」」

そんなこんなで僕達の新年の初狩りが始まった。

皆は属性強化を全開でライジングエレメンタルに挑むけど、光の速さで動けるライジングエレメンタル相手に苦戦する。

特に地属性のノルブさんはスピード面で相性の悪さが顕著だった。

「みんなー、相手の速さに惑わされないで。相手は光だから、光の弱点を突くんだ！」

「光の弱点って何よー!?」

「というか、精霊ってどうやって倒すんですか!?」

あれ？　皆は精霊と戦った経験がないのか。

なるほどだからこんなに苦戦してたんだね。

精霊との戦いはコツを知っているか知らないかで大違いだもんね。

「光の精霊はその性質上、分散されると弱体化します！　だから……ウォータージェイル！」

僕は水魔法のウォータージェイルでライジングエレメンタルを水の檻に閉じ込める。

水の檻は三六〇度全周囲を覆う、檻というよりはドアのない部屋と言った風情だ。

閉じ込められたライジングエレメンタルは檻を破壊しようと光線を放つけれど、光が拡散して破壊するには至らなかった。

「……こうやって光を拡散させる水の檻に閉じ込めれば、攻撃が拡散して大幅に弱体化するし、同様の理屈で水を通り抜けようとすると一時的に大きく弱体化するし速度も落ちるんだ」

光線が通用しなかった事でライジングエレメンタルは直接水の檻を通り抜けてくる。

実際この檻はただの水だから、呼吸の問題さえ解決すれば簡単に出られるんだよね。

でも、ライジングエレメンタルは光が拡散するとその分力が低下するから、この魔法はかなり有効なんだ。

「そして水の檻から出てきたタイミングを狙って……ていっ！　と、こんな感じで倒せばいいんだよ」

僕は弱体化したライジングエレメンタルが檻の外に出てきたタイミングを狙って、核を貫く。

「いやこんな感じって、今まさに倒しちゃったじゃない」

「あっ」

しまった。皆の対精霊戦闘の訓練にちょうどいいと思ってたのについうっかり倒しちゃった！

っていうか、ライジングエレメンタルって意外に弱いんだな。

前世の初詣の話を聞いた感じじゃ、ライジングエレメンタルは結構手ごわかったみたいなんだけど。

今回はたまたま弱いライジングエレメンタルだったのかな？　そうこうしていると、突然ライジングエレメンタルの体が一層眩く輝いたんだ。

「いけない！　皆！　飛んできたものを回収して!!」

「え!?」

同時にライジングエレメンタルが弾け、いくつもの光が四方八方に飛んで行く。

僕はその中の一つを摑み、皆も同じように光を摑み取る。

「うぉぉぉぉ！　覚悟しやがれライジングエレメンうぉあ!?」

「キャッ!?　え？　なにこれ!?」

そして丁度帰って来たジャイロ君達も光の欠片を手に入れた。

うん、ジャイロ君の場合は思いっきり顔に当たってるけど。

「一体何なのコレ？」

　リリエラさんが光り輝く欠片を手にしながら僕に聞いてくる。

「これはライジングエレメンタルの素材です。ライジングエレメンタルは倒すとさっきみたいに素材を破裂させるからすぐに回収する必要があるんだけど、素材が脆いうえにかなり遠くまで飛ぶから、落ちた素材は壊れて使い物にならなくなっているんです。そしてこの通り素材は光っているから、貴重な部位を狙って回収するのも無理なんです」

　僕は未だに光り輝いている素材を皆に見えるようにかざす。

「本当の日が昇ったらこの光も収まるから、それでどんな素材を手に入れたか確認して、素材の希少性を見て運勢を占うって訳なんだ」

「成る程、希少な素材を手に入れたら運がいいと言う事ですね」

「つーか、俺まともに戦ってねぇんだけど……」

　戦闘に参加出来なかったジャイロ君が残念そうに肩を落としながらやってくる。

　そうして皆が合流すると、ちょうど地平線の向こうから本物の初日の出が昇って来た。

「うわぁ……」

「凄い、物凄く遠くまで見える」

「これは凄いですね……」

　太陽の光が大地を照らすと、高い山脈の上から眺めていた僕達の眼下に広大な世界が広がる。

「悪くないわね」

「そうね、これなら見に来た甲斐があったってもんだわ」

初詣を面倒くさがっていたミナさん達も、この光景には心が沸き立つものを感じているみたいだ。

「おっ、何だコレ!?」

と、ジャイロ君の声に振り向くと、彼の手の中には黄色味がかかった半透明の石の塊が乗っていた。

「ああそれはライジングエレメンタルの腕あたりの塊だね。光属性の装備を作るのにちょうどいいよ」

「へー、光属性の装備か。面白そうだな」

「レクス！　コレは!?」

「レクスさん、これはなんですか？」

日の光を浴びて輝きが収まったライジングエレメンタルの素材を手に皆が僕に説明を求めてくる。

「ええと、これはライジングエレメンタルの目玉ですね。加工して道具にすれば遠くを見るのに便利な道具が出来ますよ」

「おー！」

「こっちは……」

僕は皆の素材を鑑定して使い道も一緒に教える。

精霊の素材は売っても良し、使っても良しだから、皆の使いたいようにすればいいだろう。

「ボリボリ……キュウ」

……モフモフ、精霊の素材は食べ物じゃないよ。

「さて、僕の素材はっと……アレ？」

「どうしたのレクスさん？」

僕が手に入れた素材を見て首を傾げていると、皆が何事かとやってくる。

「うーん、それが……」

「なにこれ、宝石？」

そう、僕が手に入れたのはまるで研磨したかの様に綺麗な真円の石だった。

尤も、ただの石じゃなくてとても透明度の高い黄色の宝石だ。

「だとしたらかなり大きくないですか？」

「うん、これが本当に宝石なら、相当高値が付く」

そうなんだよなぁ。メグリさんの言う通り、ライジングエレメンタルの素材で手のひらサイズの宝石って言うと……これ、多分アレだよね？

「多分コレ、ライジングエレメンタルの精霊核ですね」

「核？」

「ええ、ライジングエレメンタルが人間界に現界する為の文字通り核なんですけど……」

「それ、なんだか凄く高価な感じがするんだけど……」

リリエラさんがもしかしてとライジングエレメンタルの精霊核を指さす。

「一番レアな素材……かな」

「「「「やっぱり」」」」

「キュウ」

え？　やっぱりって何？

「やっぱ兄貴が一番いい素材をゲットしたかー」

「まぁレクスさんだしね」

「今年一番幸運なのはレクスさんで決まりですね」

何故か皆僕が一番いい素材をゲットした事を当たり前のように受け入れている。

「どのみちレクスが倒したんだし、文句の言い様もないわ」

まぁそう言われるとそうなんだけど、そこまで強い相手だった訳じゃないからなぁ。

◆リリエラ◆

「それじゃあ初日の出も見たし帰ろうか」

素材の確認も終わり、本物の初日の出を見終わった事でレクスさんがもう帰ろうと立ちあがる。

はー、憂鬱だわ。

「あー、またあの地獄のような獣道を通って帰るのね……」

ホントそうなのよね。

まさか王都からそう離れてもいない山の中にあれだけ強い魔物が居たなんて……

レクスさんの話じゃ、この辺りの魔物は縄張り意識が強いから、外に出る事はないって言ってたけど、それでも不安になるわ。

「キツい……」

「ですねぇ」

皆も私と同じようにまたあの魔物達と戦うのは避けたいとため息をつく。

「何言ってんだ！　今年こそ兄貴の足を引っ張らないように修行するんじゃねぇか！」

そんな中、ジャイロ君だけは元気いっぱいだった。

さっきの戦いじゃいきなり吹き飛ばされて、帰ってきたらもう戦いは終わっていたんだから気持ちは分からないでもないけど。

でも本音としては……

「それは明日からにしたいわ……」

うん、これなのよね。

さすがにもうそろそろ寝たいわ。

「じゃあ今日は空を飛んで帰りましょうか」

と、私達の話を聞いていたレクスさんが空を飛んで帰る事を提案してくれる。

そうよね、空を飛んで帰るのが一番よね……って、え？

皆がレクスさんの言葉のおかしさに気付いたみたいで、あれ？　と首を捻っている。

「ね、ねぇレクスさん。空を飛んで帰るってどういう事？」

もしかしてわざわざ山を登らなくても良かったっていうの!?

「だってほら、今日は年に一度の魔力嵐が止む日だから。帰りは空を飛んで帰れるんですよ」

な・ん・で・す・っ・て？　待って待って待って！

情報が追いつかない！

魔力嵐が吹き荒れていて危険だったから山を登って来たのに、魔力嵐が止んでるから飛んで帰れる!?

「「「何でそれを登る前に言ってくれなかったのぉぉぉぉぉぉ!!」」」

これが私達の偽らざる本心だった。

「え？　だってライジングエレメンタルを倒す為には出現直後を狙う方が良いし。そうなると魔力嵐が収まる前に山頂に居る必要があるじゃないですか？」

「「「そもそも魔物退治の為に登ったんじゃなーーいっ!!」」」

こうして、年明け早々盛大に疲れた私達は王都の屋敷に帰ると、ベッドに突っ伏して死んだように眠ったのだった。

十五章後半おつかれ座談会・魔物編

追手第三陣	_(:3」∠)_「サクッとやられました」
追手第四陣	(ﾟ_ﾟ)「待ち構えていたら獲物が上を通り過ぎていきました」
追手第五陣	(ﾟ_ﾟ)「完全に制空権を取られました」
森に集まった魔物達	_(:3」∠)_「なんだか分からない内にパパッと燃やされました」
追手第三陣	(；´Д`)「近隣から集まった魔物達が一瞬で……。主人公には血も涙もないのか……」
城を襲った魔物	(´・ω・`)「名前どころかシルエットすら出ずに終わりました」
森に集まった魔物	_(┐「ε:)_「まぁよくある」
晴臣	ヾ(⌒(_'ω')_「ふん、俺がここに呼ばれるのも分からんでもない。黒幕サイドだしな。真の黒幕がポコポコ死んでいったのは何とも言えない気分だったが」
森に集まった魔物	('ω')ノ「まぁ魔人だしね、善戦した方だと思うよ」
ボルカニックタートル	_(:3￣￣)_「どうも、虎と間違えられた亀です」
魔人2	(@ω@)「(脅威度の高さを) 間違えてないもん!」
魔人3	_(┐「ε:)_「どうも、出オチ要員にされました」
魔人2	(；´Д`)「文字通りオチにされたなぁ (憐みの目)」
ボルカニックタートル	_(:3￣￣)_「過去最大級の魔人の数ですねぇ。まるでドラゴンのような扱い」
城を襲った魔物	(；´Д`)「ドラゴンへの熱い風評被害!」
ライジングエレメンタル	(ﾟ冂ﾟ)「どうも、通称初日の出の精霊です。出現直後を狙われました」
魔族	ヾ(⌒(_'ω')_「即殺はよくある事だから」
ライジングエレメンタル	(；´Д`)「やだ、地上、修羅の国過ぎて怖い」

現代編

『海の魔物退治』

現代編『海の魔物退治』

「海岸沿いの魔物退治ですか？」

雪之丞さんの将軍襲名も終わり東国は平和になった。

東国の事件も無事に解決し、あとは本来の仕事である依頼の品が届くのを待つだけだった僕達に、将軍を襲名した雪之丞さんから突然の呼び出しがあったんだ。

「うむ。そなた達のお陰で此度の事件を引き起こした魔人は討伐され、更に船を出すたびに巻き起こっていた嵐の問題も解決した」

嵐の原因は魔人が設置したマジックアイテムが原因だったからね。

「だが船を出せなかった間に海の魔物が随分と数を増やしていたようでな、このままでは漁師達が船を出せぬのだ」

ああ、それは大変だね。漁師さん達も弱い魔物程度なら問題なく対応出来る実力があるものだけど、それでも限度はあるからね。

あまりに強い魔物が増えてしまったら国が騎士団を出すのは陸の魔物と同じだ。

「そこでお主達に海岸沿いの魔物退治を頼みたいのだ」

「すまぬな、まだ将軍に襲名したばかりで藩主達の足並みも揃っておらぬのだ。だが民の暮らしを安定させねばならぬ。私が言えた義理ではないがな」

と晴臣さんこと春鶯さんが何とも言えない顔で頭を下げる。

「兄上が気に病む問題ではない。全ては将軍家の不始末と悪しき企みを企てていた魔人が悪いのだ」

そう言って春鶯さんの肩をポンと叩く雪之丞さん。良かった、兄弟の仲は順調に良くなっていってるみたいだね。

「報酬だが、金貨五〇〇枚でどうだ？」

ふむ、魔物退治で金貨五〇〇枚か。以前オークションで売ったグリーンドラゴンが金貨一〇〇〇枚だった事を考えると妥当な金額って感じだね。

あれは正直貰いすぎって感じだったからなぁ。

でも今回は攻撃を当てるのが面倒な海の魔物だ。それに漁師さん達が対処出来ない程となるとそれなりの強さもあるだろう。

僕達冒険者向きの相手だね。

念の為僕は皆の意見も聞く事にする。

「いいんじゃないかしら？　どのみちまだしばらくは大陸に帰れないわけだし」

「俺もやりてー！　こっちにゃ冒険者ギルドが無いから依頼を受けれねーし、退屈だからよ！」

リリエラさんとジャイロ君は賛成と。

「ミ、ミナはどうだ？」

「雪之丞、お前まだ……」

何故か雪之丞さんが上ずった様子でミナさんの意見を確認する。

「私？　まぁ報酬が貰えるのなら受けても良いけど。メグリとノルブは？」

「僕も構いませんよ。といっても僕の魔法は海での戦いには向きませんから、治療薬と船の防御が主になると思いますけど」

「私はバンバン魔物を倒す！　金貨五〇〇枚の仕事をする！」

ミナさんも問題なし。ノルブさんは後方援護で参加、ミナさんはお金が稼げるからと乗り気だね。

「うん、それじゃ皆賛成って事だね。分かりました、その仕事お受けします」

「うむ、感謝するぞ皆の者！」

◆

依頼を受けた僕達は、さっそく最寄りの港町の近くにある漁場から始める事にしたんだ。

「行くわよ！　サンダーバースト！」

ミナさんの放った魔法が魔物の居るあたりに放たれると、感電した魔物達がプカーッと浮いてくる。

「「「「おおーっ!!」」」」

「流石はミナ！　見事な魔法の冴えだ!!」

ミナさんの上げた戦果に後方の船から歓声が上がる。

うん、何故か今回の魔物退治には雪之丞さん達もついて来たんだよね。

「流石はお主が見出した女子《おなご》よな」

「はい、叔父上。やはりミナの魔法は素晴らしゅうございます！」

なんか知らないお爺さんが居るんだけど、どうやら雪之丞さんと親しい事から彼の知り合いみたいだ。

他にも武人とは思えない装いの人達が居る事から彼等はこの国の貴族なんだろうね。

雪之丞さんが彼等を連れてきたのは、恐らく僕らの魔物退治を見せる事で将軍に従うべきか迷っている貴族達に将軍家の権威は健在だと見せつける事が目的なんだろう。

正直あんまり目立ちたくないけど、僕達は船から離れた空中に居るし、顔をはっきりと覚えられる事はないだろう。

それにミナさんの知り合いだしね。ちょっとくらいはサービスしておいた方が良いかもだ。

「よっしゃ！　次は俺だぜ！　バーニング！　スフィアァァァァ!!」

ジャイロ君が放った巨大な炎の玉が海面に接触し派手な音と共に爆発を起こす。

「「「「おおっ!?」」」」

「どうだ!」

けれど音の割には魔物にダメージはなく、と言うかほとんどの魔物が傷を負っていなかった。

まぁ魔法自体は大量の海水で消火されちゃったし、音の原因も触れた面の海水が高熱で蒸発しただけだからね。

「ジャイロ君は選択した魔法の属性が悪かったね。火属性を使うならもっと水の量が少ない場所でないと。ここは水系の魔法で魔物を串刺しにするか、風系の魔法で敵を切り裂いた方が良かったと思うよ」

「くっそー!」

「ジャイロ君の今後の課題は火属性以外の魔法を使えるようになる事かな」

「うう、分かったよ兄貴ぃ」

うん、普段と違う環境での戦闘は皆の訓練としても丁度良いね。

そうしてリリエラさんとミナさんも魔法で魔物を退治してゆく。

けれど敵は海中に潜ってしまう事もあって直接戦闘もしづらい事からか、ミナさんの魔法以外はどうにも効果が薄かった。

「キュキュウ!」

モフモフは海の魔物を思う存分食べられて嬉しいみたいだね。

ともあれ、ジャイロ君だけじゃなく皆も別属性の魔法を覚える方向に修行をシフトした方が良さそうだね。

今度新しい特訓メニューを組もうかな。

「ひぅっ!?」

「うひぃっ!?」

「きゃぅっ!?」

「はぅっ！」

「ひゃうっ！」

「キュウッ!?」

そんな事を考えていたら、何故かリリエラさん達が奇妙な声をあげたんだ。

「急にどうしたんですか!?」

「わ、分かんない。何故か突然背筋が寒くなったのよね」

「「「「うんうん!!」」」」

「キュキュゥ～」

ふむ？　突然皆がそんな奇妙な感覚にとらわれたと言うのはおかしいね。

船で見ている雪之丞さん達の様子におかしなところは見られないんだけど。

もしかしたら魔物退治をしている僕達を警戒した何かがいるのかもしれない。

僕は探査魔法で周囲を捜索してみる。

「成る程、確かに魔物の数が多いね」

浜辺付近はそうでもなかったんだけど、沖に向かうほど探査魔法に引っかかる魔物の数が増えてくる。

ただ、警戒した割には引っかかった魔物の反応は大した事無かったんだよね。

これはアレかな？　よほど隠密能力が高いか、それとも僕の探査範囲の外から見ているのか。

「ともあれ、まずはこの近隣の魔物をなんとかしないとね」

確認出来た限りじゃ漁師さん達でも十分対応出来る程度の強さの魔物達だけど、これだけの数と戦いながら漁をするのは大変だろう。

「ああ、そうか。雪之丞さんが僕達の協力を求めたのはそういう事か」

とにかく数の多い魔物を迅速に減らしたいっていうのがこの依頼の本来の意図だったんだね。

「となると使う魔法は草狩り魔法みたいなヤツの方が良いね」

威力よりも範囲を選択し、かつ後方で待機している船に影響を与えない魔法でっと……

「よし、これにしよう！　ミッドブルーバースト!!」

僕は海に向かって魔法を放つも、海面は穏やかなままで何の反応も見せなかった。

「え？　何？　レクス魔法を失敗したの？」

「れ？　レクスさんが失敗？　そんな事あるの？」

僕が魔法を使ったにも拘らず何も起きなかったことに皆が困惑の声を上げる。

でも大丈夫。ちゃんと魔法は発動しているよ。

その証拠に、それは海底からやって来た。

視界に広がる海面がブロックのように盛り上がったと思うと、そのまま勢いよく天高くまで舞い上がる。

「「「「なっ!?」」」」

そして広大かつ巨大な水の壁は海底の魔物を天へと吹き飛ばしてゆく。

これぞ海域掃討魔法ミッドブルーバースト。

広範囲に広がる海水を海の底から一気に持ち上げて海中の魔物を空高く吹き飛ばす魔法だ。

吹き飛ばされた魔法は猛烈な勢いで盛り上がって来たブロック状の水の塊に叩きつけられる事でダメージを負い、更に超高空からの落下ダメージで二重の打撃を受けて殲滅する。

その魔法の良い所は大規模な威力の割に発動後はゆっくりと水が戻るので津波の心配がない事だ。

ちなみにある程度の大きさ以下の生き物はすり抜けるように設定されているので、よほど大型の魚でもない限りはこの魔法の巻き添えを受ける事はない。

その分魔力消費は高めだけどね。

「な、何アレ……」

「もう水の柱とかじゃなくて壁……って言うのも生ぬるいわね。水……山脈？」

「あーそんな感じですね。凄いなー。海の向こうが見えませんよー」

「遥か彼方まで続いてるし、回り込むのも無理……」

「うぉー！　流石兄貴！　滅茶苦茶スゲェ！」

「いや、凄いとかいうレベルじゃないでしょ……ってマズイ!!」

と、そこでリリエラさんが慌てだす。

え!?　何!?　何か問題あった!?　あっ、もしかしてさっきの悪寒の原因の魔物が姿を現したとか!?

「アレを見たこの国の人達が大パニックになるわ！」

「え!?」

あはは、たかが弱い魔物狩り用の水魔法でそれはないでしょ。

余談だけど、僕達が国を去った後、東国では国を守ってくれた海神を祭るお祭りが海沿いの町や村で開かれるようになったんだって。

曰く恐ろしい嵐から国全体を覆う水の壁を張る事で守ってくれたんだとか。

嵐と言うと僕達が魔人の起こした嵐に遭遇した時の事を思いだすけど、あの時は水壁の魔法を使ったりはしなかったから、きっと僕達が去った後であの時以上の大きな嵐が起きたんだろうね。

「それにしても嵐から国全体を守った水の壁かぁ。凄い魔法があったもんだねぇ」

「いやそれ絶対レクスさんの魔法が原因だと思うわ」

「俺もそう思う。嵐の原因を解決したのも兄貴だし」

「「うんうん」」

「キュウ」

いや流石に僕は関係ないと思うよ？

あとがき

作者「二度転生10巻お買い上げありがとうございますーっ！」
モフモフ「遂に二ケタ巻に突入だぁーっ!!　作者初の快挙!!」
作者「それも二度転生を応援してくださった皆様の応援のお陰です!!」
モフモフ「という訳で珍しく真面目に業務連絡。10巻からはシリーズの仕切り直しとして、イラストをがおう先生からコミカライズ担当のイケシタ先生に担当して貰う事になりました」
作者「がおう先生いままでありがとうございました！」
モフモフ「我の神がかったデザインはがおう先生のデザインセンスの賜物!!」
作者「イケシタ先生にはコミカライズと二足のわらじでよろしくお願いします！」
モフモフ「コミカライズで活躍する我の雄姿もよろしく！」
作者「（どちらかと言うと変顔リアクション集だけどな、詳しくはコミック三章）」
ゴブン「ところでそろそろ10巻の話しやせんか？」
作者「あっ、珍しいネームドモブだ」

モフモフ「図々しく出番を貰った雑魚モブだ」
ゴブン「扱いが酷い！　そんな訳で10巻の執筆で苦労したところはありやすかい？」
作者「苦労ねぇ、真の黒幕の魔人は泣いていいと思う」
モフモフ「あのオチは10巻のプロットを構想した時に真っ先に決まった部分なので、あの結末は来るべくしてきたオチなのだ」
ゴブン「夢も希望もない現実!!　よりによってそこが一番最初に決まったんでやすか!?」
作者「魔人のオチバリエーションとしてそこから決めました」
ゴブン「魔人に救いは無いんでやすか？　あとあっしらの未来にも」
モフモフ「無いな。魔人（の羽）は我のおやつなので」
作者「なおしょっ引かれた海賊達はそれぞれ担当の違う権力者が捌くので、雪之丞の叔父に摑まったゴブンはかなりの温情措置」
ゴブン「へー、あっしは恵まれた方だったんでやすねぇ」
モフモフ「まぁ一生強制労働だけどな」
ゴブン「ひぃーっ!!　と、ところで東国はこれからどうなるんでやすか？　海神様……じゃなかった、レクスの旦那のお陰の災害の原因は解決したんでやすよね？　そうなると災害を沈める為に特別な地位にいた帝や神官達は仕事が無くなるんじゃないでやすか？」
作者「いや、レクスが言っていた通り、例脈としては特殊なので今後危険な魔物に狙われる可能性があるから装置は残ってる。そして土地の恒久的な安定化にも数百年はかかる。ただレクスが実質新造したマジックアイテムの各種機能でその心配は欠片も無いし、状態保存魔法もかかってるので数千年はメンテナンスフリー動き続ける」

ゴブン「すうせんねん」

モフモフ「こうして儀式だけが形骸化して残るのであった」

ゴブン「何も知らずに儀式、というかマジックアイテムの整備の真似事を続けてくんでやすね」

モフモフ「どのみちアレの整備は一種の利権のようなものなので、メンテ不要と教えても止めれなかったと思うぞ」

ゴブン「割と生々しい現実！」

作者「まあ大災害がまた起きたら活躍するから、一瞬で鎮めるから気付かないかもしれないけど」

ゴブン「悪い事ばかりでもないんでやすねえ」

モフモフ「ところでレクス達がギルドに納品した品物ってどうなるんだ？　依頼主だった魔人は死んでしまって受け取りようがないわけだが」

作者「採取系の依頼の場合、一定期間依頼主と連絡が取れず、依頼主が採りに来ない場合は処分になる。長持ちする品物ならそのままギルドが保管料の名目で懐に入れるシステムだ」

モフモフ「ギルド丸儲け!?」

作者「いや、早く腐る品もあるので、既定の日数が来るまで保存しておかないといけないいんだ。そいう品はビンなどに入れて密封するけど、処分する時には開封するからね……」
ゴブン「ああ（察し）」
作者「ちなみに処分後に依頼主の生存が確認された場合、依頼主には処分料が請求されるのでご注意だ」
モフモフ「腐った品は売れないからなぁ。ところで一つ疑問があるんだが」
作者「というと？」
モフモフ「レクスが改造した海賊船ってどうなったん？」
作者「帝の村に引取られました」
ゴブン「盗んだんでやすか!?」
作者「いや、最初は雪之丞達幕府とどっちが管理するかで揉めたんだが、レクス達が神の使い説が出てた事で、神官を擁する帝が管理するのが筋だろうとな。
モフモフ「あー、あの世界の技術力で空飛ぶ船だもんな。そら神の創造物と勘違いされるか」
作者「そういう事、綺麗に手入れされて神事に使われる。神の使いが地上に、それも神官の村に残したのなら、神器として下賜されたに違いないという感じで」
モフモフ「ますます伝説が加速する……」
ゴブン「という訳でそろそろお別れの時間でやす」
モフモフ「遂に10巻に到達した二度転生シリーズ！　コミカライズも合わせてまだまだ続くぞー

っ！（ところで我のスピンオフまだ？）」
作者「目指せ20巻！（ジャイロを主役にした方がマシだと思うよ）」
モフモフ「それでは、また次巻でっ!!」
作者「お会いしましょうーっ!!」
ゴブン「おたっしゃでー！」

『二度転生』コミカライズ担当のイケシタです。
今回から原作イラストも担当させて頂く事になりました。

二度転生ワールドを一層盛り上げられるよう
漫画もイラストも一生懸命頑張りますので
今後ともどうぞ宜しくお願いいたします。

イケシタ

転生した大聖女は、
聖女であることをひた隠す
戦国小町苦労譚
即死チートが最強すぎて、
異世界のやつらがまるで
相手にならないんですが。
領民0人スタートの
辺境領主様
ヘルモード
～やり込み好きのゲーマーは
廃設定の異世界で無双する～
三度転生した少年は
Sランク冒険者として平穏に過ごす
～前世が賢者で英雄だったボクは
来世では地味に生きる～
反逆のソウルイーター
～弱者は不要といわれて
剣聖（父）に追放されました～
俺は全てを【パリイ】する
～逆勘違いの世界最強は冒険者になりたい～
毎月15日刊行!!
最新情報は
こちら!

もふもふとむくむくと
異世界漂流生活
メイドなら当然です。
濡れ衣を着せられた
万能メイドさんは
旅に出ることにしました
転生して
ハイエルフになりましたが、
スローライフは
120年で飽きました
駄菓子屋ヤハギ
異世界に出店します
ドイツ軍召喚ッ!
～勇者達に全てを奪われた
ドラゴン召喚士、
元最強は復讐を誓う～
偽典・演義
～とある策士の三國志～
生まれた直後に捨てられたけど、
前世が大賢者だったので余裕で生きてます
ようこそ、異世界へ!!
EARTH STAR
NOVEL
アース・スター ノベル

二度転生した少年はSランク冒険者として平穏に過ごす
～前世が賢者で英雄だったボクは来世では地味に生きる～ 10

発行 ―――――――― 2023年8月18日　初版第1刷発行

著者 ―――――――― 十一屋　翠

イラストレーター ―――― イケシタ

装丁デザイン ―――――― 冨永尚弘（木村デザイン・ラボ）

発行者 ――――――― 幕内和博

編集 ―――――――― 古里 学

発行所 ――――――― 株式会社アース・スター エンターテイメント
〒141-0021　東京都品川区上大崎3-1-1
目黒セントラルスクエア　7F
TEL：03-5561-7630
FAX：03-5561-7632
https://www.es-novel.jp/

印刷・製本 ――――― 中央精版印刷株式会社

ISBN 978-4-8030-1822-6